热土地上的红飘带

戴镜兵◎著

SPM
南方出版传媒
广东经济出版社
·广州·

图书在版编目（CIP）数据

热土地上的红飘带 / 戴镜兵著. —广州：广东经济出版社，2021.7

ISBN 978-7-5454-7853-2

Ⅰ.①热… Ⅱ.①戴… Ⅲ.①革命故事—作品集—中国—当代 Ⅳ.①I247.81

中国版本图书馆CIP数据核字（2021）第137839号

策　　划：萧宿荣
责任编辑：张晓兰　毛一飞
责任校对：李玉娴
责任技编：陆俊帆
封面设计：友间文化

热土地上的红飘带
RETUDI SHANG DE HONGPIAODAI

出版人	李　鹏
出　版 发　行	广东经济出版社（广州市环市东路水荫路11号11～12楼）
经　销	全国新华书店
印　刷	佛山市高明领航彩色印刷有限公司 （佛山市高明区荷城街道兴泰路9号）
开　本	889毫米×1194毫米　1/32
印　张	8.75
字　数	190千字
版　次	2021年7月第1版
印　次	2021年7月第1次
书　号	ISBN 978-7-5454-7853-2
定　价	48.00元

图书营销中心地址：广州市环市东路水荫路11号11楼
电话：（020）87393830　邮政编码：510075
如发现印装质量问题，影响阅读，请与本社联系
广东经济出版社常年法律顾问：胡志海律师

序　言

欣逢中国共产党成立100周年，为贯彻落实党中央关于开展党史学习教育的决策部署，同时做好下一代红色教育工作，本人于2021年4月27日又一次来到全国13块红色革命根据地之一——广东海陆丰革命根据地，到汕尾市黄羌林场了解革命老区的情况，参观红二师师部、中国工农红军第6军第17师第49团团部、海陆紫县苏维埃政府等旧址，并与本书作者戴镜兵同志进行了深入交谈。

戴镜兵同志是海丰县黄羌镇“八一”希望学校的校长，海丰县作家协会、汕尾市作家协会成员，汕尾市红色文化研究会研究员。他坚持用实际行动继承和发扬海陆丰人民光荣的革命传统，用10多年的业余时间，翻山越岭，深入当年开展革命斗争的山村进行调查，热心寻找当年牺牲的近5万名革命英烈的后人。他通过座谈、访问，收集了大量革命斗争时期的史料，连续编写了100多个红色革命故事，又从中精选出45个故事，汇编成《热土地上的红飘带》。其中很多故事已在媒体上发表过，并得到了革命英烈后人和成千上万个读者的点赞与好评。

看了这本书稿并听了海陆丰当地干部群众的反映后，本人觉得这些红色故事既反映了海陆丰“农民运动大王”彭湃同志发动农民起来革命，成立农会，组织农民赤卫队，与封建地主、国民党反动派作英勇斗争、不怕流血牺牲的革命精神和崇高的革命品质，也从各个侧面体现了中国共产党光辉的革命历史和宝贵的革命经验。这45个红色革命故事，对学史明理、学史增信、学史崇德、学史力行具有很大的帮助。通过《热土地上的红飘带》，将当年海陆丰人民的革命基因播入广大青少年的心田，对学党史、悟思想、感党恩、跟党走，铸就红色革命灵魂，培养德智体美劳全面发展的新人，一定会起到极大的推动作用。

按照习近平总书记关于“支持更多老同志参加关心下一代工作，为培养社会主义建设者和接班人作出新的更大贡献”的指示精神，广东省林业局关工委大力支持本书出版。本人作为入党66年的老党员，虽然已是85岁高龄，但依然乐意为关心青少年工作做一些力所能及的好事，也诚心希望全社会有识之士都来共同关心下一代的健康成长，为祖国培养千千万万个社会主义事业接班人作出新的贡献！

广东省林业局关心下一代工作委员会名誉主任
原广东省林业厅党组成员、副厅长
李成宝
2021年5月

目录

CONTENTS

01

壮哉，赤山！

“二一四”惨案

赤山约位于海丰县城东郊，全约28个村庄，分布在龙山、屿仔、安东3乡。屿仔乡由池坐、大池、高楼、丰太、山头、下山、溪墩围、下围8个自然村组成。

1928年3月1日，国民党反动派兵分四路围攻海丰县城，我军虽顽强阻击，无奈双方力量过于悬殊，海丰县城宣告失守。

敌人占领海丰县城后的第四天（即3月5日，农历二月十四日），国民党李振球团以一个营的兵力，血洗赤山约屿仔乡8个自然村，制造了骇人听闻的“二一四”惨案。

3月5日拂晓，春寒料峭，冷风袭人，整个赤山约还在沉睡中，只有少数勤快的家庭主妇在厨房里忙碌着。突然，村里枪声大作，所有的村民都被惊醒了。当他们打开家门时，看到一队队荷枪实弹、全副武装的国民党兵杀气腾腾地包围了村子。直到此时，村民们才意识到大难临头了。

敌人进村后，到处纵火烧屋，整个村庄瞬间成为一片火海。50多间房屋被火蛇吞噬，熊熊大火映红了半边天。冲出家门的村民四处奔逃，敌人举枪随意射杀，不一会儿就有20多人倒在了敌人的枪口下，血腥充斥着赤山约的天空，屿仔乡诸村俨然成了人间地狱。

一位藏在家门后的大嫂，见到敌人进屋行凶，奋起反抗，用菜刀砍伤两名国民党兵后，被敌人开枪打死。还有十几个年轻女子藏身村边厕所内被敌人搜出。她们不甘受辱，拼死反抗。敌人用枪托对她们进行毒打后，用绳子把她们捆绑起来押走。其中有一位孕妇向敌人哀求说，她已经外嫁他乡，只是回娘家探亲，求敌人放她一条生路，敌人军官厉声喝道："赤山女儿统统枪毙！"

不多时，100多个赤山约村民在敌人闪亮刺刀的威逼下，从寒风中一步步被押到池坣村西头池塘边。敌人将村民分成两拨，一部分被留在池塘边，一部分被押往海丰县城方向（当天，这批人在老车头内被枪杀）。村民们目睹家园被毁、亲人蒙难，眼中喷射出仇恨的火花，怒视着敌人。

几天前，赤山约赤卫队队员们为了保卫苏维埃政权，投身到激烈的战斗中，因战斗失利，都随部队撤退到了山区。此时此刻，赤山约的村民多么希望亲人们能在彭湃的带领下，打回家乡，消灭敌人，解救他们啊！

凶残的国民党军官面对手无寸铁的老百姓，一再威吓他们说出谁是共产党，共产党藏到哪里去了，谁是农会会长。

不管敌人如何吼叫，回答他们的只有呼啸的寒风。

国民党军官看到无法从这群“刁民”身上获得有用的情报，竟然下令集体屠杀他们。

早就架设好的机关枪，随着国民党军官的一声令下，喷射出一颗颗罪恶的子弹。村民们一个个倒在血泊中，鲜血染红了池塘水。敌人怕有生还者，竟用闪亮的刺刀，把尸体逐个再刺一刀。

从此，赤山约人民称池坣村西边的这口池塘为“红塘”。如今，红塘虽然被泥填埋了，但是池畔的竹林依然在微风中低吟，仿佛在向世人诉说着血腥的岁月，提醒后人勿忘历史，珍惜今天来之不易的幸福生活。

彭湃的榕树下演讲

海丰县城四周有13个约，大小村庄星罗棋布，为什么“二一四”惨案偏偏发生在赤山约屿仔乡诸村呢？国民党反动派又怎么会如此仇视赤山约人民呢？

让我们先把镜头拉回到海丰总农会成立前后的赤山约，看看这里究竟发生过什么事情。

1922年五六月间，彭湃辞掉了海丰县教育局局长的职位后，决心走上战斗的新征途，投身伟大的农民运动之中。这是个史无前例的创举，来自各方面的压力可想而知。不但很多同志不赞成，而且同学和朋友也大都不同意他去农村搞什么实际运动。面对重重阻碍，彭湃并没有却步。

1922年6月中旬的一天，彭湃满腔热情地走进赤山约的一个村庄。这时的彭湃抱着“我即贫民”“我即社会制度的叛逆者”的态度，要去同农民多交朋友，进行直接的面对面的宣传。所以一进村子，他便主动地和农民打招呼，热情地找农民叙谈。可是，那些饱受官府、地主豪绅压迫和剥削，长年“面朝黄土背朝天”而直不起腰的老实农民，见彭湃头戴白通帽、身穿洁白的学生服，以为他是官贵子弟，是下乡来收捐收税的官差，都远远地避开他。下乡的第一天，彭湃走了两个乡，连找个谈话的农民都难。这一天，彭湃又饿又累，一无所获。

第二天，彭湃一大早又下乡去了，还是来到赤山约，走了几个村庄，还是一无所获。

当天晚上，彭湃睡在床上反复思考：为何农民不愿意和自己接近？为何农民对自己的误会这么深？自己对农民的态度是否不够好，或者农民根本就是麻木不仁？想来想去，他终于想到问题的主要症结：“一来我对农民所说的话，太过文雅了，好多话农民都是不晓，所以要把许多书面术语翻译成俗语；二来我的面貌、服装与农民不同，农民受惯了面貌、服装不同者的压迫和欺骗，一见到我就怀疑是他的敌人。二者表示阶级不同，格格不入，所以农民总不喜欢和我接近。”

彭湃找准了问题的症结之后，便对症下药，彻底改变自己下乡宣传的言谈、穿着以及宣传方式和宣传地点，并初步制订出了一个工作的新计划。

翌日一大早，彭湃换上从他家长工那里借来的农民衫裤和竹笠，来到了龙山脚下天后宫前的大榕树下。挺立在龙溪河畔的这株大榕树，枝繁叶茂，其浓荫可以覆盖方圆十数丈，是过往行人乘凉歇脚的好去处。这里是县城东南赤山、北笏、赤岸、河口诸约乡民进城必经之十字路口，人来人往，在这里作宣传，显然彭湃是经过认真考虑的。

上午10时左右，进城赶集的农民有的挑着番薯，有的挑着蔬菜，有的挑着竹器之类的杂物，从农村各处向大榕树下的十字路口走来。到了路口，有的径直进城，有的则把担子歇在大榕树下，坐下来擦汗休息。

彭湃趁赶集的农民歇息之机，过去和他们交谈。谈年情收入、谈生活的痛苦、谈贫富之不公。等到乘凉歇脚的农民比较多时，他便改换另一种方式——站在高处作演说式的宣传。他痛陈农民的种种痛苦，揭露地主恶霸的种种罪恶，指明剥削制度应该废除的道理，并号召农民团结起来，为翻身解放而斗争。

由于彭湃总结了农民开始不愿意接近他的经验教训，改变了着装和说话文雅的毛病，这次大榕树下的宣传比开始下乡的时候好得多：一是农民不再把他当作官差和收捐佬畏而远之；二是农民愿意静下心来听他演讲，其中还有农民暗自点头赞同。有些农民则不感兴趣，摇头走开的也不少，多数为半信半疑的状态。

为了吸引更多的农民朋友，彭湃会怎样别出心裁，弄出什么招数或花样呢？

“六人农会”诞生

彭湃为了吸引更多的农民朋友听他的演讲，一连几天，拿着从广州带回来的留声机，来到天后宫前的大榕树下。留声机对于当时的农民来说，就是稀奇物。每当留声机响起时，许多好奇的农民就会围拢过来，场面自然就热闹起来了。这时，彭湃便抓住留声机这一话题，与农民畅谈开来，从科学进步到工业发达的文明趋势，再到当下中国的形势，向群众分析国家贫穷、落后以及遭受帝国主义侵略的原因，最后，提出摆脱贫穷落后受帝国主义侵略的途径首先是工农群众要团结起来，组织工会、组织农会，同压迫自己、剥削自己的地主、资本家、军阀官僚作斗争。

彭湃的宣传逐渐引起农民的兴趣，他们有的驻足而听，似信非信，有的仅仅就是跑来看留声机，至于彭湃说什么，他们根本不感兴趣。彭湃当然明白农民的心理活动，为了引起更多农民的注意，他还在演讲间隙来几手魔术表演或者唱几句粤曲或海陆丰戏曲。如此一来，农民的兴趣愈加浓烈。

彭湃在榕树下的演讲一传十、十传百，到榕树下听演讲的人一天比一天多，宣传效果也一天比一天好。

一天清早，彭湃又来到天后宫前的大榕树下，用留声机放了一段粤曲。农民渐渐多了起来，他便向大家讲起了“农民应该有自己的组织”的话题。

彭湃说：“自古以来，但凡要动员群众起来革新社会、谋取大家的利益，都必须有个什么组织把大家团结起来，这样才有力量去完成这个任务。这个组织，就是各个时期的政党、各个阶级或阶层的社团。政党的问题暂且不去议论，社团的事情和我们联系更加密切。如今许多城市中工人的组织叫作‘工会’，商人的组织叫作‘商会’，学生的组织叫作‘学生会’。有了这个会、那个会，如果受了资本家老板或学校当局的压迫和欺负，就可以通过他们的组织去交涉、斗争，以维护自己的利益。可是我们农民，人口的比例最大，却没有一个农民自己的组织——农会，没有农会，农民就像一条条单独的麻线，一扯便断。如果把多条麻线结成一大股麻绳，那就扯不断了，这便是团结起来力量大的道理。如果哪一天我们真的团结起来了，就可以要求减租，那时地主一定敌不过我们。”

彭湃的一段话引起了农民的极大兴趣，但是，依然有人怀疑他在吹牛。有一个中年农民厉声说道：“车大炮，说减租！你们‘名合（彭湃家族的字号）’不要来逼我们的旧债，我才相信你说的是真的。”这个中年农民是彭湃家族（即彭名合）的佃农，彭湃在他的眼里是东家少爷，在少爷口中吐出减租的话来，他当然是不敢相信的。就在此时，另一个青年农民也开口了：“你这话错了，你是耕‘名合’的田，‘名合’如能减租，不过是你获益。我呢，不是耕‘名合’的田，怎么办呢？所以现在不是我们去求人的问题，而是我们能否团结的问题。不是打算你个人的问题，而是打算多数人的问题。”

彭湃听了青年农民的话，顿时高兴万分，即与那个青年农民攀谈起来。经过交谈，彭湃知道青年农民叫张妈安，是赤山约的农民。彭湃邀请张妈安晚上到得趣书室座谈，张妈安答应了。

当晚，张妈安如约来到得趣书室，彭湃热情地接待了他。张妈安告诉彭湃，他经常在大榕树下听演讲，起初也是半信半疑，慢慢地就觉得彭湃所讲的全是农民的切身问题，是农民想讲而不敢讲、想要而不敢要的问题，特别是减租和组织农会，更是目前农民所热切盼望的。

彭湃从张妈安的谈话中，敏锐地意识到同志出现了，于是问张妈安："都有谁同意我的想法？"张妈安说："林沛、林焕、李老四、李思贤等都有这个想法。"彭湃即请张妈安回去通知这几个知心朋友，当晚一起商议大事。

张妈安立刻回赤山约通知这几个人，彭湃与妻子蔡素屏则忙着烧水泡茶，招待到得趣书室的第一批农民朋友。

大约1小时后，张妈安领着林沛等4人来到了得趣书室。彭湃逐一问过姓名后，便招呼大家围坐在一起谈了起来。

张妈安、林沛等见彭湃如此热情地接待他们，不时地请烟送茶，询问农家疾苦，关心农民的生活和前途，遂逐渐打消了平日对彭湃的疑虑，谈话变得轻松而活泼，内心话儿也敢和彭湃直接交流和讨论了。谈起农民运动，彭湃对他们说："我天天下乡去宣传，农民总不理我，总不愿意和我攀谈，你们有何办法？"

林沛不假思索地说："第一是农民不得空闲；第二是先生的话太深奥，有时我也听不懂；第三是没有熟悉的人带你去。最好是晚上7时左右去，那时农民才有空闲时间。同时，你说话要浅些，或由我们带路。而且你到乡村宣传，切不可排斥神明。”

这些话使彭湃很受启发，他曾经苦思冥想的问题，没想到林沛张口就说得一清二楚。他觉得张妈安、林沛这些人是聪明能干的，依靠他们是可以把农民运动开展起来的。

不错，正如彭湃所想到的那样，张妈安、林沛等人确实就是赤山约中头脑比较清醒、处事大胆果断的中青年人。彭湃在天后宫前榕树下的演讲早就引起了他们的注意，他们经常去听演讲，回来后聚在一起谈论彭湃所讲的话是否有道理。一连10多天，除了彭湃所讲的话题全都是有关农民切身利益的这一点令他们感动以外，更让他们感动的是彭湃不厌其烦、不辞劳苦的精神。当彭湃讲到农民团结起来、组织起来的诸多好处时，他们忽然觉得与彭湃的心靠得更近了。

李老四激动不已地说：“我们几个人今晚相谈甚欢、同心同路，不如趁热打铁，先成立个农会，将来有人来加入，那最好。如无人加入，我们也不要散，好不好？”

彭湃听说要成立农会，高兴得马上拍手赞成。张妈安、林沛、林焕、李思贤亦异口同声叫好。接着彭湃提出几点意见与大家商量后决定：一是当晚六人组成的农会暂时不要公开，等扩大后再宣布；二是要自动自觉、团结互助，碰到困难大家一起想办法解决；三是坚定意志，绝不动摇后退。

三点意见通过后，彭湃又和大家商定了三条纪律，纪律的主要内容如下：

一是服从指挥，叫你去抓老虎舌、去钻刺丛、去下海，都要去，有什么任务一定要完成；

二是革命不要钱，不替有钱人做事；

三是要严守秘密，不论对父母、妻子还是对兄弟，都要保守秘密，如果被敌人抓去，不许出卖同志。

最后，他们还庄严举手宣誓，表示一定要为农会的发展壮大、农民的利益和农民的解放奋斗到底！

这就是海陆丰农民运动史上著名的“六人农会”，时间为1922年7月29日，人物就是被毛泽东称为“农民运动大王”的彭湃和赤山约的5个农民汉子。这个农会一开始就非常明确地提出了为农民的利益和农民的解放而奋斗，因此发展的声势非常迅猛，很快就震动了海陆丰大地。

彭湃与他的战友们为了农会的发展，将如何深入赤山约诸村宣传发动呢？在此过程中，他们又碰到了什么人与事呢？

赤山约燃起农运之火

“六人农会”诞生后的次日，张妈安、林沛陪着彭湃到赤山约屿仔乡高楼村找黄正当。黄正当是张妈安的朋友，已经58岁了。黄正当年少时念过几年私塾，在贫穷的赤山约人的眼中算是个文化人了。他交游甚广，乐于助人，常帮四乡民众操办红白喜事。若是贫苦人家遇到丧事，无力操办时，他便为其作保，到县城置办白事所需的一应货物，所以，在乡亲们的眼中，黄正当就好像是及时雨，在群众中威望极高。

对于彭湃等人的到访，喜交朋友的黄正当自然十分高兴。当黄正当得知彭湃等人的到来是为了发动农民成立农会时，便邀来他的堂兄弟黄正华，还有大池村的黄妈岁、池坣村的彭六、山头村的谢宝同等人。这些人平日里意趣相投，经常聚在一起谈论社会时事。近日，彭湃在榕树下的演讲成了他们热议的话题。如今，彭湃亲自登门拜访，自然要约上他们。

赤山约的这几个农民汉子，对彭湃的家庭背景是非常了解的，毕竟赤山约距彭家仅有1公里多的路程，彭家在赤山约也有不少亲戚。彭家四少爷出过洋、留过学，在农民眼中，那可是一个了不起的人物。但是，他们在与彭湃的交流中发现，彭家四少爷毫无架子，说起话来和蔼可亲，并且句句入情入理。通过一番交流，在座的几个农民一致表示，愿意配合彭湃发动农民成立农会。

彭湃虽然只有26岁，但是他的学识与胆略让在座的众人无不佩服，他们都尊称彭湃为“湃兄”。

彭湃看到时机成熟，便对大家说：“说干就干，我今晚就来演讲，你们做好准备工作。”

大家都表示赞成，并决定当晚就在黄正当家门口召集乡亲们听彭湃演讲。

当天晚上，高楼村黄正当的家门口摆好了桌椅，备好了灯火，专等彭湃的到来。到场的群众有60多人，所有人都听得津津有味，直到晚上10时，大家才渐渐散去。首战告捷让彭湃和他的战友们深感欣慰。

第二天晚上，彭湃依然到高楼村演讲，听众比头天晚上还多。

为了扩大影响，彭湃与战友们商量后决定第三天晚上的演讲地点转移到高楼村西邻的大池村黄氏宗祠门口。黄妈岁是大池村人，他的大嫂就是彭湃的堂妹。大池村人口不多，仅有一百几十人，但村子位于高楼村、池坐村、下山村的中间，宗祠门口的晒谷场大，能容纳几百人，选择这里作为演讲场地最适合不过了。果然，次日晚彭湃来到大池村的时候，已有很多人在宗祠门口等候了，其中还有不少外村人。第三天晚上，彭湃带来了留声机，还表演了小魔术。农民们兴趣盎然，孩子坐在前面，女人坐在中间，男人站在后排。彭湃演讲后，又逐一耐心解答农民的提问，解除他们心中的疑惑。这一晚来了200多人，当晚就有人表达了想加入农会的意愿。于是，彭湃在张妈安、林沛、黄正当等人的陪同下，一连10多天早出晚归，到赤山约各村演讲，发动农民成立农会。他们到农民家中访贫问苦，与农民交朋友，帮贫苦农民解决切身困难。很快，彭湃就赢得了赤山约农民的信任，他们有什么愁苦都愿意向彭湃倾诉，并请求彭湃帮助解决。很多大池村的老辈人都记得这样一件事：当年大池村有东西两个门楼，同属一个祖宗。但西门楼前座东西厢房是东门楼的，于是便有了路道纠纷。为此，彭湃亲自调解，向当事人做工作，双方终于重归于好。事后，还在西门楼东侧墙上立碑为证，上刻："路道由人经过，地权各自所有。中证人：彭湃。"虽然后来路碑被毁，但此事被传为美谈。从此，大池村人积极投入农民运动，最早成立了大池村农会。

赤山约农会诞生

黄正当等人熟悉农村，也了解农民们的实际需求，知道彭湃是真心实意为贫苦农民谋利益的人，便主动向彭湃介绍农村的现状、农民的凄惨，以及他们迫切需要解决的问题，并且提出了很多解决农民实际困难的建议。那时候的赤山约是海丰县最穷困的地方之一，90%的农民是佃农，人们一年四季都以番薯为主食。农民家的孩子上不起学时、家里有人患病无力医治时、老人去世无钱操办白事时、邻里之间出现纠纷寻求解决时，还要被地主、团把总从中勒索，吃尽了苦头。彭湃虚心听取黄正当等人的意见，择善采纳，并着手推行一些可行的建议，如开办农民夜校、开展农民教育等就是在赤山约最早实施的。

1922年11月18日，彭湃在写给李春涛的信中说："可以慰藉湃的，还是赤山约的农民……他们（农民）是很聪明的人。他们对于农会的组织都具有很热烈的情感，他们现已渐有了阶级的觉悟。他们现已渐能巩固自阶级的营垒，他们还能向别的乡宣传，教导别人了。"

很快，赤山约28个自然村的农民都发动起来了，彭湃成了贫苦农民的靠山、领头人、扛把子。

山一程、水一程，时间行者的步履不停歇地走到了1922年的10月间。这时赤山约报名参加农会的已有500余人，彭湃决定于10月25日召开赤山约农会成立大会。

参加赤山约农会成立大会的各村代表有50多人，彭湃亲自主持会议。会议选举屿仔乡黄凤麟（即黄正当）为农会会长。

赤山约农会的成立，实际上已掀开了中国现代农民运动史上新的一页。赤山约农会的意义非同一般，它区别于任何旧时代的农民组织，犹如星星之火，却迅猛地燎遍了海丰大地，在苦难深重的旧中国燃起了一片茫无涯际的红火。它是第一个比较成熟的基层农民协会，不仅选出了领导机构，发表了宣言，还成立了农民互助的福利组织，规定会员要缴纳会费，等等。加入农会是非常郑重其事的：首先由其本人到农会提出入会申请，并缴会费二角银；然后由彭湃等与之谈话，讲明农会的要旨，再发给一张农会证，上面印有“不劳动不得食，宜同心宜协力”12字组织原则。海丰一带盗匪为恶，贪官横行，“苛捐杂税多如毛，家在深山也难逃”。但自从有了农会，农民拿着这张农会证便可以畅行无阻，挺直腰板做人，大胆提出减租，而“伪警和捐税佬见了农会证真如邪鬼见了张天师的符，再也不敢借端勒索了”。

初显农会力量

彭湃在赤山约发动农运初期，农民对加入农会还是心存疑虑的。所以，报名入会的人并不多。常言道：人多力量大。没有强大的力量，是没办法达到农会所期望达到的目的的。

有一天，彭湃找张妈安、林沛、李老四等人研究入会人数不多的问题，得出一个共识：只讲道理，没有显示农会的力量以及对会员和其他农民的实际作用。因此，必须在为会员及其他农民办好事方面下功夫。

恰好此时，云路乡有一个入会不久的会员，其6岁的童养媳不慎跌落厕池中溺死，女方的父母受人挑拨，找了许多同乡农民气势汹汹地要到男方家中闹事，打人命官司。按当时的海丰旧例，这类死了人的人命官司，不管男方有无过错和责任，女方的“外家头（娘家）”都可以兴师问罪，重则大打出手，轻则也要赔偿“外家头”人命钱银。总之，男方是有理说不清，注定要倒大霉的。

彭湃得知这个消息后，立即赶到云路乡，并率领一些农会会员和“外家头”来打人命官司的人理论，劝他们不要把事态扩大，伤了大家的和气。“外家头”来人声称他们是来追查死者的死因的，这是亲戚之间的纠纷，与外人无关。彭湃郑重指出：“你们要追查死因吗？死因就是她自己不慎掉入厕池淹死，男方根本就没有过错和责任。至于与外人无关这一点，你一定不知道这家人已经加入了农会，农会是贫苦农民的组织，农会会员团结一致、亲如兄弟，他的事即我的事，我的事即他的事，怎么会没有关系呢？今日我们农民兄弟有事，我们生死也要来相帮的。我看你们也是耕田人，他日必加入农会，如果你们加入了农会，我们也一样帮助你们，你们快回去吧！”

经彭湃一番解释，“外家头”来人气消了大半，加上实地了解后，得知死者的确是不慎跌落厕池淹死的，没有理由打人命官司。况且，农会的势头正盛，连约正乡长也不敢和农会作对，只好乖乖地回去了。

就这样，一场人命关天的纠纷，由于彭湃和农会的干预而迅速平息了。这件事很快在农民中传开，大家从活生生的例子中认识到农会的确是为农民排忧解难的团体，是有办法、有能力为农民办好事的机构，是农民真正的靠山。因此，信赖农会、依靠农会以至加入农会的人逐日增多，赤山约的农运局面被初步打开了。

彭湃看到形势发展得这么快，信心和干劲更足了，他抓住有利时机，进一步扩大农会的影响，增强农会的作用和力量，发展了更多的农会会员。

接下来，彭湃为了扩大农会组织，还会采取什么措施呢？

再出妙招斗劣绅

上面讲到，彭湃主动出击，平息了云路乡一场人命关天的纠纷后，农会的声誉迅速高涨，入会的农民日渐增多。紧接着，彭湃趁热打铁，针对海丰农村的实际情况，为维护农民的根本利益，又提出了“同盟非耕”的办法。

海丰农村人多地少，土地高度集中。农民为了活命，经常发生争耕地主田地的事件，地主往往利用农民争耕的矛盾，随心所欲地要佃户加租，如不愿加租就采取吊佃、易佃的办法，逼使佃户就范，因而加重了剥削，农民苦不堪言。有鉴于此，彭湃便想出了个“同盟非耕”的办法，使地主的加租、易佃变得处处受阻，无法实行。

“同盟非耕”的办法在农会通过后，农会即作出规定：一是凡农会会员，未经农会批准，不得夺耕；二是如地主对农会会员加租、易佃时，也必须征得农会会员的同意和农会的批准，否则无效，其他人也不准去租耕这个地主的土地；三是如果地主强行收回土地，不租给原佃户，农会则发动农民不租种这个地主的土地，实行“同盟非耕”。

农会的通知发出后，农会会员之间争耕夺耕的现象很快被制止，地主因慑于农会“同盟非耕”的力量，也不敢随便对农民进行加租、易佃。有一地主硬要加租、易佃，农会出面干涉，地主声称要收回土地，让其丢荒，同族地主愿意出钱补贴其损失，以此来同农会对抗。农会立即实行“同盟非耕”，号召大家都不租这个地主的田。同时，也不租出钱支援其损失的那些地主的田，使他们通通无租可收。至于农民的损失，由农会进行调剂和捐助。经过一段时间的斗争，终于迫使这个地主放弃了加租、易佃的做法。农会的斗争取得胜利，大大提高了其在群众中的威望。

“同盟非耕”取得胜利后，彭湃又领导农会抗拒城镇土豪恶霸的敲诈勒索，取消了蛮不讲理的所谓“粪船捐”“码头捐”。

赤山约及可塘一带的农民到海城运粪肥或卖农产品，须经黄江、横河到海城龙津溪靠岸装卸。城里的恶霸强收码头费，每船二毫，如不缴费便将舵桨取走。农民去赎回舵桨，还需罚款数元不等。农民敢怒不敢言，虽有怨气，但也只能被迫忍耐。彭湃决定，以其人之道还治其人之身。黄江、横河流经赤山约境内，若是城里的船只驶经此处水域，农会便组织农民向他们收取过船费，因县城道路通往陶河、可塘、赤坑等地都经过赤山约，土豪恶霸路过赤山约，农会亦组织农民向其收取过路费，否则不让其通过。如此一来，土豪恶霸一出县城就要缴费，逼得他们主动向农会妥协，“粪船捐”“码头捐”就这样取消了。

掀起农运高潮

上面讲到彭湃带领赤山约农民成功实施了“同盟非耕”和迫使土豪恶霸取消了“粪船捐”和“码头捐”。彭湃从斗争的实践和农村调查中发现，为农民协调处理他们内部的纠纷争端，维护贫苦农民的权益，帮助他们摆脱地主、官府的盘剥，应作为农会的一项主要工作。于是农会发出通告：凡农会会员内部发生争端，须先报告农会，如不报告农会而去报告绅士及官厅者，即使其很有道理，农会也会将其除名；如农会会员与非会员发生争执时，会员也须报告农会；如会员与地主有争议时，会员不报告农会而交涉失败，农会概不负责。这个通告发出后，农民内部以及农民与地主之间的纠纷都纷纷报告农会以求解决。这样一来，农民之间发生争端，不像过去那样会被绅士土豪所利用，诉诸官厅，害得倾家荡产。乡村的政治权力转移至农会，农会既为农民解决纠纷，更帮助农民与地主交涉，维护权益。所以，土豪劣绅、警察和司法衙门深恶农会，而农会则在农民心中威望高涨，于是加入农会者日益增多。

2个多月后，赤山约报名参加农会的已有500余人，范围遍布赤山约的28个村。人数虽不多，但已是一股不可小觑的力量。彭湃见时机成熟，为了适应形势的发展，遂决定于1922年10月25日（农历九月初六）正式成立赤山约农会。

赤山约农会成立大会在龙山天后宫举行，到会农民代表50余人。会议由彭湃主持，海丰中学校长黎樾廷、第一高等小学校长杨嗣震到会祝贺，并发表了热情洋溢的演说。会上公选屿仔乡高楼村黄凤麟为赤山约农会会长。

彭湃亲自为赤山约农会起草了章程和宣言，设计了农会会旗和农会证。会旗用黑红两色，象征团结，农村将不再分黑红旗两派；农会证上除姓名、乡名、农会圆形印章外，还特印了“不劳动不得食，宜同心宜协力”两行字。这两行字既说明了农民的劳动本色，反对不劳而获的剥削行为，也说明了农会会员要同心同德、团结奋斗，表明它已经不是一般的农民组合，而是具有初步奋斗目标的新型农民组织。

赤山约农会成立后，热心为农民办实事、急事。医疗和教育是贫苦农民最无能为力的大事，彭湃他们切实为农民做好这两件大事。

当时海丰县城大街有一间宏仁西药房，店主是吕楚雄医生。有一天彭湃在大街上碰到了吕医生，向他谈及近来在农村搞农运的情况，谈到农会的蓬勃发展，也谈到农民的贫困以及缺医少药的惨状。吕医生听后十分同情，毅然放弃自己优裕的生活，随同彭湃下乡去为农民送药治病。赤山约农会成立之后，吕医生在彭湃的帮助下，干脆把设在大街上的宏仁西药房改为一所专为农民服务的农民药房。药房增加了一些医生和接生员，会员可持农会证前来看病，无论门诊或出诊，一律不收诊费，药费也只收一半。农会还养了两匹马，供医生外出急诊之需。这样便改善了农民过去缺医少药而只有求神拜佛或眼看病人无医而亡的状况。

赤山约农民历来十分贫困，90%是佃农，穷人家的孩子无钱读书，大都是文盲。彭湃通过农会推进农民教育。农民教育的实施办法是：学费由学生家长通过为学校租田帮耕的方式交付；教学内容根据农民的实际需求开课，开设语文和算术两门课程。考虑到农民白天劳作，便开办夜校，最大限度方便愿意接受教育的农家孩子。赤山约实施的农民教育，使很多农民粗识文字，学会计算，造福了赤山约农民。

由此，赤山约农会声名远扬，其事迹迅速在海丰县城附近传播开来。而赤山约农民亦主动到各约乡村，通过亲戚朋友的关系宣传农民组织起来成立农会的好处。彭湃为贫苦农民做的好事、实事，一件件、一桩桩都看得见、摸得着。农会成立后，农民的腰杆子就硬起来了，在农村不再受地主恶霸的欺负了，这是多么激动人心的事情啊！榜样的力量是无穷的，1个月后，守望约便成立了农会，这时赤山约和守望约两约农会的会员已经有3500多人了。到1922年12月底，海丰县城附近12个约都成立了农会，共有会员1.6万余人。这些建立了农会的乡村政治权力，也大部分从地主豪绅手中转到农会手中。彭湃在赤山约点燃的农运之火终成燎原之势！

由公平二区农民引起的一场斗争

一片大好的农运形势，令地主豪绅大为震惊。农运开始之时，他们并不在意，认为彭湃是不会成功的，是“车大炮”的。如今看到农民运动已成气候，他们便坐卧不安，纷纷商讨对策。

就在此节骨眼上，公平二区余坤等6名农民与海丰县城地主恶霸朱墨的一场加租与反加租的斗争，激化了农会与地主豪绅之间的正面冲突，拉开了海丰大地上两个阶级殊死斗争的序幕。

为弄清事情的来龙去脉，我们先从朱墨说起。

朱墨是海丰县城的一个地主恶霸，平日里交官结府，豢养流氓烂崽，横行乡里。他看到余坤等6名佃农自加入农会后，对他的态度大不如前，甚至公开抗缴“粪船捐”。在农会的大小集会中，这些佃农表现非常活跃，特别是余坤，总是在大会上带头高呼“农民万岁”等口号。朱墨看在眼里，气在心头，早就想给这帮“穷鬼”厉害看看。

春耕开始，朱墨迫不及待地跑到公平二区，对余坤等人声言加租。

余坤等人来到海城，找到彭湃、杨其珊等农会领导人，把朱墨欲加租一事告知农会。彭湃明确表示，农会全力支持余坤等农友的斗争。

余坤等人在农会的支持下，同时向朱墨辞田，实行“同盟非耕”。

朱墨的“虎威”被打，怒火中烧，立即指派手下流氓打手到余坤等人家中寻衅捣乱，同时向法庭起诉，诬告余坤等人向他辞田退佃，所退田亩不足原耕面积，是“佃灭主业”，要求予以惩办。

法庭推事张泽浦在审理此案时，因考虑到余坤等人都是农会会员，有农会作后盾，便不敢袒护朱墨，故判朱墨无理，属于诬告。余坤等人胜诉。

朱墨第一堂讯失败，大失体面和尊严，于是奔告各地主，尤其是陈月波、陈开庭等大地主豪绅。他在这些“大人物”面前煽动说：“地主自来与农民打官司未有失败的，这次我竟失败，一定是农会作怪，我们如不乘机早日扑灭农会，实为将来之一大危机！”

以陈月波为代表的海丰封建地主们，本来肚子里就窝着一把火，如今又因朱墨败诉而火上浇油，这把火烧得更旺更烈了。尤其是陈月波，他与彭湃已有过多次较量，如娘伞风波、为林干材立像、拆毁城墙的官司、教育局局长的任免等，除撤销教育局局长职务一事外，其余他都失败了。现在彭湃组织10万多个“穷鬼”起来同他作对，往后的日子更为堪忧。因此，他认为必须趁彭湃等羽翼未丰，把农会彻底铲除，否则自己永无宁日。于是，陈月波在城内朱祖祠大摆酒席，宴请地主豪绅及保卫团团长等500多人，陈炯明的六叔父陈开庭也应邀出席。

酒过三巡，陈月波即言明此次宴请大家的缘由，接着宣布农会“罪状”：“实行共产共妻，并运动法官，欺负地主；吾辈以钱买地，向政府纳粮，业从主管，天经地义。何物县蠹彭湃者，煽惑无知农民，希图不轨，若不早为对待，吾业主之损失，抑政府之危险有二，小则粮不能完，国库恐慌；大则他们随便可以作反……”陈月波为了维护其地主阶级的利益，以及发泄他对彭湃及农会的刻骨仇恨，危言耸听，大放厥词，煽动与会者联合反对农会和彭湃。他话音刚落，王作新便极力支持，并提议马上成立地主豪绅的组织，以便和农会对抗。

在场地主绅士大表赞同，朱墨提议将组织命名为“田主会”，经斟酌，陈月波改“田主会”为“粮业维持会”，这样便于取得政府和社会舆论的支持。与会者一致同意并推选陈月波为会长，王作新为副会长，陈开庭为财务。陈月波又提出会费问题，主张按田租多少缴纳会费，他说：“全县田租就附城方面有10万余担租，如每担租纳1元，则其数亦有10万余元，我们实可以用银片把农会埋葬了。”于是，两个阶级营垒的博弈便由此有组织、有计划地展开了。

粮业维持会扬言要用银片埋葬农会，他们的企图能实现吗？

六千农民大游行

粮业维持会成立了，并且扬言要用银片埋葬农会。筵宴正欢，众人摩拳擦掌，意欲与农会决一死战。此时，陈开庭趁机提出：“法官张泽浦受制于农会运动，不顾业主血本，殊为可恶。以我意见，须全体质问。如他不把农民抓捕起来，我们就对他不客气！”众人闻言尽皆离席列队，一路骂骂咧咧前往法庭。到了法庭，见到前来迎接的推事张泽浦，陈开庭破口大骂，硬说法庭为农会所利用，喝令张泽浦必须马上抓捕余坤等人。

张泽浦见这些绅士族老、地主老财们来势汹汹，吓得手足无措，说话都不敢大声，连忙答应他们再审讯一堂。诸人见张泽浦作出承诺，才一哄而散，各自回家。次日，张泽浦派员到海丰县总农会传余坤等人堂讯。农会一时疏忽大意，没作周全布置，就通知余坤等人出庭。而粮业维持会早已派出100余名流氓烂崽，暗伏于通往法庭各处的路口，阻止农会派人声援，欲使余坤等人庭讯时孤立无援，而他们一方则纠集了六七十个地主豪绅前来旁听。张泽浦见这些人个个满脸横肉，自知来者不善，早已心惊肉跳，慑于粮业维持会的势力，对余坤等人并无任何讯问，便断然宣布把他们6人扣押，而且还戴上镣铐。堂讯草草结束，地主豪绅们欢呼胜利，扬长而去。

而此时海丰县总农会的领导们正在开会，接到余坤等人被扣押的消息后，无不感到意外和愤怒。彭湃等人认为张泽浦身为法庭推事，执法违法，竟然无视法律，屈从地主淫威，随便扣人，农会应当奋起抗争。因此，决定召集附近各约农会会员到法庭示威。遂派出40多人分赴各约通知农会会员翌日上午10时在龙舌埔汇集。

第二天一早，紧邻龙舌埔的赤山约农友在各村农会会长的带领下，沿着田间小道纷纷奔向龙舌埔，渐渐汇成一股人流，率先来到会场。接着县城附近12个约的农友们亦纷至沓来。不到10时，龙津河畔人头攒动，6000多个农友人手一旗，瞬间龙舌埔汇成一片旗的海洋。农友们情绪激昂，聆听彭湃关于余坤等6人被无理扣押的演说。彭湃说："农友无罪，被分庭枉押，法官违法，我们应认定此事不是余坤个人的事，须认为是我们农民阶级的事。余坤如失败，10余万农友皆失败；余坤如胜利，就是10余万农友的胜利。生死关头，愿各农友奋勇前往请愿，湃生死无惧！"彭湃与农友们同生共死的战斗誓言回响在龙津河上空，极大地鼓舞了6000多个农友的斗志。此时，集会的农友中赤山约农会人数最多，赤山约农会会长黄凤麟代表到会的全体农友上台发表演说。黄凤麟慷慨陈词："地主们已经联合起来，准备每担租拿出1元，附城10万余担租就可集到10万余元，他们拿10万余元专门同我们农会打官司。大家不必害怕，他们10万余担租的谷子放在农民家里，如他们真和农民干起来，我们便一致不还租。如果他们要同我们宣战，我们便挖掉田界田坐，让地主认辨不出他们自己的田。为争田占地，地主与地主之间就会打起来。我们农会坚决与地主斗争到底！"

农友们听后热烈鼓掌，欢声雷动。这时，集会主席宣布县总农会为大家准备了粥，餐后前往法庭请愿。农友们喝完粥正准备出发，突然一声春雷炸响，淅淅沥沥下起了雨。雨势渐大，形如瓢泼。春旱已久，雨贵如油，农友们认为是好兆头，群情激昂。进发的队伍犹如陡涨的龙津河水，浩浩荡荡通过大街，涌向法庭。

到了法庭门口，县公署早已派了许多荷枪实弹的士兵把守。农友们毫无惧色，跟着彭湃直冲进去。士兵们看到农民如潮水般涌来，吓得直打哆嗦，手里的枪成了烧火棍。队伍进到法庭，接近会客厅门口时，彭湃挥手叫停，选了20个谈判代表进去。此时法庭推事张泽浦心中七上八下，只得带着武装法警迎接代表们进入会客厅。一众代表进门后，随手取下雨笠放在案桌上，法警看着叠放在桌上的雨笠形如小山，亦不敢多言。张泽浦殷勤一番后装傻问道："不知你们来做什么？"农民代表不跟他废话，直入主题，就余坤等6人被枉押的事提出三点要求：第一，马上将被无理扣押的农民释放；第二，农民出狱时法庭要燃炮鼓乐相送；第三，推事应向农民道歉。张泽浦听了装出一脸委屈地说：“拘押农民是六太爷（指陈开庭）硬要的，我是不得已的。湃哥，你和我是很好的朋友，请你先让请愿的农民退出，明日便放他们出去。”

彭湃凛然答道：“今日不能论好朋友，因我是代表农民来说话的。”彭湃义正词严，张泽浦无言以对。农友们听到张泽浦的声音，很是气愤，门口便有人大声喊道：“放不放，赶快答复！”见群情鼎沸，张泽浦又对代表们说：“你们来这样多人，恐怕你们劫监狱。”代表们说：“我们保证无此事，不然我们可令大家离开监狱十步。”此时，彭湃严厉指责张泽浦执法犯法，要求他必须立即放人，不能等到明天。张泽浦无计可施，只得命令法警放人。

未待狱卒将人放出，现场6000多个农友齐声高呼：“打倒地主！农民万岁！”声音传出，震撼全城。待余坤等人出狱，大家一拥而上将其抬了起来，狂呼欢跳。顿时，县衙门内一片混乱，栏杆及吊灯等都被毁烂了。狂欢的农民来到大街时骤雨如注，他们全然不顾地激情高呼：“打倒地主！农民万岁！”欢呼的声浪与滂沱大雨交集在一起。农民们往日里在衙门前经过都须佝偻着身子低着头，否则就会受到门卫的呵斥，哪敢喊“农民万岁”？余坤等6人更是热泪盈眶，想起那日3名法警携票传讯他们时，乡民们畏兵如虎，见官兵来了竟纷纷闭门逃避。法警狐假虎威，抓住余坤等人开口便索要脚皮钱、住宿费、传票费。余坤等人无力交付，法警便拳脚相加将其拘走。到了公平圩，余坤急中生智，脱下身上衣服当了，得钱六毫送给法警饮茶，然后请人作保，称愿回家借钱送交县法庭，方得脱身到县农会求助。若无农会相救，今日必有牢狱之灾，下场定然十分悲惨。真是：往日穷人矮三寸，如今是顶天立地的人。这怎不令他们欣喜若狂啊！大街两旁的居民隔着雨幕，惊讶地看着狂欢的队伍，都感慨这世道真的要变了！

有学生在街头悬挂“欢迎出狱农友”的横幅，有人在骑楼下面点燃鞭炮抛向人群。于是，大街小巷鞭炮声此起彼伏，不绝于耳。这天下午，千年古邑到处都是在雨中尽情狂欢的农民。组织起来的、觉醒了的农民如这涤荡污垢的暴雨，要冲破千百年来束缚他们的封建桎梏，推翻骑在他们头上作威作福的地主阶级，朝着自由解放的道路奔跑！

为有牺牲多壮志

海丰县总农会组织6000多个农友到法庭示威请愿，解救余坤等6人出狱，胜利后冒雨狂欢。待到雨过天晴，日已西斜，农友们才带着胜利的喜悦尽兴散去，各约农会带领大家回归乡里。而赤山约农民在途经龙山天后宫和灵雨庵时，都驻足停留，久久不愿离去。

天后宫是海丰县总农会会址，灵雨庵是赤山约农会会址，两处仅一墙之隔。往日赤山约人到海城总喜欢在这里歇脚。此时众人聚在庵前的大榕树下，不由想起9个月前，也是在这个地方，彭湃孤身一人在这棵树下宣传农运，号召农民们组织起来与地主抗争，那情景如在眼前。当时他们中的很多人都不相信彭湃说的话能够成真。可如今彭湃一声令下，6000多个农友把千年古城搅了个天翻地覆。彭湃那时说的话竟然句句应验了！有农友看着庵里的神龛忽有所悟，竟高声喊道："彭湃！彭湃就是菩萨，活着的菩萨！""对！彭湃是活菩萨！"赤山约农友纷纷激动起来，大榕树下的呼声越来越高。

彭湃在天后宫内听到外面人声嘈杂，走出门来看到这个感人的场面，便站在台阶上挥手向农友们致意，趁机演说道："我们农民千百年来都受地主绅士官府的冤枉和压迫，总不敢出声。今天能够把6个农民放出来，这是谁的力量呢？"农友们听到此言，一时议论纷纷，说法不一。彭湃接着说："今天得到的胜利，不是我彭湃一个人的力量，是农会能指导六七千耕田佬团结在一块，有一致的行动。集中六七千人的力量为一个大力量，使官僚不得不怕，不得不放出农民来！我们在今日得到这个经验，大家应该自今日起更加团结，加紧扩大我们的势力！"彭湃的这番话像一盏明灯，使农友们的心一下子敞亮了。斗争的实践让农友们对彭湃心服口服，他们从心底认准了彭湃。从今往后，他们决心跟着彭湃上刀山下火海，为谋求翻身战斗到底！

赤山约农会会长黄凤麟在请愿大会上提出的，如若地主作怪我们就"不交租""掘田坐"的战斗宣言，直接击中了地主们的软肋，成为海丰县总农会的战斗口号，使得地主们噤若寒蝉，不敢乱说乱动了。

粮业维持会的会长陈月波见势不妙，想一走了之，便心生一计。数日后他约上一帮与他同是求神拜佛之人，到城中老爷庙中扶乩，说是请菩萨赐个良方妙策来对付农会。请来的扶乩者自称是元天上帝，一下乩便写了几个字：“农会必定胜利”，旁观者见了大惊失色。次日，陈月波召集粮业维持会开会，煞有介事地说：“昨日扶乩，元天上帝的乩文是：农会必定胜利。并有一首诗，最后一句是：任凭汉育去生机（汉育是彭湃的旧名）。我又问元天上帝我该怎么办，元天上帝叫我去香港，天意不可违，所以，两三天后我就到香港去。”隔了2天，陈月波果然金蝉脱壳辞职去了香港，粮业维持会也就作鸟兽散了。

彭湃领导的农民请愿示威行动取得了完全的胜利。农民们从这次行动中认识到农会是代表农民的利益并为此奋斗的组织，于是要求加入农会者络绎不绝，每天都有三五百人。一时间，农会如日中天。同时，此次请愿示威行动的胜利亦推动广东农民运动的迅猛发展。农会的声名远播附近各县，紫金、五华、惠阳、陆丰诸县农民加入农会者也逐日增多。不到2个月，海丰县总农会改组为惠州农民联合会。到了7月，潮州、普宁、惠来的农会亦发展了起来，于是广东省总农会成立了。赤山约农民在海丰农民运动中的出色表现，及其在请愿示威行动中的斗争精神给海丰人民留下了深刻的印象，所以赤山约农会会长黄凤麟被选为广东省总农会执行委员会委员。但是，反动势力却从此对赤山约农民恨之入骨了。

1928年3月1日，国民党反动派为摧毁新生的红色政权，攻占了海丰县城。4日后（3月5日），敌人报复的屠刀便迫不及待地砍向了赤山约农民。1957年，在《纪念海陆丰苏维埃三十周年专刊》的大事记中特地记载此事："1928年3月5日（农历二月十四日）敌军搜索农会发祥地——赤山约，逮捕男女农民140多人，将其全部枪杀。"

为有牺牲多壮志，敢教日月换新天。赤山约农民并没有被国民党反动派的白色恐怖所吓倒，在土地革命战争、抗日战争、解放战争等不同历史时期，他们都紧跟中国共产党，不怕牺牲，前赴后继，为民族解放事业作出了重要贡献。

1938年8月，海陆丰中心县委命令原红军49团战士黄贡回其家乡赤山约大池村设立地下交通站。这个交通站在离县城仅3里的地方，坚持战斗11年没有暴露，并于解放战争时期成为海陆丰二县的交通情报总站。其发展壮大的根本原因在于赤山约有着良好的群众基础。当时屿仔乡8个村都有接待游击队和地下组织留宿的堡垒户，出现了很多主动为交通站送物资、送情报的编外交通员，他们用生命和热血保护着交通站。如烈士卓潭香、卓样被敌人逮捕后，受尽酷刑仍至死不渝，没有出卖地下交通站。他们的英雄事迹在赤雁河畔广为传颂。

1945年1月，日本侵略者侵占海丰县城后，赤山约池坣村共产党员陈宇根据党的指示，在赤山约屿仔乡组织了海丰县人民抗日救乡大队，陈宇任大队长，柯克洲任副大队长。海丰县人民抗日救乡大队成为抗日战争时期我党领导下的第一支抗日武装部队。该部队于1945年4月编入东江纵队第六支队。

滔滔黄江水奔流不息，它见证了赤山约农民在艰苦的战争年代，如何倾尽全力支持子弟兵。赤山约与其他根据地一样，也流传着“最后一升米，送给亲人作军粮；最后一床被，送给亲人御风寒”的佳话。不少人家因给子弟兵提供住宿而被敌人烧毁房屋。很多当年的老同志都说，赤山约的番薯养育了他们，赤山约就是他们的第二故乡！20世纪50年代，在外地工作的老战士每逢回到家乡，总不忘重返赤山约吃个粗茶淡饭，为的就是寻找当年的感觉。1983年12月，海丰县召开东江纵队成立三十周年纪念大会，曾任海陆丰中心县委书记兼东江纵队第六支队政委的郑重同志带着部分老同志，在县委领导的陪同下，前往赤山约参观。郑重同志在赤山村委会挥毫题诗：

当年彭湃起农会，
杨望组织突破队。
全国农旗高高举，
赤山烈士血化碧。
三次革命苦坚持，
华夏解放留青史。
历史多曲折，
中央英明决策。
赤山好地方，
农民勤耕作。
今日老兵朝圣地，
细听英雄讲战史。
弹指六十年，

亲人开颜喜。

敬祝赤山早富贵，

世代传红旗。

1957年，在庆祝海陆丰苏维埃政权成立三十周年的活动中，时任广东省副省长古大存同志在会议上用这样的语言表达了他对赤山约农民的褒奖，他说：“彭湃同志最先建立农会的赤山乡被誉为一支永不褪色的红旗。”

壮哉，赤山！壮哉，英雄的赤山约人民！

（本文在写作过程中得到了赤山约黄振雄先生的大力协助。参考文献：王曼，杨永. 彭湃传. 广州：广东人民出版社，2002.）

02

钢铁战士卓潭香

卓潭香，1911年出生于海丰县赤山约溪墘围村一户贫穷家庭。少年时的卓潭香聪明好学，尤其喜欢习武。村里的拳馆是他光顾最多的地方，大人在练功，他就在旁边比画，学得有模有样。

1922年7月29日，彭湃和张妈安、林沛、林焕、李老四、李思贤5个赤山约农民在得趣书室成立了“六人农会”，从此，赤山约兴起了轰轰烈烈的农民运动。少年时的卓潭香在浓郁的革命氛围中成长，对革命充满了激情与向往。

1926年，15岁的卓潭香加入了赤山约农会和农民自卫军，从此走上了革命的道路。

1927年春天，卓潭香加入了共青团，担任赤山约农军小队长，在此期间，结识了邻乡（屿仔乡大池村）的一位同龄人——黄贡，两人很快成了挚友。同年4月12日，蒋介石在上海发动反革命政变。15日，广州国民党政府紧步蒋介石后尘，准备对海陆丰开展“清党”行动。在此关键时刻，敢为人先的海陆丰人民在中国共产党和彭湃同志的领导下，毅然发动了三次武装起义。11月21日，中国首个苏维埃政权在海陆丰大地诞生。参与过海陆丰三次武装起义的卓潭香，经受了战火的磨炼后迅速地成长起来。

1928年3月1日，由于国民党重兵“围剿”，海陆丰苏维埃政府撤退到山区。卓潭香随赤卫队转战山区，与敌人进行周旋。3月5日（农历二月十四日），国民党李振球团血洗赤山约，卓潭香的母亲和二弟倒在了敌人的枪口下。

1929年10月，红军第6军第17师第49团在黄羌朝面山菜背窝宣告成立。在大山中打了1年多游击战的卓潭香响应党的号召，参加红军49团，与挚友黄贡同在三营，成了并肩战斗的战友。

1930年10月至11月，卓潭香随红军49团开上大南山接受整编。改编后的红军49团被编入第6军独立第2师第1团。

1933年2月14日，红1团（原红军49团）向紫金转移途中，在乌禽嶂山遭敌人3个团包围。红1团官兵跟敌人血战3天3夜，最后仅剩60多人撤出战场。卓潭香在战斗中受伤，跌落山涧，幸被树木阻挡在涧边。战斗结束后，卓潭香凭着顽强的毅力和过硬的功夫，慢慢地爬上了悬崖，在深山一户猎人家中疗养了3个月。身体恢复后，卓潭香化装成普通百姓，偷偷地潜回家乡。

挚友黄贡也在紫金乌禽嶂山一战中幸存了下来，回到了家乡。两个大难不死的好友，在革命低谷之时互相鼓励、共度时艰，默默地等待革命高潮的到来。

1938年，卓潭香、黄贡与党组织取得了联系，再次回到了党的怀抱。黄贡受命在赤山约建立我党的交通站，卓潭香参加了海丰民众自卫团独立小队。

1939年，一贯仇视共产党的海丰国民党顽固派，不顾抗战大局，解散海丰民众自卫团独立小队。卓潭香又一次回到家乡静等组织的召唤。

1945年1月，共产党员陈宇同志根据党组织的决定，在赤山约组建海丰县人民抗日救乡大队。这支部队是海丰县抗战时期我党领导的最早的抗日武装力量，卓潭香当即报名参加。当年4月，该部队编入东江纵队第六支队。卓潭香担任机枪手，因作战英勇、表现突出，当年冬天便光荣地加入了中国共产党。1945年8月抗日战争胜利，然而，人民期待的太平世界并没有到来。国民党反动派再次挑起内战，大举进攻解放区，东江纵队第六支队遭受重创，海陆丰地区斗争形势十分严峻。组织上考虑到卓潭香久经过沙场、作战英勇、为人正直，便命令他担任蓝训材同志的警卫员。

1946年1月16日，卓潭香在随蓝训材同志前往联安镇渡头村执行任务时，被国民党186师发现并被包围。在此危急关头，卓潭香拔出腰间两把手枪，往村口冲去，并故意鸣枪吸引敌人的注意力。敌人看到有人往村口突围，马上追了过来。蓝训材与其他同志趁机从村后突围。卓潭香边打边撤，把敌人引到村口的河边，子弹打完后，他把双枪抛入河中。敌人看到卓潭香已经弹尽，把他团团围住。卓潭香不幸被捕。

敌人将卓潭香关押在海城镇东笏村，因有本地人指出卓潭香是赤山约人，于是，第二天一早卓潭香被押回赤山约游乡。时值隆冬季节，寒风刺骨，敌人把卓潭香的外衣脱掉，五花大绑。穿着短裤汗衫、血痕斑斑的卓潭香，步履蹒跚，在寒风中瑟瑟发抖。毫无人性的国民党兵，对游乡的卓潭香边推边打，逼他指认赤山约地下交通站和共产党员。坚强的卓潭香，面对凶残的敌人毫不畏惧，每当敌人对他拳脚相向时，他总是怒目相对，闭口不言。

赤山约的乡亲见此惨状，无不伤心落泪。当卓潭香游乡路过佛祖公庙时，村中一长者不顾个人安危，拨开戒备的敌人，将卷烟递至卓潭香的嘴中，哆嗦着双手为其点火。长者老泪纵横，哽咽着对卓潭香说："潭香啊，你受苦了！"

当时，赤山约屿仔乡有两个我党的地下交通站，总站设在大池村，分站设在山头村，都是地下组织领导人的主要活动场所。村中还有不少地下工作者，卓潭香一旦叛变，后果不堪设想。

敌人用尽各种手段，企图从卓潭香的身上获取情报。乡亲们看到卓潭香遭受敌人的百般凌辱，无不义愤填膺。他们想起19年前"二一四"惨案，国民党反动派血洗赤山约屿仔乡8个村庄，残杀140多位农会会员，卓潭香的母亲和二弟在那一天也惨遭枪杀。如今，乡亲们又看到卓潭香被国民党匪兵肆虐残害，旧仇未报又添新恨。

时近黄昏，残阳映在卓潭香的身上，只见他遍体鳞伤犹如血人。敌人看到重刑无法让卓潭香开口，只好把他押回东笏村。

第二天，敌人再次押着卓潭香到赤山约游乡，仍然对他拳打脚踢。身材魁梧的卓潭香连续2天惨遭毒打，体力渐渐不支，走在冰冷的路上，随时有可能倒下。

交通员陈景是卓潭香的战友，平时与卓潭香关系密切。2天来，他和交通站的同志一直偷偷跟在游乡队伍后面，找寻解救的机会。但是，敌人戒备森严，交通站和部队的战友们始终找不到解救的机会。

第三天，敌人更加阴险毒辣，他们把奄奄一息的卓潭香拖到其家门口，将卓潭香怀孕的妻子和儿女从家中驱赶出来。敌人对卓潭香吼道："两条路任你选，一条是交代出谁是共产党员，一条是向家人交代后事。"卓潭香的妻子挺着肚子，看到被折磨得失去人形的丈夫，犹如万箭穿心，嘶喊一声"潭香啊"便瘫倒在地，眼泪奔涌而出。其9岁的女儿扑向父亲，抱着父亲的身体号啕痛哭。儿子仅5岁，紧紧依偎在母亲身旁，一双小手伸向父亲，哭着呼喊："亚爸，亚爸！"

卓潭香面对此情此景，挣扎着站了起来。他不由想起往日归家时，一双儿女飞身投入怀中，爱妻端来热茶嘘寒问暖，这一切仿佛就在眼前。可如今儿女那撕心裂肺的凄厉哭声让卓潭香心如刀绞、肝肠寸断，"已知泉路近，欲别故乡难"，今日为了革命只能以身殉志。卓潭香慈爱地俯视着儿女，泪水盈眶，目光久久不愿移开。猛然间他抬起头来，双眼圆睁望着妻子，一字一句对妻子说："若是生女送给人家抚养，若是生男要把他抚养成人。等儿子们长大后，告诉他们谁杀害了他们的祖母和父亲！"话音刚落，敌人的枪声响了，英雄卓潭香高大的身躯倒在了自己的家门口。卓潭香妻子随着晕死过去，与丈夫一起躺在血泊之中。

穷凶极恶的敌人杀害了卓潭香后纵火焚屋，冲天的火光毒蛇般吞噬着烈士的家。风助火势，卓潭香的祖屋瞬间成为一片灰烬。敌人的暴行没有吓倒赤山人民，乡亲们目睹这惨绝人寰的一幕，纷纷不顾敌人的淫威，冲到卓潭香妻子、儿女的身边，几个大婶分别抱着大人和孩子迅速离开现场。

当晚，北风呼啸，天寒地冻。中共地下工作者、赤山约交通情报站站长黄贡同志，请乡亲们用四块门板做成简陋的棺木，并买来两张草席，亲自为卓潭香收殓，乘着黑夜将烈士安葬在屿仔山北坡的红花坎下。每当春天来临，烈士墓上的映山红绚丽绽放，似乎在告诉人们这里长眠着一位用鲜血染红了共和国旗帜的钢铁战士。

青山有幸埋忠骨，赤水化泪祭英魂。卓潭香的英雄事迹一直在烈士的家乡赤雁河畔传颂，他钢铁般的意志和视死如归的革命精神永留人间！

（本文在写作过程中得到了赤山约黄振雄先生的大力协助。口述人：卓坤如；口述时间：2020年6月18日。）

03

交通线上铸丰碑

2018年中秋节前夕，笔者赴广州拜访彭湃烈士的三儿媳、东江纵队老战士陈平同志。当我们出示一张照片，问陈平阿姨能否记得照片上的人时，陈平阿姨接过照片一看，不假思索地说："这是吴光荣同志，1964年至今，我们就没有见过面了！"

得知吴光荣的孙子吴君贵、吴君长也来了，陈平阿姨亲切地拉着他们兄弟的手，仔细端详一番后，无限感慨地说："不容易啊，不容易！记得你们以前的家，就在海丰县城的西南角……"

陈平阿姨已经80多岁了，自1964年随丈夫彭洪（彭湃烈士的三儿子）调离海丰，一直在广州工作和生活，至今已过半个世纪。而半个世纪未曾谋面的吴光荣同志的一张照片，竟让她百感交集，她罕见地端起酒杯。时光倒流，陈平阿姨带领我们走进往昔的烽烟岁月……

西药输入农民医药房

吴光荣又名吴照，1899年出生于广东省海丰县马厝铺长合村，10岁至18岁在村里读书，后因家贫而辍学耕田。长合村人崇文尚武，擅长舞虎狮。在此氛围熏陶下，吴光荣从小便舞拳弄棍，功夫了得，而且是热心肠，爱打抱不平。

彭湃从日本留学回国后，1921年7月在海丰创办社会主义研究社，传播马克思主义思想。比彭湃年少3岁的吴光荣，踊跃参加社会主义研究社举办的十几次座谈会，和进步青年一起阅读李大钊的著作《庶民的胜利》《我的马克思主义观》等，并经常展开讨论和思想交流。每当彭湃主讲日本河上肇教授的《社会问题管见》《资本论入门》《十月革命后的俄国》等著作时，吴光荣总是坐在前排，如饥似渴地聆听。

1922年7月29日，“六人农会”在得趣书室成立，农民运动在海陆丰大地展开了。在海丰县城大街执业行医的吕楚雄医生，在彭湃的感召下把自家的药房改名为“农民医药房”。农民医药房倾情服务农民，对农会会员给予就医不收诊费、药费仅收半价的优惠。此举得到农民群众的热烈拥护，助推农民运动迅猛发展。

吕楚雄医生的老家鹿境乡新南村，位于海丰丽江畔。丽江北接彭湃家门前的龙津河，流经鹿岭，过鹿南山转弯南下，至西闸大桥，融于三江口，汇入长沙湾，直达太平洋。丽江江面开阔，风静月明之夜，皎洁的月光普泻江面，又把空中明月和江边景色倒映在水中。波光粼粼，水天一色，诗情画意，绝妙迷人。因此，“丽江月色”成为古代“海丰八景”之一。鹿境乡新南村为文化之乡，清代贡生吕心焯创办的庭兰书院培育了许多革命英才。该村早期创办的女子学校，破除重男轻女陋俗，是海陆丰地区妇女解放运动的一扇门窗。

吕君弄（吴光荣的姐夫）也是鹿境乡新南村人，与吕楚雄、吕楚琛兄弟情同手足。受彭湃指派，吴光荣、吕君弄负责从香港采购药品，经水路长途运输，秘密地将药品送进农民医药房，解决农会会员缺医少药的大问题。1923年，在海丰总农会、惠州农民联合会的基础上，彭湃领导建立了广东省农会。1924年，广东省农会会员超过23.5万人。吕楚雄任广东省农会卫生部部长期间，吴光荣、吕君弄也分配在卫生部，负责药品采购、运输和调配等工作。为保障药品及医疗器械供给，吴光荣根据彭湃和吕楚雄的指示，依靠各方人脉、资源，着手开拓一条秘密交通线……

马厝铺长合村是海丰县开展革命活动和武装斗争的中心区域之一，广大劳苦群众拥护革命并投身革命。在彭湃领导下，马厝铺长合村于1925年4月成立了农会，5月建立了农民自卫军。1925年底，彭湃派郑志云到该村指导并成立中共海丰县一区西南路党总支，总支部设在该村笃庆堂祠堂右侧附厝的第三间房。吴焕科、黄平、吴光荣先后担任总支部书记。

1927年，马厝铺长合村农民自卫军先后3次（5月1日、9月17日、10月9日）参加攻打海丰县城的战斗。1927年9月23日，南昌起义军攻入潮州城，李国珍被任命为潮安县公安局局长。在几天后的一次战斗中，李国珍腿部中弹受伤，被困在汕头市。当时汕头市戒严，缺医少药，李国珍病情危急。他通过地下组织联系到吴光荣，促成爱国华侨陈贤娇和吕君弄医生携带药品从海丰鹿境老母庵乘船赴汕头为他治疗。因此，李国珍的病情及时得到了控制。11月21日，海丰农民自卫军在红二师的配合下，攻克海丰县城，建立了海丰县工农兵苏维埃政府。同时建立了区、乡苏维埃政权，开展了打土豪、分田地的斗争。

据卓琪、林学、彭科（彭湃烈士的侄子）等同志证实，吴光荣是海丰县早期中共地下工作者，苏维埃时期曾经担任海丰县财委会主任。

拓荒交通线　拼杀风雨中

海陆丰苏维埃政权的建立在国际社会引起关注，让广大生活在水深火热中的民众看到了希望，海丰一时间被誉为“东方小莫斯科”。海陆丰苏维埃政权同时也引起国民党反动派的恐惧和仇恨，他们派出第4军第11师，勾结地主武装，对红色政权进行疯狂镇压。

1928年2月29日、3月1日，陆丰县城、海丰县城相继陷落敌人手中。国民党军队再次占据海丰县城，一个月内两次“围剿”马厝铺长合村，残忍杀害吴潭和等7名革命群众，烧毁海丰西南党总支所在地笃庆堂（内有房屋19间）和吴含、吴棣伍等共产党员的原住宅30余间，甚至把被烧毁祠堂的条石、乌砖、杉木等搬至下巷高桥边建炮楼和围墙。敌人还四处张贴“花红书”追捕该村革命志士，被标明花红银追捕的有吴含、吴棣伍、吴焕珠、吴祖荣、吴光荣等12人。

此时，中共南方局和广东省委已搬迁到香港办公。按照组织安排，吴光荣和林德隆等进入中共东江党校学习。结业后，吴光荣赴由赤卫队改编而成的工农革命军海丰独立师任中队长，参与反抗国民党反动派的“围剿”。1928年4月，马厝铺长合村农民自卫军英勇地进行劫狱战斗。5月3日，吴光荣参加了红二、红四师反攻海丰县城的战斗。失利后，他和农民自卫军退到山区坚持游击战争和地下斗争。

海丰县鹿境乡新南村境内、美丽的丽江北岸有一座地母元君庙，亦称老母庵，俗称畲港庵，建筑面积有200多平方米，庙内供奉的地母元君据说是南宋丞相文天祥的女儿文奉娘随身奉祀的香火。当年文奉娘随父亲文天祥到海丰时，把香火安置在这里。宋末元初始建地母元君庙，后因战乱被毁。清光绪二十三年（1897年），鹿南村吕题鹰集资复建老母庵，并命其19岁的女儿吕月仙主持庵务。老母庵传承忠君爱国基因，吕月仙扶危济困，治病救人，深得周围信众拥戴。老母庵与女子学校影响和教育了蔡素屏（彭湃同志的妻子）、吕楚卿、吕玉云等众多鹿境籍妇女。

蔡素屏在海丰开展革命活动，1928年9月19日因叛徒告密在平岗乡被捕。她受尽酷刑而坚贞不屈，两天后被押往海丰老车头刑场，英勇就义！在白色恐怖中，吕玉云和她的丈夫彭银

（彭湃的大哥）不顾自身安危，冲过重重戒严进入行刑地，用草席裹住蔡素屏烈士的遗体，夫妇俩一前一后、步履蹒跚地将蔡素屏烈士的遗体扛出刑场外安葬。

海丰县鹿境乡新南村一带，丽江依偎，河汊弯曲，溪笏交叉，支流密布，河滩中、塭坐边长满了茂密的芦苇、红树林、三角蔺草以及各种水草，是隐蔽的好地方。自古以来，波光粼粼的丽江缭绕着鹿境流淌，来来往往的帆船从不间断。当时，从鹿境出发，两天航程即可到达香港。

1929年8月30日，彭湃在上海牺牲。从此，他的儿子彭士禄、彭洪成了孤儿。为躲避国民党反动派追杀，两个孩子艰难困苦辗转各地，得到革命群众的掩护。不久，党组织把彭士禄护送到老母庵藏匿。黑夜里，虫子咬伤了3岁多小士禄的双脚，吴光荣便请其姐夫吕君弄医生为彭士禄治疗。有一天，吴光荣到老母庵探望彭士禄，抬头间看到庵里一副对联：一泓清水润静室，济世黎民与天齐。他不禁思潮翻滚：这不正是自己理想抱负的现实写照吗？彭士禄的虫咬伤一好，吴光荣即执行组织指示，买舟赴港，沿着海陆丰至香港的地下交通线，劈波斩浪，将小士禄护送到香港，亲手将其交给彭湃的母亲周凤。

1929年10月，红军第6军第17师第49团在朝面山成立，吴光荣任副官兼第49团军需处经理。当时，革命力量正遭受国民党反动派“围剿”，战争处在异常困难时期，伤员多、病员多，药品、器材、武器和各种军用物资十分缺乏。吴光荣负责到乡村募集粮食和生活物资，他以黑夜作掩护，把粮食和物资用船运往黄羌的热水村、里坑村等处的仓库储藏，再由黄羌特别支部的曾雄、杨道、宋耀南等动员赤卫队队员送到朝面山红军49团驻地和富竹园、激石溪等地，保障部队的给养和伤病员的医疗。

1930年5月1日，经中央军委批准，成立红十一军，古大存为军长，红军49团归入红十一军编制，彭桂任红十一军副军长兼红军49团团长。6月5日，成立东江苏维埃惠州十属特别委员会，吴光荣任东江特委军事委员会经理处长。7月，红军49团在海陆丰地区粉碎民团200多人的围攻，毙敌100余人，缴枪100多支，红军49团发展至1000多人。

在强敌围攻下，海陆丰苏区遭受严重摧残，革命力量损失惨重。至1933年，林覃吉、彭桂、杨其珊等相继牺牲，国民党当局悬赏通缉海陆丰革命骨干263人，吴光荣被悬赏100大洋。为长远计，他离开海陆丰，暂避于香港，继续从事地下斗争。

为何香凝转移海丰保驾护航

日本侵华战争打响后，1938年，海陆丰旅港同乡会组织了由吴若冰任团长、吴棣伍任副团长的抗日救亡工作团。吴光荣在香港九龙太子道生活书院接受了40天的学习训练后，与吴禄、林兴、朱荣等20多人组成海陆丰旅港服务团回到海丰。他们宣传抗日，组织人民群众投入救亡战斗中。同年，马厝铺长合村建立抗日“童子团”，团长为吴焕枝，团部设在马厝铺社头宫内。

抗日战争期间，吴光荣以公司贸易作掩护，夤港塭寮作金库，在古渡口附近的新南和新山的大渡村设货仓，以老母庵为情报交换站；恢复和巩固了秘密交通线，直接指挥陈留、吕君弄、李政（李劳工的堂弟）、吕坚如等同志开展物资采购和运输工作，风雨兼程奋战于香港与海陆丰之间，把武器、药品、器材等物资从香港运到丽江各渡口。经吴光荣调拨，通过秘密运输通道，这些物资被陆续运往朝面山和海丰县内外各根据地。

1941年春，日寇侵占海丰县沿海地区，与海匪陈铁一伙狼狈为奸残害百姓，直至年底离去。海陆丰旅港服务团协助海丰县建立各抗日团体，吴光荣任中原区（海丰县中心地区，辖县城以及北至莲花山，东至大嶂，南至陶塘、大坑，西至小液、大钳等地）党总支成员兼第一区青年抗日同志会负责人。一区青抗会指挥部设在丽江边的庭兰书院，吴光荣以老母庵、下楼妈祖（附城联河）等地为活动据点，与吕小准一起带领抗日队伍狠狠打击日本侵略者。与此同时，吴光荣与蓝训材一道，积极组建我党的情报网和交通站，侦察敌情，收传情报，为有效打击敌人发挥了重要作用。

1941年12月，日本发动太平洋战争，10多天后香港沦陷。日军在香港大肆搜捕进步文化名人和抗日爱国民主人士。中共中央指示，要立刻抢救他们脱离虎口。据此，东江纵队港九大队于1942年1月开始，在恐怖森严的环境中，千方百计克服困难，救出了柳亚子、何香凝、茅盾、邹韬奋等大批抗日爱国民主人士和进步文化名人。

据时任中共海丰县委书记谢创同志回忆，当柳亚子、何香凝脱险离港时，海丰县委接到上级通知：对两位爱国老人的交通护送、安全措施、生活安排等均由海丰县委布置，通过党组织保证执行。在此期间，吴光荣协助组织安排谢一超等人护送柳亚子、何香凝等重要人物从香港转移到海陆丰。

资料记载，柳亚子、何香凝两人到达海丰县第一站的隐蔽地点，是有坚强党组织基础的靠海岸农村。何香凝在第一站隐蔽到第5天后，深感地下工作者生活困难，便提出要写亲笔信去县城银行取款。地下工作者向海丰县委请示，县委研究认为不应拒绝她的要求。县委决定，把她转移到“白皮红心”的乡公所去，以避免暴露地下组织据点。海丰县银行行长接到何香凝的亲笔信，即付给法币500元，并立即向海丰县国民党县党部报告。翌日，国民党县政府派兵护接何香凝到县城去。

中共海丰县委为了何香凝的安全，特交给打进国民党做秘密工作的同志一个特殊任务。何香凝要求国民党县党部召开群众大会，让她和海丰群众见面，获勉强同意。海丰县委决定：通过党组织动员群众踊跃参加，以行动表示对何香凝的欢迎和拥护。

群众大会当天，有2000余人参加，国民党县党部书记和县长陪同何香凝坐在讲台上。何香凝站起来向群众讲话，愤怒控诉日本帝国主义侵占我国疆土、残杀我国同胞的罪行，号召群众不分党派、不分地域，团结起来，一致抗日，指出最后胜利是属于我们的。当何香凝讲到“团结起来，一致抗日”时，全场高呼

"打倒日本帝国主义！""坚持抗战！""抗战到底！"口号。

任海丰一区区委书记

1945年1月下旬，日军再次侵入海丰，地下组织立即组建抗日武装，首先在赤山成立海丰人民抗日救乡队。接着，东江纵队第六支队在赤石大安峒成立，赴前线会同救乡队与日军作战。据陈平同志介绍，当时，她初中刚毕业即走上革命道路，来到东江纵队第六支队。1946年，蓝训材同志任东江纵队第六支队政委，她当文书。第六支队曾经沿着丽江行军作战，与敌人迂回周旋。如今，70多年过去了，她还清晰记得丽江边长长的青草，还有江畔那座可以避风挡雨的老母庵。

日本投降后，内战爆发。遵照党中央指示，1946年6月30日，东江纵队2583人北撤山东。留下的武装骨干响应党的号召重新组织队伍。1947年初，蓝训材组建了海陆丰人民自卫队。中国人民解放军粤赣湘边纵队成立后，海陆丰人民自卫（总）队改编为粤赣湘边纵队第一支队第五团，蓝训材任团政委兼海丰县委书记、县长。其间，吴光荣战斗在香港，兼任基督教界海陆丰党支部书记，成为我党对港宣传统战工作的重要一员。1947年，吴光荣奉命回海丰做民运工作。当时，海丰县划分为4个民运区，他任中原区（由海城及其周边区域组成）党委领导班子成员，负责后勤物资供给和交通工作。

1948年2月14日至25日，中共海陆丰县委召开干部会议，会期11天。这是一次十分重要的会议。会议分析了国际、国内、广东和海陆丰的形势，传达了毛主席的指示，指出中国的人民力量不但打退了蒋介石的进攻，而且人民解放军已经把蒋介石的车轮扭转，斗争到了历史转折点，全国人民都要动员起来；总结了海陆丰各方面的工作，检讨存在的问题，明确了海陆丰县委的努力方向，并部署工作任务。会议主席团主席蓝训材，马安、吴江、蓝青、江水、吴光荣等45人参加会议。中原区党总支部书记黄玲、海陆丰军事情报工作负责人李寅，以及林学、叶枚（梅）等16人旁听了政治报告。

据陈洪同志（彭科的爱人）介绍，中原区是国民党县政府的腹地，所以斗争相当激烈，我们有一些同志在这里牺牲了。1948年农历八月中旬，我军在中原区同国民党军作战，国民党县长黄干英也上阵，战斗持续了一日两夜。我们有效地发动当地群众，最终国民党军撤退。1949年初，中原区内建立了4个乡政权：东路成立新台山乡人民政府，南路成立新霞港乡人民政府，北路成立银峰乡人民政府，西路成立三峰乡人民政府。吴光荣任三峰乡乡长，干部有吴友容等。三峰乡下辖谢道山、圆山、马厝铺及联安镇各村等。

1949年2月3日，吴光荣参加在赤石明热峒召开的海丰县第一次人民代表大会。同年10月11日，海丰县解放，吴光荣任中共海丰县委委员、一区区委书记（行政17级，处级待遇）。

吴光荣同志从事革命工作数十年，他所开创和致力终生的香港至海陆丰药品通道与秘密交通线，为推动海陆丰农民运动发展、救治南昌起义部队伤员、海陆丰革命根据地的创建发挥了重要作用。这条药品通道与秘密交通线对井冈山革命根据地、中央苏区的影响和作用，值得我们继续挖掘和研究。吴光荣同志不畏艰险、不计名利、机智坚韧的崇高品格，值得我们景仰和学习，他的功勋永垂不朽!

（口述人：吴君贵、吴君长、吴建明；口述时间：2018年9月10日。）

04

半截银链

1929年3月的一个晚上，夜幕重重，春寒料峭。

海丰北部西坑何猪禾嶂大山深处的小山洞里蜷缩着一个年轻女子和一个小男孩。山风袭来，小男孩在睡梦中发声："妈妈，冷。"年轻女子把小男孩抱得更紧，她想用自己的体温为小男孩驱逐寒冷。

山洞外两个中年男人正在警惕地注视着四周的动静，听到小男孩的声音，不约而同地回头张望。小男孩没有再发出声音，他们才放下悬着的心。

洞外的两个中年男人，一个叫戴德侦，另一个是他的弟弟戴传。洞内的年轻女子叫曾秀莲，是戴传的妻子，小男孩是她的孩子。

黄昏时，一小队反动民团气势汹汹，从公平高沙向西坑北岩坑口村扑来。早有警惕的戴传跟哥哥、妻儿顾不上吃晚餐，匆忙躲进屋外的何猪禾嶂深山中。

夜更深，山风愈发张狂。四周除了风摇树木发出的声音外，再也听不到任何动静。戴传悄悄走到兄长的身边，附在兄长的耳边对他说："你守在此处，明天中午我过来接你，我今晚必须见到袁娘送，如果任务失败，我们就要另想办法。"老实的哥哥一直以来都是听弟弟的，他点了点头，目送弟弟摸索着一步步走下山岗。

戴传摸下山，确认四周没有民团分子后，沿着崎岖的山道，向二区赤卫队副队长袁娘送的家里走去。

袁娘送住在湖洋排，与戴传的家乡坑口村仅隔一座小山，平日里他们一起生活、劳动，亲如手足。

袁娘送于1926年加入农会。1927年11月，海丰成立苏维埃政权后，他加入了中国共产党，同时被任命为二区赤卫队副队长。

戴传受袁娘送的影响，于1927年加入了赤卫队，同时也光荣地加入了中国共产党，并被任命为坑口村赤卫队队长。

往日在深山中同甘共苦的兄弟，从此成了并肩战斗的同志。

1928年2月下旬，国民党四路重兵"围剿"海陆丰革命根据地，红二、红四师官兵和海陆丰赤卫队队员、农军，在中国共产党的领导下，奋起抗击敌人的疯狂进攻，海陆丰大地一时之间，战云密布，狼烟四起，许许多多英雄儿女血溅沙场。面对强大的敌人，他们用血肉之躯捍卫着苏维埃政权。然而，敌我力量过于悬殊，苏维埃政府最终只能撤出县城，向山区转移。

5月3日，在省委的统一领导下，红二、红四师官兵与海丰全县的赤卫队队员，发起了反攻海丰县城的战斗。但是，由于各种原因，反攻县城之战失败。接着，国民党再次增兵海陆丰，用优势兵力向红二、红四师发起攻击。彭湃同志面对严峻的战争形势，虽然想了许多办法，但最终还是难以挽回败局。1928年秋，红二、红四师官兵伤亡惨重，失去了战斗力，只能分散到山区，隐蔽在群众中。

共产党员、二区赤卫队副队长袁娘送，按照上级的指示精神，积极参与转移、隐蔽红二、红四师官兵的工作。他首先想到了好兄弟戴传，安排了8位伤势比较严重的红二师官兵给戴传，嘱咐他要像对待亲人一样，照顾好这些为海陆丰苏维埃政权出过力、流过血的红军战士。

戴传接到任务后，马上动员本村的赤卫队队员把8位红二师官兵带回村子。戴传把自己房子的正厅打扫干净，铺上稻草，再把自己的被单铺在稻草上，把受伤的战士安顿好。然后，戴传吩咐妻子曾秀莲准时为战士们做饭。曾秀莲悄悄对丈夫说："家里的粮食不多了。"戴传对妻子说："粮食我会想办法。我们可以饿肚子，战士们不能挨饿，他们伤势严重。再说，他们都是我们穷人的救星。"曾秀莲默默地点点头。

戴传安顿好受伤战士的食宿后，又忙着找来山中的"土医生"，上山采集各种草药为战士们疗伤。3天后，袁娘送来到戴传家，他一方面是来了解战士们的安置及疗伤情况，另一方面是来了解北岩村周围的情况是否安全。当他站在戴传的家门口向外眺望时，发现此处视野不开阔，如果敌人进村搜索，红军伤员有可能会被“包饺子”。他马上叫来戴传，吩咐他必须马上把红军战士转移。戴传听袁娘送这么一说，觉得非常有道理。但是，把红军战士转移到哪里去呢?

一时之间，两位深山好汉谁都没有出声，默默地思考着。

“有了，何猪禾嶂山，山高林密，山道崎岖，外人根本就不知道进山的道路，山上有山洞，可暂时作为红军战士的藏匿之处。”戴传说。

袁娘送听了戴传的话非常高兴，马上说：“走，我们进山看看再说。”

戴传转身回家拿了一把大砍刀，领着袁娘送，走向屋后的何猪禾嶂山。

何猪禾嶂山山高林密，除了当地山民，外人根本无法进山。半山腰有山洞，四周杂草丛生，人藏进去很隐蔽。袁娘送很细心，他对山洞的四周进行了仔细的观察，认为此处安全。于是，他告诉戴传，转移红军伤员事不宜迟，且千万要保密。

当晚，夜幕降临后，戴传与哥哥把8位红军伤员一步步扶上高山，将他们安置在山洞里。

山外的形势一天比一天严峻，国民党军队控制了海陆丰各乡镇后，在反动民团的配合下，开始向乡村展开报复行动。

还好，山高林密的北岩坑口村，直到1929年3月，国民党军队都没有进来，8位红军战士的伤势好转，行动自如。此时，战士们接到转移的命令都兴奋不已。那一夜，戴传亲自送红军战士来到湖洋排袁娘送家。临别时，一位姓徐的红军领导从衣袋里掏出一条银链，把银链拆成两截，一截送给戴传，深情地说：“几个月来，你照顾我们，就如照顾亲人一般，半截银链，当作纪念，等到革命成功了，我们一定回来找你。”另一位战士拿了一支长枪送给戴传当作纪念。戴传拿着战士们送的半截银链、一支长枪，目送战士们踏上新的征途，直到黑夜吞没了他们的身影，他才独自回家。

红军转移后的第二天黄昏，反动民团气势汹汹围攻了坑口村戴传家。所幸戴传早有准备，全家进山，躲过了反动民团的残害。然而，戴传一直惦记着袁娘送是否把红军战士安全送到了目的地。当他踏进湖洋排村时，一条黑影也刚好进村。戴传一眼就认出了是袁娘送。两人迅速闪进袁娘送的家。戴传顾不得汇报反动民团进村的事，急着打听红军战士是否安全到达目的地。袁娘送告诉戴传：“红军战士转移一切顺利。我连夜赶回来，是想告诉你，可能有人叛变，你要准备撤出。”此时，戴传才告诉袁娘送，反动民团于前一天黄昏已经到村子搜捕了，幸亏他们一家及时进山藏身，妻儿及哥哥还藏在山中。

袁娘送听了沉思了一会儿，对戴传说：“你抓紧撤出坑口，到激石溪去，家中的事情我会帮你处理好。”

漆黑的夜晚，四周一片静谧，戴传沿着山道向陆河激石溪前进。当他来到西坑暗径子时，几位蹲守在那里的民团分子拦住了他。戴传知道，此时反抗是无谓的。

戴传被捕后，敌人用了各种手段，逼问他把红军藏到哪里去了。戴传一言不发，始终不向敌人泄露我党我军的丁点信息。3个月后的一个黄昏，凶残的敌人把遍体鳞伤的戴传押到一个小山岗上。戴传面对夕阳的霞光，含笑就义，至死也不向敌人低头，坚守了一位共产党人的高尚品格。

1929年7月，袁娘送为了筹建红军49团的工作，在前往多祝途中，被敌人杀害。

曾秀莲带着孩子，四处躲避敌人的追杀，顽强地生存了下来。

新中国成立后，袁娘送、戴传被评为了烈士，戴传的儿子戴娘仁把红军赠送的枪支上缴给人民政府，那半截银链则一直传承到今天。

（口述人：戴玉枝；口述时间：2020年4月15日。）

05

英雄黄伯梅

惠东县宝口镇禾多村委，1978年以前隶属于高潭镇管辖，是海陆丰革命根据地的有机组成部分。禾多村委岗背村有一位传奇英雄叫黄伯梅，他身材高大，皮肤黝黑，脸庞上有一些凸出的肉疙瘩，嗓音洪亮，穿着随便且不苟言笑，但实际上他是一位粗犷豪放、落拓不羁、沉着机警、铁骨铮铮的男子汉。

1898年黄伯梅出生于惠东县宝口镇禾多村委岗背村，幼名黄戴魏。黄伯梅小时候在村中私塾就读，但因家庭经济困难，几次中途辍学，坚持读完小学后，家里再也没能力让其继续读书了。黄伯梅生性好动，喜欢上树掏鸟蛋或用竹弓箭射鸟。稍大，则经常随村里人上山狩猎，久而久之，练就了一手好枪法。由于黄伯梅待人诚实，崇尚义气，任侠好客，经常替弱势人群打抱不平，因而深得乡民信赖，但却得罪了一些劣绅地痞。

1922年春，黄伯梅全家被生活所迫，不得不搬迁到高潭镇黄沙村委角坑村居住。黄星南也是角坑人，又同是黄姓人，于是，黄星南与黄伯梅时有往来。黄伯梅广交穷友、乐于助人的品质得到黄星南的赞许，两个深山汉子从此结成了亲密的战友。

1922年深秋，彭湃同志前往高潭发动农民运动，黄星南专门邀约黄伯梅一起拜访彭湃同志。从此，黄伯梅成了黄沙乡农会骨干。由于黄伯梅秉公办事、乐于助人，因此深受农友爱戴。

1923年春，高潭区农会成立时，黄伯梅被选为区农会委员。

1925年3月，东征军打败陈炯明部，因“七五”农潮而转入地下的农会恢复活动。同时，各区纷纷组建农民自卫军，黄伯梅出任高潭区农军中队长，协助张佐忠建立农民武装。

1927年4月12日，蒋介石在上海背叛革命后，海陆丰人民为了反击国民党反动派的白色恐怖，于5月1日举行了第一次武装起义。起义胜利后，成立了临时人民政府。但是，国民党反动派很快就从惠州派兵直击海陆丰的农民武装。农民武装不敌而放弃县城，直上紫金，转战湖南，不幸在湖南汝城遭敌围攻而失败。

高潭的反动头子江达三，看到农民武装遭到沉重打击，以为报复农军的机会到了，便串通勾结以陈伯齐为首的惠阳县属48个约的地主武装2000多人，号称“48团”，兵分三路进攻高潭。黄伯梅率主力中队扼守在敌人主攻的中路企潭缺，凭借有利的地形，多次击退数倍于我军的敌人，激战十天九夜，争取了时间，让高潭区农会和各群众团体安全转移。

1927年11月21日，海丰县苏维埃政府成立，各区农民协会相应改为区苏维埃政府，农民自卫军改称为赤卫队。黄伯梅担任高潭区赤卫队大队长，领导全区的武装工作。从此，黄伯梅带领高潭区赤卫队艰苦转战，协助红二师先后攻下紫金、南岭和大茂江达三老巢。

1928年2月26日，国民党反动派出重兵“围剿”海陆丰革命根据地，3月1日，海丰、陆丰两县城先后失守。海陆丰苏维埃政府和红二、红四师官兵撤退到山区，组织几次反攻重点圩镇均告失败。5月3日，在省委委员赵自选的组织下，红二、红四师官兵在当地赤卫队的配合下反攻海丰县城，但是依然以失败告终。接着，国民党反动派加派兵力，对红二、红四师及各乡村进行大“围剿”。一时之间，海陆丰革命根据地陷入一片火海之中。

高潭区主要领导人根据党的决定，暂避外地。由于敌人反复残酷的“围剿”，高潭绝大部分房屋被烧毁，田园荒芜，许多乡村见不到一个人影，群众被迫迁居外地或逃亡到南洋，未走的则躲藏到大山上不敢下来。

1928年深秋的一天夜里，黄伯梅护送父母、妻子及弟弟夫妇取道紫金南岭，准备让家人在揭西河婆暂避一段时间。由于叛徒告密，南岭反动民团在他们的必经之路玉石坳设下埋伏。黄伯梅和家人遭到敌人的突然袭击，他虽然以最快的速度拔枪反击，但是因敌人人多势众，又占据着有利地形，最终，黄伯梅的父母被敌人乱枪打死，其弟媳被敌人活捉后贩卖到紫金蓝塘，妻子张凤被冲散后下落不明，弟弟黄乃福被冲散后潜回禾多老家掩蔽，不久叛徒告密其被捕，在押往海丰途中惨遭杀害。黄伯梅凭着机智勇敢和长期以来的作战经验，最终冲出敌人的包围圈，连夜折回中洞，隐藏在石船山中。一夜之间，黄伯梅的家人死的死、失散的失散。家仇国恨，如烙印般深深地刻在黄伯梅的心中。

面对恶劣的环境，黄伯梅这位深山硬汉并没有退却，他在山上找到10多位赤卫队队员，取出埋藏的武器，组织起来，昼伏夜出，进行着艰苦卓绝的斗争。在深山里没有吃的，他们就打野兽、摘野果，或上树掏鸟蛋，下河捉鱼虾，烧黄蜂充饥，想尽一切办法顽强地生存下去。

1929年春，国民党军阀内讧，广东局势动荡。海陆丰革命根据地在上级党组织的领导下，逐渐恢复武装斗争。黄伯梅与他的战友们走出深山，在中洞公开活动，很快就组织了一支30多人的武装队伍，武装斗争的旗帜再次在革命根据地高高飘扬。6月下旬的一天，黄伯梅带领部队在海丰的石山嶂伏击敌人。不久，黄伯梅又带队夜袭黄羌灰窖头大地主钟金裕的老巢，毙其弟及团匪数人。驻海丰县城的敌人闻讯后，派出反动民团300多人，兵分两路围剿黄伯梅部队。黄伯梅采用诱敌深入、声东击西、据险阻击等办法，打得进犯之敌晕头转向，丢下10多具尸体灰溜溜地撤兵了。黄伯梅以少胜多战胜敌人的消息不胫而走，藏匿在深山或出走外乡的赤卫队队员纷纷归队，至9月，黄伯梅的队伍发展到了60多人。

黄伯梅部队在高潭、马山、宝口一带恢复斗争的同时，彭桂在海丰、古鸿江在紫金也先后恢复了武装斗争。

1929年6月25日，在上海举行党的六届二中全会，制定了继续深入开展土地革命、开展游击战争、扩大苏维埃区域、建立红军等目标。会后，在潮梅地区的东江特委首先建立起了红军。10月初，中共海陆惠紫特委在海丰黄羌朝面山菜背窝召开了成立中国工农红军第6军第17师第49团的会议。参加成立大会的有100多人，朝面山及附近乡村的党团支部、苏维埃负责人列席会议。新任团长彭桂在会上说："49团是在海陆惠紫特委领导下成立的，古大存在八乡山成立48团，所以我们这里成立49团。"他接着说："革命失败后，现在又发展到高潮，上有朱毛红军，下有赤卫军，我们要坚持战斗。"他还要求地方干部："赤卫队队员愿意当红军的带枪来，不能当红军的要把枪交给红军。"会议由特委负责人宣布干部名单，团长为彭桂，政委为黄强，黄伯梅任第一营营长。

红军49团成立后，各营分头作战，一营、三营主要活动在海丰东北一带，二营活动在梅陇、赤石及海丰平原一带。黄伯梅带领战士们驰骋在海陆丰革命根据地上，四处出击，打得那些为虎作伥、与人民为敌的民团分子闻风丧胆。无论是进攻平东日中圩、南门，还是攻击平岗、石头坪、黄羌圩，黄伯梅都是身先士卒、一马当先。仅仅两个月时间，红军49团就收复了海丰大片地区。1929年12月中旬，已经发展到了400多人的红军49团，发起了围攻高潭圩之战。黄伯梅对高潭太熟悉了，上级把包围、剿灭江达三反动民团的艰巨任务交给了他。黄伯梅采取了"围点打援"的战法，把高潭圩团团围住。被困的江达三如热锅上的蚂蚁，四处求援。多祝民团头子黎汉光硬着头皮，带着手下前来解高潭圩之围。黎汉光还没见到高潭圩的影子，就被黄伯梅的一营包围了。黎汉光被俘，反抗的数十人被当场击毙。江达三坚守高潭圩10多天，最后只得灰溜溜地逃跑了，高潭再次回到人民的怀抱。

收复高潭后，红军49团得到了进一步的发展。海陆惠紫特委认为，苏区已基本巩固，应继续消灭苏区外围敌人的武装力量。于是，黄伯梅带领着一营战士，执行特委的战略部署，从黄羌罗輋屯出发，上陆河激石溪，直下河田、河口（此两地也属陆河县）。陆丰县的敌警和民团闻风丧胆，红军兵不血刃取得了这两个圩镇。

红军49团一营、三营收复河口后，陆丰县国民党政府纠集了5个警卫中队向红军扑来。黄伯梅遵照团长彭桂的战略部署，带领全营战士埋伏在大树下村后山上，以逸待劳，严阵以待。敌军自恃人多势众，毫无防范，一路上大摇大摆，以为可以手到擒来。骄傲的敌人撞进一营战士为他们预先设好的阵地，黄伯梅沉着应对，等待着团长发出命令。1000米、100米、50米，敌人越来越近，彭桂团长一声令下，猛烈的排头火把敌人打得转身奔逃。黄伯梅带领着战士们及时出击，追着敌人打，直追至木公寮的三口塘，俘敌几十名、毙敌一批、缴枪几十支。因为这些民团分子平时总是穿着蓝衣黄短裤，此后，当红军打民团时，总是戏称“打黄脚鸭”。

河口战斗结束后，黄伯梅带领着一营战士，奉命回黄羌罗輋屯休整。

1930年2月，黄伯梅遵照上级的命令，带领着一营全体战士和三营官兵再次出征，兵锋直指紫金。二营则负责扫荡陆丰境内的残敌。3月，进军紫金、陆丰两地的战斗均取得重大战果，消灭了大批敌人，缴获了一大批战利品。红军队伍迅速壮大，全团有1000多人，占全东江红军5个团总数的近一半。

4月下旬，红军49团根据海陆惠紫特委的战略部署，进军大南山，帮助潮普惠农民暴动。进军大南山后，红军49团连战皆捷。特别是林招战役后，红军49团和红军47团联合作战，先后攻下流沙、麒麟、棉湖等圩镇，威名远播。6月，由于敌人乘红军离开海陆丰革命根据地之机进行反扑，许多村庄遭到敌人的残害。红军49团领令返回海陆丰，迅速扑灭了敌人的嚣张气焰。当年秋天，红军49团重上大南山。

重上大南山时，敌人在路上设置了重重阻碍，黄伯梅与战友们一路前进，一路与敌人硬拼，从重重险境中杀出一条血路，最终胜利到达大南山。11月，红军49团经大南山整编后，成为红军第6军独立第2师第1团，彭桂任师长，黄强任政委，林君杰任团长，黄伯梅任副团长兼一营营长。

遗憾的是，1931年9月，由于“肃反”扩大化，黄伯梅被错杀（1991年平反）。

黄伯梅高大的英雄形象永远活在人民的心中，他是宝口英雄，也是海陆丰革命根据地的英雄，更是中国人民的英雄！

（参考文献：罗发.翠柏常青,红梅独艳//中共惠东县委党史研究室.高潭星火.广州：广东人民出版社，2017.）

06

陈庆明的革命人生

1909年8月，陈庆明出生于海丰县联安镇源聚村一户殷实的农民家庭。聪明伶俐的陈庆明学习成绩优异，16岁那年考入陆安师范，成了陈家人的骄傲。

1925年的陆安师范，正是彭湃等同志宣传革命的重要阵地之一。陈庆明受彭湃革命思想的影响，加入共青团。

1926年，海陆丰农民运动蓬勃发展，海陆丰被称誉为“小莫斯科”。陈庆明在课余经常与同学们一起下乡宣传革命。青年陈庆明暗暗庆幸自己遇上了大好时机，有机会参与社会大变革。

1927年4月12日，蒋介石公开背叛革命，屠杀共产党人，制造白色恐怖。在此危急关头，敢为人先的海陆丰人民，在中国共产党和彭湃同志的领导下，毅然决定用革命的武装，反击国民党右派的白色恐怖。5月至11月，海陆丰人民举行了三次武装起义，陈庆明与他的同学们虽然没有拿枪上战场的机会，但是，他们也没有闲着，上街分发宣传单、布置各种会场成了他们这些读书人的重要任务。

1928年3月1日，由于国民党反动派强大的军事打击，苏维埃政府只能撤离县城，迁入山区与敌人进行斗争。5月3日，红二、红四师及海丰全县赤卫队、农军，对海丰县城进行了反攻。但是，由于各种因素，此次反攻未能取得胜利。接着，敌人对海陆丰继续增兵，红二、红四师官兵和赤卫队虽然进行了顽强的反击，但是，由于敌我力量过于悬殊，海陆丰所有的革命根据地都被敌人攻克，千千万万革命战士和群众倒在了敌人的屠刀下，许多村庄成了一片火海。陈庆明跟随着彭桂所领导的赤卫队，整天在各个山头上与敌人周旋。敌人的力量虽然强大，但是也奈何不了土生土长的赤卫队队员。

1929年10月，根据上级的指示，海陆丰及兄弟县的赤卫队、农军组建了第6军第17师第49团，陈庆明终于成了一名红军战士。红军49团成立后，对海陆惠紫各地敌军展开凌厉的攻势。不到一年时间，海陆惠紫出现了喜人的局面，苏维埃政权在山区重新建立了起来。在革命过程中，陈庆明认识了一位联安港美寮的许姓姑娘，两人在战斗中相识、相爱、结成夫妻。

1933年8月，革命再次陷入低谷，陈庆明夫妇丢下年仅3岁的幼女，逃往澳门。到了澳门后，陈庆明夫妇与党组织联系上，并遵照组织的指示，一边上街拉三轮车一边探听各种消息。

1935年8月的一个黄昏，国民党特务不知从哪里得到消息，悄悄包围了陈庆明夫妻的居所。陈庆明的妻子许氏发现了特务的行动后，为了让丈夫躲过敌人的追杀，毅然从房子里走了出来，一直向不远处的海边跑去。特务看到许氏后，马上跟了上去，到了海边，开枪暗杀了许氏。陈庆明回来后发现妻子不在家，经邻居指引，最后在海边找到了爱妻的尸体。陈庆明强忍着泪水埋葬妻子后，马上将情况汇报给党组织。党组织考虑到陈庆明在澳门已经暴露，便让其离开澳门转回家乡。

此时的海陆丰大地，党组织暂停活动，陈庆明无法与组织取得联系，只得暂时在联安坐头小学当教师。

1937年7月7日，卢沟桥事变爆发，日军向我中华大地展开全面进攻，中国革命进入全面抗日时期。1945年3月，陈庆明再次回到革命的行列中，成了东江纵队第六支队的队员。5月，他在新田村正式加入中国共产党。

1946年，国民党在海陆丰掀起了反共高潮。为了避敌锋芒，5月，第六支队奉命北撤。陈庆明按组织安排撤到香港。到了香港后，陈庆明到街上拉三轮车，一方面解决活动经费问题，一方面探听消息。12月，陈庆明受蓝训材的指派，从香港潜回海丰了解敌情。陈庆明经过缜密的侦察后，发现竹围、渡头、梅陇、青坑、公平、柴格陂、海城各地的联防队总共约400人（枪），国民党正规部队3000人（枪）。

1947年1月，蓝训材根据陈庆明所提供的情报，认为回海陆丰重新组建武装力量的时机已经成熟，于是带领一批隐蔽在香港的我党干部回到海丰大安峒与庄岐洲武装小组会合。24日，海陆丰人民自卫队宣告成立，蓝训材任队长，吴江（即庄岐洲）任副队长。7月，一区的武装队伍编为红光队（代号），陈庆明为队长。10月，红光队改为火龙队，陈庆明依然任队长。从此，陈庆明带领着火龙队全体队员，积极投入到解放战争的烽火中。

1949年5月，陈庆明所在的火龙队并入东江纵队第一支队第五团，陈庆明任副官。同年10月，解放大军南下，广东全境获得解放。陈庆明服从党组织安排，调任惠阳专区任邮政科科员。

1950年，陈庆明被组织任命为惠州专区电话管理所所长。

1952年，陈庆明任汕尾水产公司经理。

1964年，陈庆明任海丰县总工会主席。

“文革”期间，陈庆明遭受不公平的对待，被迫到海丰圆墩农场参加劳动。

1972年，陈庆明被安排到海丰县陶河供销社工作。

1979年，陈庆明得到平反，重新调任海丰县总工会主席。

1980年9月17日，陈庆明因病辞世，享年71岁。

一生从事革命活动的陈庆明，无论是战争年代还是在和平年代的建设时期，始终对党忠诚，对革命忠心耿耿。愿陈庆明同志永垂不朽！

（口述人：陈朝阳；口述时间：2018年5月25日。）

07

冲锋勇士血溅黄塘

1927年的冬天，大地依然凉爽，但人们却感受不到一丝寒冷。对于心中充满希望与激情的刘乃灶来说，他更是感觉到这年的冬天比春天还可爱。

1891年在南门约下陂塘村（现海丰县平东镇南门村委下陂塘村）出生的刘乃灶，在兄弟五人中排行老三，因为家贫，36岁仍然找不到对象。

一年前的春天，他在同村好友的启发、带动下，到公平找到二区农军大队长林覃吉，加入了农会，同时参加了农民自卫军。刘乃灶个子高大，功夫了得，人又聪明机智，每次执行任务都能按时完成。几个月来，刘乃灶的突出表现得到了林覃吉大队长的欣赏。同年冬天，刘乃灶光荣地加入了中国共产党。

前两个月的一天黄昏，刘乃灶回到家时，母亲对他说："隔壁陈婶的侄女，丈夫因病去世了，一个女人带着四个孩子，日子过不下去，想找一个可靠的男人。女的年龄与你一样，也是36岁，你意下如何？"

刘乃灶看着老母亲饱含期望的双眼，哪里忍心否决。几天后，刘乃灶不但告别了单身，而且成了四个孩子的父亲。让他高兴的是，妻子不但长得端庄秀气，而且温柔体贴。然而，身在乱世中，刘乃灶哪里能享受到更多的天伦之乐。

1927年11月中旬，一个紧急集合的命令，把刘乃灶召回了队伍。

原来，林道文所带领的工农革命军围攻捷胜城的战斗，迟迟没有进展。为了加强战斗力，尽快拿下捷胜城，上级决定抽调公平二区的部分农军前往增援。

刘乃灶归队后，很快就与全副武装的战友们赶到了捷胜城下。此时的捷胜城，三面被我军包围，仅剩下临海的南门没有布兵。敌人凭借坚固的城墙负隅顽抗。然而，我军因为没有攻城的重武器，一时半会儿还真奈何不了城中的敌人。

11月18日，工农兵代表大会在海丰县城红宫隆重召开。会上，有代表提议让红二师四团出兵捷胜城，攻下城池作为向大会的献礼。此提议得到了代表们的一致同意。于是，红二师四团派出了一个加强连兵力前往支援攻城。红军傍晚赶到汕尾，晚餐后稍作休息，便马不停蹄赶赴捷胜城下。

当晚，红军和地方部队成立统一攻城指挥部。按指挥部命令，农军需要组织好一支敢死队，作为攻城的尖兵。

刘乃灶听到组建敢死队的消息后，主动报名，强烈要求进敢死队。林覃吉大队长非常欣赏刘乃灶的能力与为人，看到他主动请战，向他投来了赞赏的目光。

次日拂晓，指挥部一声令下，刘乃灶与敢死队队员们抬着长梯，在队友们的火力掩护下，如下山猛虎，离弦弓箭，快速向捷胜城下逼近。

与此同时，所有参战部队发起冲锋。一时间，捷胜城下枪声、冲锋声、嚎叫声不绝于耳。城上的守敌，看到如潮水一般涌来的冲锋队伍，一下子慌了手脚，不知是打逼近城墙的敢死队，还是打冲锋的大部队。

刘乃灶与敢死队队员们趁敌人还没缓过神来的工夫，竖起了长梯，跃登城头，用最快的速度消灭了城墙上的守敌。紧接着，集中火力压制城北的敌人。机灵的刘乃灶一跃上城楼，马上向城门逼近，用大刀连续砍倒几个惊慌失措的守城门的敌人后，快速地打开了城门。冲锋的战士如潮水一般涌进城。此时，隐蔽在城东和城西的地下工作者和农军战士，见时机已经成熟，也纷纷行动起来。一时之间，捷胜城内枪炮声震耳欲聋，守城的敌军土崩瓦解。许多残兵为了逃命，纷纷向城南逃窜，他们打开城门，向海边跑去，坐上早就准备好的小渔船，从海上逃回盐州（今属惠州市惠东县）。

历经一个多小时的战斗，捷胜城完全控制在我军手里。大部队进城后，在地下组织和当地农军的协助下，一些来不及逃跑的反动土豪被俘获。其中罪大恶极的何舜廷被当场惩毙。20多个平日里横行乡里、鱼肉百姓的反动豪绅被押送到海城。

20日上午，除留下一个中队在捷胜城驻防外，其余部队全部凯旋回海城。当部队途经谢道山时，看到彭湃率领全县工农兵代表、男女革命群众几千人，手持小红旗，奏响欢迎曲，高唱革命歌曲，笑容满面地欢迎部队凯旋。

彭湃站在欢迎队伍的最前头。他满脸笑容，热烈地和董朗、黄容、林道文等同志一一握手。当刘乃灶走来时，彭湃认出了这位客家汉子。他迎了上去，紧紧地握着刘乃灶的手并称赞他勇敢机智。彭湃的赞美让刘乃灶久久不能忘怀，直至他生命的最后一刻，仍然念念不忘。

1928年1月23日，刘乃灶参加了海丰县党员代表大会。这一天让他刻骨铭心，也让他感慨万千，一个“乡巴佬”参加革命才短短3年时间，能出席这样高格局的会议，听取重要领导人的讲话，他感到浑身充满了力量。

1928年2月上旬，红二师攻下紫金南岭后，稍作休整便兵分两路，其中一路（两个连）奉命奔赴陆丰河田（今属陆河县）。当时，主持陆丰西北工作的领导人是林铁史，他早就想一举捣毁陆丰西北残留的反动武装，然而，没有正规部队的支持，他迟迟下不了决心。如今，红二师的到来，让他信心倍增。

2月10日，林铁史向陆丰及附近几个村下达了动员令。刘乃灶被派回公平负责配合林铁史肃清陆丰境内残队。接到命令的刘乃灶，迅速集合了公平二区的几百名赤卫队队员。队伍出发前，在公平（现平东镇）南门约韭菜坑村祠堂召开了动员大会。刘乃灶站在祭台上演讲，鼓舞战士们的斗志。当天下午，部队赶到指定地点等候命令。

第二天早上，部队接到指令，迅速向陆丰黄塘集结。当刘乃灶带着参战的赤卫队赶到黄塘圩附近时，从各地赶来的赤卫队及农军有几千人集结在此。时近中午，在红二师部分官兵的带领下，赤卫队、农军分成数路，向黄塘圩攻击前进。

陈耀寰的保安队指挥官看到如潮水一般涌来的农军和赤卫队，早就被吓晕了。保安队负隅顽抗，下令部队立即登上黄塘圩几处制高点，企图用猛烈的火力打退我军的进攻。

红二师和赤卫队都缺少重武器，对敌人的猛烈攻击，一时之间还是无可奈何的。人虽多，但如果硬冲，将会付出惨烈的代价。此时，刘乃灶主动向林铁史请战，由他带领敢死队先上，其他战士待敢死队发起冲锋后，再集中火力掩护他们。

林铁史听说过刘乃灶的大名，知道他是县党代表，也耳闻过他攻打揭胜城的英雄壮举。此时此刻，刘乃灶主动请战，他感到莫大的安慰。林铁史握着刘乃灶的双手，完全同意刘乃灶的提议。敌人看到冲锋的队伍在猛烈炮火的攻击下停止了前进，以为我军怕了。没想到，几十位身背大刀、手握短枪的敢死队队员突然从隐蔽处一跃而起，如离弦之箭，快速向黄塘圩攻击前进。敌人向敢死队猛烈射击，敢死队身后却出现了密密麻麻的赤卫队队员。敌军一下子慌了神，不知先打哪一边。

刘乃灶冲锋在前，他一手握枪、一手握刀，圆睁双眼，杀气腾腾，一步步向敌人杀过去。正在此时，一颗无情的子弹射进刘乃灶的胸膛，顿时鲜血如泉，喷涌而出。刘乃灶高大的身躯，重重地倒了下去。

1928年农历正月初七，一位冲锋战士牺牲在了冲锋的路上，鲜血染红了他脚下的土地。刘乃灶牺牲时，他的儿子刘荣钦出生刚满40天。

黄塘圩在红二师和几千名赤卫队队员、农军的攻击下，终于回到了人民手中。敌人除了几位指挥官逃出黄塘圩外，其余的都被消灭了。

战斗结束后，公平二区东路赤卫队队员抬着刘乃灶的遗体，长途跋涉，经陆丰大安旱田逗留一宿，次日回到家乡下陂塘村的农会馆。几天后，林铁史赶到农会馆，为刘乃灶主持追悼会。附近几千名革命群众都闻讯前来参加刘乃灶的追悼会，从农会馆追悼会现场至日中烈士墓地有三里路远，沿途人山人海，都是为英雄送葬的群众。

英雄的肉体早与大地融为一体，他的革命精神将永远激励着后人：为了理想，不怕牺牲，冲锋在前。

（口述人：刘伟珍；口述时间：2020年10月10日。）

08

烽火中的伉俪英姿

翻开海陆丰革命斗争史，我们会发现广袤无垠的梅峰平原，培养出了许许多多的革命英烈，他们的姓名如浩瀚宇宙中的星星一样，永远绽放着光芒。在这繁星一样的英烈中，有一对伉俪烈士的名字特别引人注目，他们叫郑国彝和陈桂珍。

郑国彝（1904—1928），海丰县梅陇镇水沓村人，其父郑传是一名中医，为人善良，医术高明，被梅陇圩程恒盛药材铺聘请为坐诊医生。郑国彝从小随父在梅陇高小就读。

郑国彝在梅陇高小读书期间，性格开朗，思想进步。当时，正值彭湃同志领导的农运在梅陇平原悄然兴起，许多有识之士踊跃参与，农运在梅陇平原得到了快速的发展。郑国彝与陈鹃魂、陈伯虎、陈朝晓、陈回、叶汉育等同学，在课余时间经常谈论彭湃同志与农运的话题。郑国彝从小目睹农民的悲惨生活，对农运大力支持，同时，经常鼓励要好的同学走出校门，参与进步白话戏的演出，为农运的发展鼓与呼。

郑国犇思想开放，主张男女平等、婚姻自由。他的姐姐采华早就有了心上人，但是，家里人却想让她嫁入豪门。郑国犇坚决站在姐姐这一边，支持姐姐自己选择心上人，不用理睬任何人的威胁。采华在弟弟郑国犇的支持下，毅然嫁给了自己的情郎陈努，成了一对革命夫妻。他们的故事时至今日，依然在梅陇平原流传着。

1925年冬，广州国民革命军第二次东征海陆丰取得胜利。革命形势一片大好，中共海丰地委为了进一步推动革命向前发展，在海丰县城举办了农军训练班。郑国犇这年刚好从梅陇高小毕业，经梅陇区农会推荐，进入了农军训练班学习。在训练班学习期间，郑国犇表现非常积极，不久就加入了共产主义青年团。

从农军训练班结业后，郑国犇服从组织安排，回到梅陇农村，负责训练农民自卫军。在梅陇各地训练农民自卫军的过程中，郑国犇结识了联安镇霞埔村的陈桂珍。

陈桂珍（1908—1929），海丰县联安镇霞埔村人，1926年春与下乡训练农民自卫军的郑国犇相识、相恋、相爱，从此走上了革命道路。同年夏天，郑国犇双喜临门，不但光荣地加入了中国共产党，还与心爱的人结成了伉俪。

1927年4月12日，蒋介石公开背叛革命，7月15日，汪精卫步蒋后尘，轰轰烈烈的大革命宣告失败。英雄的海陆丰人民，在中国共产党和彭湃同志的领导下，举行了三次武装起义。郑国犇与爱妻陈桂珍，坚决服从党的安排，参与了三次武装起义。

1927年11月21日，海丰县苏维埃政权宣告成立。郑国犇被分配到工农革命军连队负责后勤工作，陈桂珍被分配到梅陇负责妇女会工作。夫妻两人在各自的工作岗位上尽职尽责，努力为革命工作默默付出。

1928年3月1日，海丰县城在国民党重兵攻击下陷落，党、政、军工作人员只得撤退到山区坚持斗争。“五三兵暴”后，国民党再次向海陆丰地区增兵，对山区实行了严密封锁。山区各种物资缺乏，药品尤其欠缺。

随政府部门转战各地山区的郑国犇，看到伤员缺医少药，得不到及时的救护，心急如焚，主动请战。党组织把买药品的任务交给郑国犇后，郑国犇利用黑夜潜回梅陇老家，找到可靠而灵活的老农会会员，请他们到梅陇圩找他的父亲郑传帮忙。

郑传深深知道自己的儿子所从事的革命事业是正义的，于是他假装出诊，把药品带到村子，再由老农会会员趁着夜色把药品送到郑国犇手上。郑国犇用这些来之不易的药品，让受伤战士的身体恢复了健康，重新拿起武装，走上战场。

郑传一次次的出诊，引起了国民党特务和善后委员会人员的注意，他们派人监视郑传，并多次把他传讯到司令部进行拷问。但是，敌人抓不到证据，也只能一次次放他回家。后来，敌人利用各种借口，对郑传进行了一次又一次的罚款。

郑国犇在山区听到父亲的遭遇，传口信给父亲：“钱财不要紧，革命最重要。”

郑传得到儿子的口信后，更加坚定了支持革命的决心，面对凶残的敌人一点都不退缩。

革命跌入低潮期间，陈桂珍与梅陇妇女会的同志一起撤退到山区，帮助红军战士、赤卫队队员搞好后勤工作。她不知道丈夫身在何处，但是，她坚信郑国彝与她一样战斗在艰难的环境中。不知多少个深夜，她彻夜无眠，挂念着爱人。

1928年11月，国民党派出大股部队围攻梅陇黄山洞。由于我军事前没有得到情报，来不及撤退，因此被数倍于己的敌人围攻。虽然战士们殊死搏斗，但是都无济于事。郑国彝打完最后一颗子弹后，被敌人的机枪击中，血溅黄山洞，壮烈牺牲。

敌人打扫战场时，认出了郑国彝的尸体，挥刀砍下了他的头颅，并把他的头颅悬挂在梅陇圩程恒盛药材铺对面的墙上示众。

郑传面对儿子的头颅，当场晕死过去，不久老人郁郁而终。

陈桂珍听到丈夫壮烈牺牲的消息后，肝肠寸断，发誓报仇。

1929年6月，陈桂珍与同志们在执行任务时，路经黄山洞，被敌人伏击被捕，不久后被敌人杀害。

郑国彝、陈桂珍这对年轻的夫妻，为了共和国的诞生，双双献出了宝贵的生命，他们的英雄事迹永远在梅陇平原上传颂，愿烈士永垂不朽！

（口述人：陈宜权；口述时间：2020年10月25日。）

09

杨道的革命人生

杨道，1904年出生于海丰县黄羌镇朝面山中心肚村一个贫苦农民家庭，后移居黄羌镇陆安村委山蕉林村。1926年冬，杨道参加了农民自卫军，1927年秋天，加入了中国共产党，从此踏上了漫长而艰辛的革命道路。

1927年9月4日，海陆惠紫讨逆军在黄羌麻竹高车坝宣告成立，总指挥为刘琴西，副总指挥为林道文。9月8日，公平国民党驻军排长郭其宽杀死连长罗毅先，率全连到黄羌麻竹高车坝向讨逆军投诚。当该连全体官兵进入黄羌时，讨逆军首先占据了有利地形，做好了应战的准备。该连派出代表，找讨逆军领导联系，表明了投诚的意向与条件。该连官兵为了表明诚意，自动解除武装，把所有的枪搭成枪架，人离开枪，列队等待我军的接收。郭其宽因为不满连长罗毅先克扣士兵军饷，为士兵说公道话，反遭罗毅先打击报复。在众兵士的拥护下，郭其宽毅然作出了“反叛”的举动，带领全连官兵投身到革命队伍的行列。郭其宽提出不要将他们散编，保持原来完整的编制，并保证服从我军的命令，听从指挥。我军同意了郭其宽提出的条件，将其编为讨逆军第四中队，由郭其宽任中队长。该中队后来参加了海陆丰三次武装起义，并参加了攻打捷胜城的战斗。他们作战勇敢，表现突出。郭其宽在攻击捷胜城时，率先乘竹梯登城，不幸中枪负伤，之后送回黄羌镇朝面山医治。

9月下旬，黄羌分区特支书记调动工作，杨道接任黄羌分区特支书记。10月2日，周恩来派刘立道到黄羌找到县委书记张善铭，要求中共海丰县委为南昌起义军补充兵员与经费。张善铭书记马上答应，连夜召开党员会议，要求每位党员至少动员4位青年参军。杨道与古添因为在群众中威望高，很快就分别动员了6位青年参军。10月4日，从各村前来参军的780位青年在王伟的带领下，向陆丰进发。盘踞在陆丰西北黄塘的温伯州（又名温伯洲）反动武装听闻我们大队人马前往，初时很害怕，后来了解到我们大多数人是徒手，他们为报上一年海丰农军攻打他们乡村的仇，便组织武装在黄塘渡口埋伏，当大部队渡过对岸时，突袭我们负责警戒的人员。33位战士被掳掠，当晚被剥光外衣，押到陆丰河田。敌人计划分3批杀害我们的战士。到了河田的第一天晚上，有11位战士被杀害，其中有曾石养、丘桂和钟德。消息传回黄羌，海丰县党委马上派麻竹的陈桂招前往陆丰，营救被掳掠的战士。陈桂招来到激石溪，找到陆丰农军中队长萧河源。萧河源了解情况后，马上派农军到大安，把温伯州的几名同伙抓了起来，当晚放1人回去给温伯州报信，警告温伯州不得再伤害农军，否则，所抓之人将统统被处死。温伯州为了救那几个同伙，只能乖乖放人。

10月9日，部分南昌起义军在董朗的带领下，从激石溪来到朝面山，受到当地人民的全力支持。10月20日前后，在中共中央南方局的主持下，南昌起义军部分官兵被改编为中国工农红军第二师（简称“红二师”），师长为董朗，政委为颜昌颐。

南昌起义军在朝面山刚刚立足，就接到紫金、炮仔等地农军的求援，其中南岭地主反动武装对农军的破坏性最为突出。为了攻打南岭地主反动武装，必须先拿下磜头这只“拦路虎”。由于红二师官兵初来乍到，不了解当地的情况，因此攻打磜头只派了一排战士前往。没想到，磜头地主反动武装事先获得了信息，在通往磜头的隘口设下埋伏，红二师一个排的战士被数倍的敌人包围在山旮旯里，全部壮烈牺牲，枪也被敌人夺去。

惨痛的失败让红二师全体官兵对地主反动武装有了清醒的认识，再也不敢轻视这些看似乌合之众的“山寇王”了。要攻下南岭谈何容易？然而，为了让农运之火燃遍东江，南岭是一定要啃下来的。1928年正月，杨道自带干粮跟随红二师向南岭再次发起攻击。此次攻打南岭，依然要先拿下磜头。由于战前准备工作做得好，保密工作到位，磜头的敌人连还击的机会都没有，统统在黑夜中被红二师战士消灭了，被缴去的枪重新回到了红军的手上。红二师官兵乘胜前进，一路势如破竹，直接攻击到南岭城下。南岭的地主反动武装六七百人龟缩在几座石楼上，我军因为没有重武器，一时之间束手无策。后来，我军改变战术，对石楼上的敌人进行佯攻，派战士打地道至石楼地下，然后，用棺材装炸药爆塌石楼，最终攻下了南岭。打下南岭后，红二师官兵继续北上扩大战果，而杨道则接到了回黄羌组建黄羌分区苏维埃政府的通知。

黄羌分区苏维埃政府主席团由3人组成，其中朝面山的叶容任主席，杨道和陈秉容为主席团成员。黄羌分区苏维埃政府在党的特别支部的领导下开展工作，重点做筹粮支援前方的工作。1928年2月上旬，上级作出各地要公开党员身份的指示。群众知道此消息后，议论纷纷，他们说总是听说共产党，但从未谋面，现在好了，终于见到了。为了贯彻上级的指示，黄羌分区特别支部专门在石头坪搭棚召开群众大会，杨道作为党代表在台上同群众见面，并发表了热情洋溢的讲话。从此，黄羌地区无人不知杨道就是共产党员。

1928年2月29日，杨道到公平区开会。会议由莫退主持，丘振枢、钟国锋、钟容等人出席了会议。会议期间，敌人进圩了，开会的人还不知道。会议中途，杨道走出会场准备上洗手间，看见敌人，马上返回会场告诉大家敌人已经进圩。参会人员马上藏好枪，然后装作闲人陆续走出会场。敌人都是外地人，不知道与会人员的身份，也就没有盘问。

3月1日和5日，红二师官兵与公平区的赤卫队组织了反攻公平圩的战斗。由于敌我力量悬殊，这一次进攻失利，只能主动退出。接着，敌人不断向海陆丰地区增兵，黄羌圩也被敌人占领了。杨道与他的战友们只能退到大山中坚持斗争，苦竹园的企岭头成了公平区委的办公地点，他们一方面指挥着全区的对敌战斗，一方面对敌军进行策反工作。其中古华就是杨道亲自安排打入敌人内部的地下工作者，后来，古华通过积极的工作，终于策反了一位姓赖的班长。为了取得赖姓班长的信任，杨道亲自出面设宴款待他，听说他生活困难，马上给他费用。后来，赖姓班长又策反了9人，他们经常给红军送子弹、送情报，多次使敌人的阴谋破产。其中有一次，杨道往企岭头区委开会，半夜有人送来紧急情报，说国民党有1000多人来袭击黄羌。杨道得到情报后，立即下水口，过朝面山，到罗輋坝，及时通知各地官兵做好战斗准备。然后，杨道同钟月茂爬上塘尾尖嵘山，果然见到大队敌军向黄羌罗輋开进。因我军早有防备，敌人扑了空，午后便退出黄羌地区。

1928年9月初，黄旭初部进攻黄羌地区，红二师与当地赤卫队队员展开了第三次反“围剿”的战斗。由于敌强我弱，我军损失严重，红二师官兵大量减员，造成了有枪没人拿的局面。杨道凭着他的威望，回到朝面山，动员了30多位青年火线参军，接过红二师官兵留下的枪，驻守在亚婆髻峒。

后来，红二师官兵断了给养，只好分散到各村各户供养，有的一户供养1人，有的供养2人。杨道家里也供养了2人，其中1人是排长罗德初，广西人。再后来，敌人的“围剿”更疯狂，群众只能四处逃亡，田地荒芜，人烟断绝。红二师官兵是外地人，举目无亲，又无法离开，只能钻山洞。由于疾病与饥饿交迫，红二师官兵伤亡惨重。

1928年10月，中共广东省委指示红二、红四师官兵分批撤离海陆丰往香港转移。宋耀南、陈允才二人为了执行省委的指示，亲自来到朝面山与杨道等人商量护送红军出境的工作。宋耀南与杨道还专程到公平圩买竹笠发给红军。

杨道跟他的战友们对于护送红军出境的工作一点都不敢马虎。他们首先进行了摸底工作，详细摸清了红军的人数及基本情况，做好了前期的各项准备工作，然后通知散落在各地的红军到大水尾村集中，杨道向红军官兵传达省委的指示精神。接着向红军发路费、竹笠、毛巾。80多人依依不舍地离开了黄羌，大部分向汕头方向而去，仅有3人不愿离开，他们分别是蒋锦惠、陆海平和麦胜标。后来，此3人都参加了红军49团。

1929年9月，中共海陆惠紫特委召开第二次全体会议，决定建立红军，广泛开展游击战争。10月初，中国工农红军第6军第17师第49团在海丰朝面山大路下成立，团长为彭桂，政委为黄强。初成立时仅百余人，后发展为三个营。一营也是在大路下成立的，营长为黄伯梅，政委为颜浑，连长为赖侠、古添等。一天中午，赖侠专程请杨道前往营部吃饭，因为杨道工作太忙，确实无法抽身，只能推迟到傍晚时分才前往一营营部与赖侠共进晚餐。杨道到一营后，问赖侠一营官兵有多少人，赖侠对杨道说，现在是官多兵少，一个营三四十人，有6个连长、18个排长。赖侠请杨道帮忙招兵，他马上答应。第二天，杨道回到朝面山，动员有枪的赤卫队队员应征入伍，如果确实无法参军的，必须把枪交出来。杨道的号召力很强，不久就动员了几十人参军。

红军49团的战士作战非常英勇，成立不久，连战皆捷，不但打下了河田、河口，还攻克了日中圩、南门、平岗等地。在战斗中，红军49团涌现了许多优秀的指挥人才。如古添就是一位在战争中成长起来的军事指挥员，在攻打鲘门时，许多人带队都无法攻下，他到后对战场形势进行了详细分析，并制订了新的作战方案，一举攻下鲘门，缴了40多支枪。古添也因此被提拔为独立营营长。古添当上独立营营长后，带队驻扎在炮仔，为了扫除周围敌军，他连夜奔袭蓝塘敌军，敌军毫无准备，被古添一举剿灭，此战古添缴枪30多支，再次立功。

1929年冬，杨道参加了中共海陆惠紫特委在炮仔赤溪宝善楼举办的干部训练班。从干部训练班结业后，杨道被任命为中共龙炮区委书记。龙炮区原来有12个支部，但是，此时仅剩下2个支部在活动。杨道上任后，积极开展工作，不久就恢复了8个支部，还成立了一支由区委直接掌握的70多人（枪）的赤卫队。赤卫队队员加上区苏维埃政府干部，龙炮区委共有100多人，他们除了负责龙炮区的安全外，还要为红军49团战士筹粮。龙炮区的赤卫队非常勇敢，四周的敌人几次入侵都被他们击退。

有一次，杨道接到情报：敌军从海丰、陆丰、惠阳、紫金四路来攻。杨道与战友们立即做好抗击来犯之敌的准备，派宣传委员钟继香侦察敌情，约好联络信号：如一路敌人来攻就放一枪，两路就放两枪，以此类推。后来杨道他们听到了三声枪声，便按计划于早晨6时登上屙屎岽，占据有利地形。敌人虽然来了几百号人，从早上到中午约11时，组织了几次冲锋，但都被赤卫队击退，只好撤退了。

红军49团正在蓬勃发展之时，由于“肃反”扩大化，损失惨重，大大削弱了战斗力。

1933年，杨道到河婆、激石溪一带耕田谋生。1941年5月重新入党，从事地下工作至新中国成立。1950年3月至1961年4月在公平区历任公安特派员、区委组织委员、区委副书记。1963年1月至1965年4月任黄羌林场党总支书记。1965年5月退休，1983年5月改办离休，1985年3月27日病逝，享年81岁。

杨道的革命人生曲折而艰苦，他见证了黄羌地区的烽火岁月，他的故事至今仍然激励着黄羌老区人民为实现中华民族伟大复兴的中国梦而奋勇前进。

（参考文献：杨道.为苏维埃政权而斗争//中共海丰县委党史研究室.苏维埃之光.广州：广东人民出版社，1997:322-328.）

10

红军49团的战斗历程

收复黄羌圩之战

1929年6月25日，在广州举行的党的六届二中全会决定，继续深入土地革命，开展游击战争，扩大苏维埃区域，建立和扩大红军队伍。

10月初，中共海陆惠紫特委在黄羌朝面山菜背窝召开成立中国工农红军第6军第17师第49团的会议，参加会议的有100多人，朝面山及附近乡村的党团支部、苏维埃负责人列席会议。

新任团长彭桂在大会上发言，他说："49团是在海陆惠紫特委领导下成立的，古大存在八乡山成立了48团，所以我们这里成立49团。"他接着说："革命失败后，现在又发展到高潮，上有朱毛红军，下有赤卫军，我们要坚持战斗。"他还对地方干部提出要求："赤卫队队员愿意当红军的带枪来，不能当红军的要把枪交给红军。"

特委负责人宣布了干部名单，先搭起全团框架，然后逐步扩充。

红军49团的团长是彭桂，政委是黄强。一营营长是黄伯梅，政委是颜云。二营营长是陈伯虎，政委是彭元岳。三营营长是林军杰，政委是古鸿江。

红军49团的成立，使海陆惠紫苏区的斗争进入一个新的阶段。海丰、陆丰两县的县苏维埃政府正式恢复，各区、乡苏维埃政府也陆续恢复或重建。

为了便于指挥，红军49团分设指挥处领导游击战争，东北片指挥陆丰、紫金、公平、高潭、可塘的军事行动，由一营、三营负责。西北片指挥海丰三区、四区与东南及惠阳的军事行动，由二营负责。

红军49团成立以后，在东北片区和西南片区打了几次大的胜仗，恢复了海陆丰大片山区的乡村苏维埃政权。东北片红军攻克了平东的日中、南门和公平的平岗。如此一来，国民党政府在海丰东北部的重要据点黄羌圩成了孤悬之势。黄羌地处海陆惠紫交界处，每到圩日，各地前来交易的水陆客商络绎不绝。自1928年3月以来，由于国民党反动派的高压统治，黄羌圩日渐凋零，群众日夜盼望着共产党再次克复黄羌圩，恢复往日的繁华。

1929年11月中旬，为了打通海丰北部山区，红军49团集中全团力量，准备一举拿下黄羌的石头坪圩和黄羌圩。驻守海丰县城及黄羌的反动派察觉到了形势的严峻，不断向广州敌军指挥部告急求援。陈济棠接到求援报告后，急调海军陆战队两个大队，乘广金舰在汕尾登陆，分驻海丰、陆丰两县。敌海军陆战队刚到海丰，就接到红军49团攻击石头坪圩的紧急战报，于是直扑黄羌。

正在指挥攻打石头坪圩的彭桂团长，听到赤卫队队员送来的紧急情报后，感觉到了事态的严重性，如果敌人如期到达，红军49团将陷入敌人的前后夹击。彭桂团长果断调整作战部署，命令一营、三营火速赶到黄羌圩附近的庵山设伏，同时让四周乡村的赤卫队队员紧急到庵山集中，协助一营、三营作战。

敌海军陆战队是一支武装到牙齿的正规部队，他们根本就没有把我军放在眼里，大摇大摆地朝黄羌方向开来。

当敌人进入我军预设的伏击圈时，随着林军杰营长的一声令下，庵山四周山头旌旗飘荡，呐喊声响彻山谷，机枪、粉枪、手榴弹，还有从高山上滚下来的大石头一齐向敌人发起攻击。敌人毫无心理准备，突然遭到袭击，自乱阵脚，队形一下子就乱了。敌指挥官马上命令撤退，向公平方向逃跑。

当一营、三营准备回击石头坪圩时，彭桂团长传来命令，一营、三营及赤卫队马上到合门附近的尖峰顶设伏，死死卡住敌人通往黄羌的要道。一营、三营官兵及赤卫队队员接到命令后，火速把战场转移到了尖峰顶四周山头，密切监视着援敌的动向。

敌海军陆战队正想进入公平圩休整时，迎面碰到了公平区署长潘神悟和黄羌巡官潘耀带，他们带着一个中队加一个分队前来增援。于是，“两潘”为前锋，敌海军陆战队为后卫，再向黄羌圩扑来。

当敌人进入伏击圈后，迎接他们的除了地雷就是土炮，一时之间，山谷中枪炮声震天动地。“两潘”想尽“地主之谊”，带着手下向尖峰顶攻击前进。但是，一切的心机都是白费的，在我军强大火力的还击下，敌人连续三次冲锋都告失败。“两潘”看到自己带来的兵所剩无几，再也没有勇气发动冲锋了。敌海军陆战队看到“两潘”冲锋失败，也没有胆量向上冲击了。此时，尖峰顶四周山头人头攒动，红旗飘荡，呐喊声再次响彻山谷。“两潘”领着敌海军陆战队狼狈地撤出战场，向公平撤退。

此时，彭桂团长再次传来命令，一营、三营向黄羌圩方向攻击前进，与解决了石头坪圩敌人的二营形成前后夹击之势。驻守黄羌圩的民团哪里敢接战，听到四周的枪炮声，个个都做好了逃跑的准备。听说红军49团解决了石头坪圩的守敌，黄羌圩的民团作鸟兽散。红军49团及赤卫队顺利克复黄羌圩，黄羌又一次回到了人民的怀抱。

进攻海丰县城

1929年11月中旬，国民党军队在黄羌败北之后，海丰县县长陈祖贻惊惶万分，主动放弃山区所有的圩集据点，集中顽守公平、梅陇两个大圩集，到处修建炮楼工事。如此一来，海丰山区苏维埃政权逐渐恢复，全县形成苏维埃政府在山区，国民党政府统治平原和沿海地区的对峙局面。

红军旗开得胜，反动派惶恐不安，工农群众革命热情高涨，民心振奋。许多青年踊跃参军，有的要求发枪参战，红军49团由初成立时的100多人发展到了300多人。

1929年11月，特委从报纸上得知了朱毛红军进入梅县的消息。虽然上级并没有发出红军49团给予配合的指示，然而，特委据此作了分析研究，认为当前海陆惠紫地区及惠州的国民党驻军都不是很多，其中惠州驻兵一营、平海驻海军陆战队一连、海丰驻海军陆战队一团共约300人。而红军49团的兵力也有300多人，再说，海丰、陆丰和紫金的部分山区都恢复了苏维埃政权，无论苏区还是国民党统治区，群众的革命热情都高涨。于是，特委决定配合朱毛红军进军东江，成立攻城总指挥部，制订进攻海丰县城的暴动计划。

根据攻城总指挥部的计划，暴动定在12月3日凌晨，各路攻城队伍2日晚集中，各区的赤卫队配合攻城队伍夜袭当地警卫队，当攻城战斗打响后，城内的地下组织领导少年先锋队到处放火，扰乱警卫队的军心。攻城的部署是：重点攻北路五坡岭之敌，由攻城总指挥部直接指挥，主力是一连、二连、九连，消灭敌军后直趋观音堂，二连攻水心圩敌军，阻击城内援军；四连、五连、六连攻西路蚕桑局、小岳楼之敌；三连、七连和赤石一部分赤卫队为牵制部队，打退虎头山之敌后进城东，牵制百岁亭、林祖祠之敌；八连占领将军山，警戒台冲的警卫队和民团；一区、二区、三区赤卫队分别在东、西、北三面高地警戒，阻击敌援军。

攻城前，攻城总指挥部指定每连组织15人为冲锋队，并宣布俘获奖励办法和口令、旗号、标志等，规定进攻的战士臂扎红带，策应的警卫队扎白手巾。

由于保密工作的疏忽，红军进攻海丰县城的消息被陈祖贻知道了。陈祖贻于12月2日晚急请曾任粤军上校团团长多年的马镜如指挥防守。马镜如接受陈祖贻的聘请后，马上调兵遣将，调警卫队第一中队守东路，第五中队守西路，第四中队加强五坡岭营地防守，调两个小队加强观音堂防守，以第二中队驻刘家祠为总预备队，并密令城东民团和城西民团分别集中到台冲和南泉岭准备策应，同时发电报向广州告急。

3日拂晓，攻城之战打响。红军北路军在黄强的指挥下，向五坡岭展开攻击。敌第四中队在红军凌厉的攻势下，很快就顶不住了，纷纷向观音堂撤退。红军北路军一路逼攻，马镜如紧急调遣刘家祠一小队敌军绕道坐脚李从侧面偷袭红军，另调一小队敌军从竹街突出，正面阻击红军的前进。如此一来，红军北路军受到了三面的围攻，敌军马上转守为攻，我军只能边守边退。

在黄悦成的指挥下，红军西路军战士们奋勇争先，眼看西门就要得手，马镜如从南泉岭急调过来的敌人在背后袭击红军，红军西路军腹背受敌，一时之间战况逆转，变攻为守，顽强抗击。

双方激战至上午8时，计划中的突袭战打成了攻坚战，红军弹药不继，内应又因临时调动发挥不了作用，眼看敌人的援军也将赶到，红军只好主动撤离战场。

红军49团本次进攻海丰县城，虽然没有达到预期效果，但是政治影响很大。同时，攻城中打死敌军24人，打伤敌军

80多人。而红军和赤卫队各牺牲1人，伤数人，掉队被抓1人，失枪1支。海丰县城和其他各地的反动头子惊恐万分，东南沿海的反动派纷纷逃往汕尾，准备随时乘船往香港。

围攻高潭圩

红军49团进攻海丰县城以后，特委专门召开了总结大会，不但对攻城失利作了深刻全面的检讨，而且对红军以后的发展指明了方向。面对当时的形势，特委决定，红军的发展仍以东北片山区为中心，打通东北片各县区苏维埃区域，使之连片，同时注意海丰、惠阳东南沿海地区工作的开展。

为了贯彻特委的指示精神，红军准备进军高潭圩。

高潭圩位于海丰、陆丰、紫金三县交界处，圩前有湍急的山涧河流，圩后有小山为屏障，居高临下，地势险要。高潭圩进出只靠陡峭的山间小道，是一个易守难攻的小镇，又是阻碍海陆紫苏区连片的一颗钉子。

为了拔掉这颗钉子，红军指挥员首先摸清了高潭圩及周边的地理状况和敌军的部署情况。为了减少伤亡，一营、三营在高潭、公平赤卫队的配合下，准备对高潭圩采取“围点打援”的战法。

1929年12月18日早晨，红军和赤卫队把高潭圩围得水泄不通。固守圩内的民团有80多人，依托坚固的当铺为工事，恃险顽抗，同时向附近的民团求援。

红军没有重武器，只能用土炮轰击当铺，可惜只有一发击中，当铺掉下几块砖，对龟缩在当铺里的敌人无可奈何。到了晚上，敌人又把掉下的砖头砌回去。

一营营长黄伯梅眉头一皱，计上心来，他找来军中的神枪手，吩咐他们登上高潭圩后山，找准射击位置，向敌人的窗户射击。然而敌人早有防备，子弹根本伤不到他们。

第三天晚上，手持尖串的赤卫队队员也不甘落后，他们登上小山，燃放爆竹。当铺内的敌人被吓得缩成一团，无论民团头子如何呵斥，谁都不敢把头伸出门外。围攻的战士们大受鼓励，鞭炮声使他们充满激情。

围攻的第四天，有一个高潭赤卫队队员建议，从下水道潜入圩内。三营营长林军杰认为不妨一试。于是，一连战士在赤卫队队员的引领下找到了高潭圩的下水道。战士们冒险向下水道前进，但是，敌人也想到了这一点，下水道被严密地封堵了。

又过了两天，古添连长对林军杰营长献出一计，组织一部分战士伪装成敌援军。但是，高潭圩周围的援军并不多，他们之间大部分互相认识，伪装的战士到了圩前，马上就被敌人识破了。然而，战士们的智慧是无穷的。到了晚上，战士们用竹竿撑草人，敌人不知是计，胡乱朝草人开枪。圩中的水源也被红军切断，敌人一旦下山挑水，战士们就猛烈攻击，敌人只好在圩内掘井，但是，高潭圩地势过高，圩内掘井不见滴水。

敌援军几次前来解围，但是，英勇的红军战士哪里会让敌援军靠近，敌援军每次都被打得落花流水，不见踪影。

随着时间的推移，固守高潭圩的敌人弹尽水绝，军心涣散。

红军组织敢死队，战士们争先恐后加入，个个都恨不得马上打进圩内，消灭平日里横行霸道、祸害群众的民团分子。

敢死队队员用湿棉裹身，以铁釜为盾牌，趁天黑之际摸过河对岸，用铁釜一点点敲开临河的商店墙壁，一步步逼近敌人固守的当铺，然后一齐向敌人攻击。

敌人10多天来消耗了大量的弹药，又接连几天连水都喝不上，突然间，红军如天兵天将一样降临在面前，他们哪里还有能力抵抗？

民团头子用枪逼着手下抵抗，自己则在亲信的保护下，悄悄从后门溜走了。

没有长官的民团分子，看着身边的人一个个倒下，于是纷纷放下武器，举手投降。战斗很快就结束了，受伤的俘虏被抬到与高潭一山之隔的黄羌朝面山治疗。

该战役历经10多天，红军战士和赤卫队队员毫发无损，缴枪10多支。100多名青年要求参军，红军49团至此发展到了400多人。从此，海丰北片山区的苏维埃政权连成了一片，革命群众逐渐走出了失败的阴影。

横扫新田、河口

1930年初，高潭圩攻克后，红军49团发展到了400多人，中共海陆惠紫特委认为，苏区政权基本巩固，为了扩大战果，红军必须继续消灭苏区外围敌人的武装力量，同时必须进一步扩大红军队伍，加强部队的建设，于是采取了以下四大措施：第一，全团集中，下放权力到团部；第二，健全党的组织，加强党对枪杆子的指挥；第三，加强后勤工作，改善部队供给；第四，办好红军教导队，培养干部骨干。

通过以上措施，红军给养得到了改善，官兵素质显著提高，部队的战斗力大大增强。

不久，红军为了执行特委的战略部署，从驻地罗輋屯出发，兵锋直指陆丰新田、河口两个镇（现属陆河县）。新田、河口的国民党民团闻讯，哪里敢与红军对阵，早在红军到达之前就溜之大吉了。

红军兵不血刃，取得了两个镇。

红军在河口立足未稳，陆丰县国民党政府就纠集了5个警卫中队向河口扑来。

红军战士在彭桂团长的指挥下，以最快的速度埋伏在大树下村的后山上，严阵以待。

午后，敌军来到了大树下村前的河边。这支身穿蓝衣黄短裤的警卫队，平日里横行霸道，哪里把红军放在眼里。他们毫无顾忌，很快就蹚过了河，来到了红军埋伏好的地方。

彭桂团长一声令下，猛烈的排头火把敌军打得晕头转向。敌军哪里见过这阵势，一下子就乱了阵脚，连红军的脸都没看到，掉头落荒而逃。红军49团战士如猛虎下山，一直把敌人追至木公寨的三口塘，俘敌几十名，毙敌一批，缴枪几十支。红军战士把这支国民党的警卫队谐称为“黄脚鸭”。

为了扩大战果，打败陆丰警卫队后，一营、二营回罗奎屯休整，然后向紫金进军。

三营也没闲着，他们继续东进，绕道大坪，驻深坑，攻陂沟，狠揍博美的警卫队。直至1930年2月，三营才返回河田，驻扎在黄沙坑村。

陆丰县国民党政府不甘失败，再次纠集了5个警卫中队和两连正规军，向驻扎在黄沙坑村的红军49团三营官兵发起进攻。敌人兵至河口，分成两路，警卫队直奔河田，两连正规军迂回北溪，妄图对红军进行腹背夹攻。

红军闻敌人来攻，兵分两路：一路抢占制高点，迎击直奔河田之敌；一路主动出击，迎战迂回北溪之敌。

迎战迂回北溪之敌的队伍到了溪东凹附近时，发现敌军正在山坡上休息。这些所谓的正规军，一个个像鸦片鬼，东倒西歪躺在草地上。红军指战员看到敌人这般模样，迅速组织部队向敌人发起攻击。躺在草地上的敌军，有的还没有反应过来就到阎王殿报到去了，有的爬起来还没来得及拿枪就成了俘虏，还有的连滚带爬，狼狈逃离战场。

直奔河田的警卫队，虽说人数众多，但却是被红军的威名吓破了胆的一群乌合之众。当遭到红军的迎头痛击时，警卫队虽然组织了两次冲锋，但都是应付长官的行动。警卫队本想拿正规军当“胆”，没想到“胆”一下子就丢了。警卫队在2次冲锋中丢下了10多具尸体后，再也没能力发起攻击了。红军战士一鼓作气，向敌人发起了反冲锋，警卫队掉头就逃，红军见好就收。

在本次战斗中，红军指战员头脑灵敏，见机行事，捕捉到战机及时出击。正面迎敌的部队，不畏强敌，以大无畏的气势压倒敌人，最终使敌人全线败退，获得了以少胜多的重大胜利。

黄沙坑村战斗胜利后，三营返回黄羌罗雚屯宿营地。一营、二营在紫金完成了作战任务后也回师黄羌罗雚屯。

自进军陆丰、紫金以来，红军消灭了大批敌军，缴获了一大批战利品。同时，红军队伍迅速壮大，全团1000多人占全东江红军总数的近一半，海陆惠紫苏区也有了很大的发展。

首战大南山

1930年4月，中央军委南方办事处成立。中央指示南方办事处和广东军委将东江红军4个团（即红军46团、红军47团、红军48团、红军49团）扩充为4大纵队，成立红军第11军。同时指出，红军的任务除了帮助地方暴动外，发展方向是向惠州前进，以汇合各方力量夺取广东政权为目标。当月下旬，红军49团根据中共海陆惠紫特委的指示，进军大南山，帮助潮（州）普（宁）惠（阳）农民暴动，夺取政权。

红军刚到大南山，国民党毛延寿旅的戴戟团就纠集了本团及地方警卫队共2000多人，向潮普惠根据地林招进犯。戴戟团在国民党军队中有“铁军”的称誉，是一支战斗力比较强的部队。

为了粉碎敌人的进攻，保卫革命根据地，红军49团军事会议最终形成了“坚守阵地，坚决打击来犯之敌”的统一意见。

彭桂团长根据军事会议的决定排兵布阵：二营扼守拜金山，正面迎击来犯之敌；一营坚守左翼制高点，相机攻击敌人；三营坚守右翼拜金山谷口；特务连配合大南山赤卫队埋伏左侧山地打击敌人的援军。

4月28日的黎明，敌人向拜金山阵地展开了炮火轰击，1000多发炮弹把拜金山炸得面目全非。敌人看到我军阵地上毫无动静，又命令重机枪向我军阵地疯狂扫射。然后，敌人开始向我军阵地发起冲锋。

红军沉着应战，等敌人进入射程内时，随着彭桂团长的一声令下，三营战士同时从战壕上向敌人发起攻击。一时之间，拜金山上枪声大作，冲在前面的敌人纷纷倒毙，跟在后面的敌人有的趴在地上，有的则掉头往回逃。

敌军依仗人多弹足，反复向我军阵地发起冲锋。我军战士越战越勇，有的战士打完了子弹，就用石头当武器。在此关键时刻，战前联系好的红军47团的部队赶到了阵地前，彭桂团长及时组织反攻，战士们精神抖擞，如猛虎下山，向敌人冲去。敌人冲在前面的一个连很快就被红军消灭了。但是，敌人很快又组织了全团的反冲锋，我军再次撤回阵地，与敌人形成对峙局面。

战斗持续到下午3时，彭桂团长命令拜金山以西警戒的特务连沿着崎岖的山间小径登上拜金山。特务连的战士们一直都在等待首长的命令，听到前方的枪炮声，大家心里都痒痒的，如今有机会参与杀敌，战士们个个精神十足。再说，红军49团的战士大部分都是穷人家子弟，对于爬山走路十分在行。

特务连这支生力军一到，彭桂团长立即组织向敌军发起反冲锋。

我军人人奋勇、个个争先，敌军被打得节节败退，涉河奔逃，向惠来县城方向逃跑。

红军一路追击，跑得慢的敌人不是被消灭，就是当了俘虏。追击5公里后，我军才收兵。

红军首战大南山，毙伤敌人200多人，俘虏敌人80多人，击毁敌人的迫击炮2门，缴枪300多支、子弹多担。

拜金山之战后，红军49团和红军47团在当地赤卫队的配合下，先后攻克了流沙、麒麟、棉湖等圩镇。但是，不久后又在敌人的反扑中失守。

回师海陆丰

1930年7月，敌人向海丰、陆丰、惠阳、紫金增加兵力，其中惠阳、紫金各增一营，海丰、陆丰增加一个补充团。警卫队、民团看到兵力得到补充，马上神气起来，他们狐假虎威，不断袭击、骚扰苏区。

为了打击敌人的嚣张气焰，特委命令红军49团回师海陆丰。

红军49团刚到陆丰河口，海陆丰敌警卫队、民团几百人就纠集在一起，准备向红军发起攻击。

彭桂团长了解敌情后，马上召开了排以上干部会议，制定出“诱敌深入、关门打狗”的战法。因为彭桂团长对河口的地理位置十分熟悉，所以他指派一路战士埋伏在敌人必经之路的两侧，待敌人经过时主动出击，但是不能恋战，要边战边退，把敌人引进事先布好的“口袋阵”，然后锁死敌人的各处退路，集全团之力，对来犯之敌给予打击。

红军刚刚布好战阵，由海陆丰各地拼凑起来的反动武装就大摇大摆踏入了河口。这些平日里不学无术，又没有经过严格训练的地方部队，仗着人多势众，只知道欺负老百姓，哪里懂战略战术。

当敌人急着向河口挺进时，半路上突然杀出一支红军队伍，敌人在慌乱之中组织反击。见红军人数并不多，敌人胆子壮了，以为捡到了软柿子，追着红军就打。红军边打边退，把一大群敌人引到了河口附近的群山里。

紧跟着红军屁股的敌人哪知是计，当敌人全部进入红军布好的“口袋阵”时，彭桂团长一声令下，敌人的四周同时响起了枪声。敌人乱作一团，纷纷夺路往山外跑，但是已经迟了，刚才敌人追击的那支红军已经把山口封锁住了。猛烈的排头火打得敌人哭爹喊娘，还有些敌人不甘失败，想撕开口子往外突围，但是，彭桂团长布好的“口袋阵”哪这么容易被撕裂。一次次冲锋后，看似不高的山峰，敌人就是拼了吃奶的力气也冲不上去。

彭桂团长抓住战机，及时命令司号兵吹响了向敌人反冲锋的号声。一时之间，红军战士纷纷跃出战壕，在冲锋号的伴随下，向山下的敌人冲去。

早已失去斗志的敌人，看到似猛虎下山的红军战士，纷纷举手投降，个别顽抗者被当场击毙。

战争结束了，敌军几乎全军覆灭。该战役毙伤敌官兵约百人，缴枪百余支，仅存几十人狼狈逃窜，多数成了红军49团的俘虏。

从此以后，海陆丰敌警卫队和民团一听见红军49团的威名就魂飞魄散。

再战大南山

1930年秋，中共东江特委移驻大南山，红军49团再次受命挥师大南山。一路上，敌人设置的重重封锁线都被英勇的红军硬闯过来。

10月上旬，红军历尽艰险终于到达大南山，部队驻扎在迭石、下林樟一带。

敌人很快就从潮阳、惠来方向攻来。

红军49团全体指战员在彭桂团长的指挥下，抢占了赤竹坪的制高点，凭借有利的地形，迎击从惠来进攻的敌人。

敌人这次进攻下了血本，不但装备精良，人数也比红军多。

面对强敌，红军指战员沉着应战。

当敌人进入阵地后，红军充分利用有利地形，对敌人实施炮火轰击。准确的排头火一时之间杀得敌人措手不及，许多敌人还没回过神就随着炮声飞上了天。连续10多分钟的轰击，让原本气势汹汹的敌人遭受当头一棒。

轰击之声刚过，敌人就组织了冲锋，一颗颗德国手榴弹掷向红军阵前。漫天的硝烟遮住了敌我双方的阵地，一些还未爆炸的手榴弹被眼疾手快的红军战士反掷回敌人的阵地，一时之间，赤竹坪山头响起了震天的喊杀声。冲锋的敌人一次次被打下去，又一次次冲上来。

战斗十分激烈，敌人甚至整排都接近红军阵地了，敌我双方展开了肉搏战。消灭了一群又冲上来一群，战斗从中午一直打到黄昏，敌人仍然没有退却的迹象。

彭桂团长找来赖子光连长，命令他带一个连的人佯攻惠来县城。

赖子光，海丰县黄羌镇双圳学田人，1925年参加农民自卫军，1927年转为区赤卫队队员，1929年10月参加红军49团，被任命为连长。这位身强体健、在战火中成长起来的红军指战员接受任务后，马上带领战士们向惠来县城前进。

第二天拂晓，惠来县城的守敌看到攻城的红军，马上向县长报告，县长吓得屁滚尿流，命令进攻大南山的敌人回城解围。

赖子光连长接到敌人回城的消息后，马上放弃攻城，带领战士们抄小路绕过回援的敌人，胜利完成了佯攻解围的任务。

红军打退敌人的进攻后，主动出击，对大南山四周的敌人进行攻击。此时，中央军委南方办事处主任李富春为了解决东江红军的编制问题也来到了大南山。他亲临前线，与彭桂团长一起指挥了多起对敌战斗，取得了辉煌的战果，为在大南山召开闽粤赣特委党代会创造了良好的环境。

10月下旬，为了成立闽粤赣特委，以及准备在大南山举行的闽粤赣特委党代会，特委书记邓发在大会召开前，要求红军打下惠来县城向大会献礼。彭桂团长在讨论会上不支持打惠来县城，因为红军缺乏攻城武器，兵力不足，准备也不充分。但是，他的意见未被邓发采纳。于是，红军49团和东江第三军区的部队，以及各区常备队及赤卫队1000多人，于10月29日向惠来县城展开了攻城大战。

惠来县城墙高兵足，敌人武器精良。红军战士虽然英勇，士气高涨，但是一排排战士还没有冲到城墙下就牺牲了。红军的土炮射程有限，根本无法轰开坚固的城墙。

攻城战斗打得异常艰苦，一个个战士倒在敌人的枪炮下，赖子光连长跃出阵地，怀抱炸药包，冒着枪林弹雨向敌人的城墙前进。眼看就要接近城墙，敌人从城楼上抛下几颗炸弹，赖子光连长连忙滚过一边，但是，敌人的子弹像洒水一样同时扫射过来，赖子光连长身中数十弹，壮烈牺牲在城墙下。

战斗持续了一天一夜，但是一点进展都没有，倒在惠来城墙下的红军战士越来越多。血，染红了城墙，也染红了大地。当如血的朝阳从东方升起时，攻城的指战员才接到上级命令，撤出战斗。

逆境中苦战

1930年11月，东江红军改编以后，红军第6军独立第2师第1团（原红军49团）以英勇善战威慑敌胆，地方的敌警卫队和反动民团再也没有胆量找红军过招。11月23日晚，国民党驻流沙警卫大队的中队长庞柱杀死大队长李绍金，率部起义，到大南山向红1团投诚。彭桂师长派员与其接洽后，把这支起义部队改编为红1团第5连，庞柱为连长，然后随红1团开回海陆紫。

红军49团重上大南山改编后，国民党补充团乘虚向苏区进攻，每天都到乡村烧杀抢掠，至1930年12月上旬，海陆紫牺牲100多人，其中党团干事、交通员31人。

1931年元旦，中共东江军委在工作计划中要求红1团消灭海陆紫、陆惠沿途敌人的据点，打通两大苏区，同时巩固龙窝、炮仔的革命根据地。因为彭桂师长去了香港，红1团由林军杰团长率领。林军杰团长在率队返回海陆紫的路上，一直都跟沿途的敌人作战。2月初，当红1团进至北溪时，林军杰团长在战斗中不幸中弹牺牲。红1团在陆河激石溪安葬林军杰团长，然后，全团返回黄羌罗耷屯休整。不久，彭桂师长从香港回来，在高潭中洞召开了红军第6军独立师成立大会，会后派出一个连常驻陆惠，大部分兵力驻扎在海陆紫。

1931年四五月间，红军第6军独立第2师第2团（由红军原46团、47团、48团组建）在西北遭到敌人的强势进攻而失利，中共东江军委指示红2团经海陆紫撤往大南山，同时指派独立师政委黄强前往大南山，一边对红2团进行整顿，一边参加大南山的土地革命。后来，中共东江军委委派陈伯虎担任红2团团长。

1932年3月，蒋介石对中央苏区进行第4次“围剿”，广东国民党政府为了配合蒋介石的“剿共”大计，派张瑞贵师进攻大南山苏区，派张达师和黄任寰师各一个团分别进攻海陆紫和陆惠苏区。

敌人此次除军事进攻外，还采取焦土政策，把苏区的房屋烧光，把群众驱赶到平原，强迫各地成立联团，修筑炮楼，实行保甲制度，登记户口，封锁苏区，断绝物资供应等。

在敌人疯狂的进攻下，苏区遭到了严重的摧残，区域日益缩小，军队供给日益困难。面对困难，彭桂师长没有退却，他充分发动全体官兵的智慧，研究出各种对付强敌的作战方法。首先，他把队伍化小，以连甚至以排、以班为作战单位，当发现战机时，部队马上集合，这样分分合合，不但部队筹饷容易，而且掩蔽也灵活机动。其次，他大力发动群众，让群众配合部队放哨，及时了解敌人的动向，当发现战机时，及时抓住，给敌人狠狠一击。

六七月间，敌人进攻莲花山埔仔峒，彭桂师长得到情报后，对敌人进犯的路线进行实地察看，最终决定用地雷战对付敌人。莲花银瓶山腰处，战士们屏住呼吸，静静地伏在战壕上，等待敌人进入地雷阵。那日上午10时左右，100多个敌人大摇大摆闯入了红军为他们设下的地雷阵。随着彭桂师长的一声令下，银瓶山下爆炸声震天动地，许多敌人瞬间魂归黄泉，被炸伤的哭爹喊娘，幸运的撒脚往回跑。彭桂师长早就为他们做好了准备，一块块巨大的石头从山腰上滚落，又有一批敌人见了“阎王”。剩下的敌人吓得魂飞魄散，被从山上冲下来的红军追着打，最终能逃过的仅有10多人。接着，彭桂师长一鼓作气，集中兵力，挥师新田，直击敌人，把毫无准备的敌人打得狼狈逃跑。两场战斗共消灭了敌人100多人，让敌人坐卧不安。

八九月间，敌人继续从惠州增兵，海丰驻2个团，陆丰驻1个团。红军面临更加残酷的斗争，从大安峒、埔仔峒至朝面山、高潭中洞、陆河激石溪以及陂沟等苏区都有敌人重兵驻守，他们在这里建炮楼，禁止群众上山割草。

此时的红1团团部驻在吊贡，另外两个连在黄羌、大安的苏区活动。红军弹药越来越缺乏，生活更加困难。彭桂师长和警卫排20多人断粮2天。在这种恶劣形势下，彭桂师长依然以革命的乐观精神面对，不断用自己的亲身经历教育、鼓舞战士们。

12月底，红1团开拔至陆惠，一举攻克了大坪圩，敌人马上派出一个团向红1团发起进攻。红1团考虑到敌强我弱，无法与敌打拼消耗，便与红2团一个连和新改组成立的中共东江军委退回海陆紫。

此时，海陆紫苏区大部分被敌军占领，苏区腹地的布格、吊贡、石山也都建起了炮楼。中共东江军委和红1团派员向中共东江特委请示。中共东江特委指示，短期内在海陆丰、紫金、五华一带打游击，然后经河口、河田回陆惠，或由龙村取道河婆再回陆惠，如果环境不允许，可到丰顺、梅县打游击，再相机回潮普揭或陆惠。

红1团和中共东江军委奉命进军紫金，在三江口、洋头和炮仔圩等地打了几次胜仗，随后，红1团转战乌禽嶂，歼灭了紫金来犯的敌警卫队100多人。不久，驻海陆紫的敌军分路合围乌禽嶂，双方激战，损失都非常严重，红1团仅剩200多人。红1团向紫金、河源边界转移，再次被敌军攻击，许多负责人和战士牺牲，古大存受伤后及时掩蔽，伤愈后潜回西北片。

彭桂师长和朱炎、陈开芹等人研究后，将剩余60多名战士分为两部分，一部分由朱炎率领转入紫金山区掩蔽。彭桂师长率一部分返回岩山，同中共东江特委委员、海陆紫苏维埃政府主席林覃吉研究后，决定把队伍再分为小队伍，分别在山区活动。1933年四五月间，陈开芹、朱炎先后牺牲。5月12日晚，彭桂师长带10多人在大安峒掩蔽活动，被叛徒马克训行刺牺牲，年仅30岁。差不多同时，林覃吉也在苦竹园（富足园）南塘肚曾氏屋内被其卫兵黄玉华杀害。从此，各地红军小分队失去联系。

为恢复海陆丰苏区、创建海陆惠紫苏区、保卫东江苏区立下丰功伟绩的红军49团，其历史至此结束。

（参考文献：中共海丰县委党史研究室，海丰县老区建设促进会.海陆丰革命根据地考证（1927—1933）. 2005：292-312.）

11

活虎队罗輋屯突围战

1949年2月1日，中国人民解放军粤赣湘边纵队东江第一支队第五团在海丰赤石宣告成立，黄友任团长，蓝训材任政治委员，刘夏帆任政治处主任。2月6日，黄友团长率领活虎队和第四大队及民运队进驻黄羌罗輋屯。

罗輋屯位于黄羌以北5公里，该村庄地处海陆紫三县交界处，地势开阔，群山环绕，绿水长流。自古以来，罗輋屯就是兵家必争之地，依仗该村的地理优势，进可攻，退可守。第一次国内革命战争时期，此地涌现了许许多多的优秀共产党人，为红军49团长期提供宿营地。土地革命战争失败后，罗輋屯被国民党部队长期盘踞。抗战时期，国民党县政府两次迁移至罗輋屯。

位于黄羌的党组织主要活动在朝面山及黄羌圩四周，其他地方力量比较薄弱。黄友团长率部进驻罗輋屯，一方面为了扼守战略要地，另一方面也想加强山区的党组织力量。在黄羌地下组织的全力协助下，罗輋屯钟氏祠堂成了团部临时指挥部，部队驻扎在团部四周。

7日凌晨，忙碌了一天的战士们正在睡梦中。突然，寂静的夜空被刺耳的枪声划破，许多战士被惊醒。黄友团长第一时间翻身下床，查询情况。哨兵由远而近，不断汇报敌情。黄友团长马上作出部署，活虎队队员殿后阻击，掩护团部和连队、民运队向朝面山方向撤退。

国民党钟铁肩部的五六百人从三面向罗辇屯钟氏祠堂攻击前进。活虎队队员个个如猛虎下山，一发发出膛的子弹把凌晨的天空划得闪亮，密集的子弹打得敌人抬不起头。无论国民党军官如何驱赶，怕死的国民党兵趴在地上就是不敢前进。看到团部及其他同志撤到山上，活虎队队员分批撤退，连长吕琦命令其他同志后撤，他则架起机枪猛烈向敌人扫射，不料一颗子弹击中了他的左手臂。副连长陈桂看到吕琦受伤，马上接过吕琦的机枪，一边向敌人扫射，一边命令战士们掩护吕琦撤退。此时，陈桂身边只剩下一排排长林源及几位战士，陈桂命令战士们先撤，他跟林源掩护。

敌人听到枪声不那么猛烈了，抬头看到我军战壕里只有两挺机枪在怒吼，胆子大了起来，向我军战壕方向胡乱射击，但是依然没有胆量前进。突然间，机枪声停止了，敌人知道机枪没有子弹了，纷纷从地上爬了起来，向林源他们猛烈攻击。林源和陈桂看到战友们都安全突围了，互相对视了一眼，两位勇士拔出大刀，准备与敌人进行肉搏战。但是，敌人哪里会给他们机会。随着敌人的枪声响起，林源和陈桂倒在了血泊中。

一排排长林源与副连长陈桂为了战友们安全突围，献出了年轻的生命，为新中国的诞生作出了重大的贡献。党和人民永远不会忘记他们。烈士墓前，无数后人叙说着他们的故事，他们的精神永远激励着后人为国家的安宁与繁荣而努力奋斗！

（参考文献：中共海丰县委党史研究室，中共汕尾市城区党史研究室.中共海丰党史大事记（1919—1949）.广州：广东人民出版社，1995：214.）

12

粮道

1931年8月初，中共海陆紫县委、县苏维埃政府等领导机关，由于各种因素，无法在激石溪继续生存下去，经过慎重考虑，最终决定迁往黄羌苦竹园。

苦竹园不但山高林密，易守难攻，与惠东、陆河交界，而且这里有坚强的党组织和良好的群众基础。然而，领导机关人员众多，苦竹园以一村之力根本无法解决他们的供给。还好，黄羌有坚实的群众基础，筹集粮草并非难事。

海陆紫县苏维埃政府负责人林覃吉早在1927年就参与过为红二师筹集粮草的工作，他熟悉粮道应如何运转。

常言道："兵马未动，粮草先行。"在海陆紫县各机关迁往苦竹园前夕，林覃吉已经选择好了集粮地，同时找到了一位我党的忠诚"粮官"。

黄羌合门热水村是黄江河与外界交通的连接地，不但能给红军提供粮草，而且能让外面的药品、器械等军用物资通过水运进入黄羌，转运至苦竹园。

“粮官”郑潭银是一位老党员，早在1922年冬，他就与村中的12位农友跑到公平炭街农会馆加入了农会。后来，他成为热水村的赤卫队队长，在战火中加入了中国共产党，在战场上与林覃吉相识相知，成了生死与共的战友。

当郑潭银接到海陆紫县各机关迁往苦竹园的消息后，马上动员黄羌各村庄派粮。群众听说红军要粮，主动把粮食送到村长家，由村长负责送到郑潭银家。郑潭银再通知林覃吉派人来运粮。

为了粮道的安全起见，第一次运粮，林覃吉亲自带着10多位身强体健的战士，趁着黑夜，翻山越岭，来到合门热水村郑潭银家。老战友再次相逢，他们没有聊私事，讲的每一句话都是为了粮道。林覃吉向郑潭银介绍了身边的连长黄标，并郑重交代老战友，以后黄标全权负责粮道的工作，让他们好好商量如何确保粮道的安全运转。分别时，林覃吉送了一把手枪给郑潭银，握着战友的手，一再互道保重。

后来，只要有黄标的字条，郑潭银就会组织村中的赤卫队队员或革命群众送粮到苦竹园。为了减轻运输的负担，郑潭银还想出了把谷子磨成米再运到苦竹园的办法。

1932年3月中旬，国民党对海陆丰革命根据地进行了残酷的“围剿”，黄羌到处都可以见到敌人的身影。郑潭银依然坚守着岗位，想出各种办法对付敌人的“围剿”。粮道原来的路径是由合门出发，经过青塘、大塅、黄羌圩、塘肚仔、十字岗、铁扇关门、朝面山、牛屎坳，进入苦竹园坑尾。这条大道全长超过18公里，路面较宽，行走的人也比较多。为了隐蔽起见，他们改走小道，由合门出发，经过下里坑、红珠溜、麻竹，进入苦竹园八多竹。这条小道全长约15公里，路面较窄，崎岖不平，但是很少有人来往，隐蔽性较好。粮食由一处储藏改为分散储藏，运粮人也由一班改为两班接力，上里坑、下里坑成了粮道上的秘密转运站。合门热水村赤卫队队员或革命群众只要把粮食挑到上里坑、下里坑，村里的赤卫队队员或革命群众就会把粮食运往苦竹园。

1932年冬，敌人的“围剿”越来越猖狂，所有进出苦竹园的路都设卡检查，同时，每天派部队到各乡村严密搜查。郑潭银再也没办法向苦竹园的红军战士输送粮食了，粮道彻底瘫痪。

深冬的一个黄昏，林覃吉独自下山来到合门热水村，见到老战友郑潭银，了解粮道中断的情况。郑潭银见到久别的战友骨瘦如柴，马上叫家人杀鸡煮粥。林覃吉也不推辞，他知道郑潭银是真心的，如果推辞更显得生疏。吃过晚餐后，郑潭银与村中的几位赤卫队队员护送林覃吉回苦竹园，一直到上头洋村，两位战友才依依惜别。谁承想，这是郑潭银与林覃吉的最后一次见面。

粮道中断，部队供给无法解决，林覃吉毅然下令遣散队伍，分散隐蔽，等待革命高潮的到来。林覃吉坚守在岗位上，与苦竹园仅剩的9户村民同甘共苦。可惜，1933年4月15日，林覃吉被叛徒黄玉华杀害。

（根据1986年10月4日林泽民对郑潭银的访谈记录改编。参考文献：中共海丰县委党史研究室.海陆怒潮——海陆丰革命斗争回忆录（二）. 2013: 257−258.）

13

刘桂与红色理发师的故事

1931年8月初，太阳刚刚下山，清爽的秋风吹拂着深山中的花草树木，勤劳的山里人趁着凉快，干得更起劲。

苦竹园大园窝通往企岭头的山道上，刘桂正急着赶路，他想尽快找到黄潭贵理发师，完成林覃吉交代的任务。

刘桂身为苦竹园的党支部书记，近期为了迎接中共海陆紫县委、县苏维埃政府等领导机关的进驻，日夜奔波，不停地操劳。直到前两天，领导机关全部安置完毕，刘桂才松了一口气。这天中午，刘桂接到林覃吉的通知，再次沿着崎岖的石阶路来到大园窝。林覃吉交代给刘桂两项任务：一是找一位可靠的同志帮忙到高潭圩采购生活用品；二是找一位可信的理发师。

刘桂出生在苦竹园企岭头，从小父母双亡，跟着叔父过日子。山里孩子会干的活他都会干，山里人能吃的苦他都能吃。

1923年，彭湃兴起的农民运动唤醒了大山中的民众。当苦竹园组建农会后，刘桂马上参加，并积极参与农会开展的减租减息运动，得到陈桂招等领导的赞赏。

1925年，吴振民受党组织的指派，在公平发展农民自卫军，刘桂被选进训练班。

1927年4月12日，蒋介石背叛革命，海陆丰人民在中国共产党和彭湃同志的领导下，历经三次武装起义，建立了中国首个苏维埃政权。

1928年3月1日，国民党反动派重兵“围剿”海陆丰，苏维埃政府撤往山区。经过一年多的反“围剿”斗争，海陆丰大地满目疮痍。

1929年10月，由海陆丰及兄弟县的赤卫队、农民自卫军组建的红军第6军第17师第49团正式成立，从此，海陆丰大地再次迎来了革命的高潮。

刘桂一直随军作战，几次与死神擦肩而过。从战火中走来的刘桂，不但成了苦竹园的党支部书记，还是四乡民众崇拜的英雄。

1931年8月，驻扎在陆河激石溪的中共海陆紫县委、县苏维埃政府等领导机关，决定把驻地迁移至苦竹园。刘桂受命转回家乡，发动干部群众做好准备，迎接领导机关的进驻。

如今，各机关的安置工作基本完成，但接下来的工作并不轻松。他想到了二区党委书记曾桂的父亲曾连福，此人天生神力，一身正气，积极参与革命活动。刘桂找到曾连福，把林覃吉布置的任务交代给他，曾连福欣然接受，并表示一切听从党的安排。

完成了找人到高潭圩采购生活用品的任务后，夕阳的霞光斜铺在大地上。刘桂一刻也不敢耽误，告别了曾连福，连忙往家里赶。苦竹园几个村落看似就在周围，走起来却不是一时半会儿就能到的，因为一个村落与另一个村落之间只有崎岖不平的山路相连。

当刘桂到达苦竹园企岭头时，太阳终于落到了天边。山风吹来，刘桂浑身舒坦，他迈开脚步走向红色理发师黄潭贵家。

黄潭贵，苦竹园企岭头人，14岁拜黄羌圩陈先为师，学习理发。一年后回到家乡，一边为父老乡亲理发，一边耕种。1925年，黄潭贵加入共青团组织。1927年参加农民自卫军。1927年10月9日，南昌起义军部分官兵来到朝面山，黄潭贵参加了为战士们理发的工作。1929年10月，红军49团在朝面山菜背窝成立后，黄潭贵依然是战士们的理发师。黄潭贵表面上只是一个普通的理发师，其实，他还是我党的秘密交通员。在一年多的反"围剿"斗争中，海陆丰多少英雄儿女血溅青山。黄潭贵凭着理发师的身份做掩护，不但出色地完成了每一次的任务，而且都能全身而退。

如今，中共海陆紫县委、县苏维埃政府等领导机关迁徙到了苦竹园，需要找理发师为战士们理发，黄潭贵成了刘桂要找的最佳人选。

刚刚从田间回到家里的黄潭贵看到刘桂上门，热情招呼。刘桂是黄潭贵走上革命道路的引路人，一直以来黄潭贵对刘桂十分尊重，只要刘桂一声令下，黄潭贵就是龙潭虎穴也敢闯。

刘桂向黄潭贵交代完任务后，月牙儿已经高悬在天边。

忙了一下午的刘桂终于可以回家休息了。

8月的深山清晨，百鸟争鸣，划破了寂静，奏响了旋律，唤醒了生机。

苦竹园大园窝范屋门前，黄潭贵背着理发工具，眺望远处的练兵场，他被战士们的晨练吸引了。他不止一次向刘桂申请拿真刀真枪跟敌人大干一场，但每一次刘桂都耐心地开导他："干革命不见得就要上战场，各条战线都需要革命同志，只要听党的话，服从党的安排，在什么岗位上都一样重要。"别人的话黄潭贵可能不听，但是刘桂的话他深信不疑。

太阳渐渐升起，晨练后的战士们被汗水湿透了衣衫，一个个跑回兵营（兵营是用茅草搭建的）拿着毛巾向小溪走去。清净的山泉水日夜不停地流淌着，一直默默无闻的深山小溪，终于等来了一群充满朝气、挥汗如雨的小伙子的亲密接触。

战士们洗漱完毕，炊事员担来了早餐。大园窝四周的大石头成了天然的桌椅，战士们三五成群，一边吃着早餐，一边聊着天。黄潭贵也不客气，与战士们一起享用着并不丰盛的早餐。

黄潭贵吃了早餐后，就在大园窝的林荫处摆上条凳，拿出理发工具，给战士们理发。由于战事繁多，大部分战士很长时间都顾不上理发，都快成"姑娘"了。三天后，除了守犯处、整枪处、医务处、印刷处的部分同志出于工作原因无法离开岗位外，大园窝驻地的大部分战士及工作人员，在黄潭贵的辛勤劳动下，变得格外精神。

当黄潭贵准备收拾理发工具回家时，林覃吉来到了他的身边，感谢他的辛勤劳动，并嘱咐他农历八月十五日再回来大园窝，除了帮助没有理发的同志理发外，还有重要任务要交代。黄潭贵连连点头，背着理发工具踏着夕阳，消失在深山中。

农历八月十五日很快就到了，黄潭贵早早就起床了。他踏出家门时，抬头看到刘桂向他点头微笑，两人心照不宣，一同走下崎岖的山道，再次来到大园窝。

这一日的大园窝喜气洋洋，新贴的标语格外耀眼，飞舞的彩带营造出浓郁的节日氛围。这是中共海陆紫县委、县苏维埃政府搬迁到苦竹园后度过的第一个节日。为了增进军民感情，苦竹园各村都派出代表，带着礼物前来参加晚上的联欢会。戴友挑着一担月饼，水娘挑来一担草鞋，还有各种各样的礼品表达着群众对驻军的拥护与热爱。

黄潭贵为部分战士理好发后，被刘桂邀请留下参加联欢会。驻军专门宰了一头牛，因为无法弄干净牛头，就把牛头埋了。在大园窝范屋前空旷的操场上摆了6桌，每桌都放着丰盛的菜肴和月饼。傍晚时分，战士们点上了气灯，皎洁的月光和着气灯发出的光芒，把大园窝照耀得如同白昼。开餐前，林覃吉和刘桂分别代表县苏维埃政府和地方群众发言。晚餐后，战士们与群众进行了热烈的联欢活动，一直持续到气灯没油报警才结束。

黄潭贵没有参加联欢活动，他被林覃吉叫到南塘肚曾观球家。在曾氏大屋里，黄潭贵专门为林覃吉理了发后，林覃吉递给黄潭贵一张字条，让黄潭贵第二天必须送到公平，并亲自交给钟娘永，如果路上出事，必须把字条毁了，千万不要落入敌人之手。黄潭贵望着林覃吉，坚定地点了点头。

农历八月十六日，路上的行人特别多，黄潭贵一早就怀揣秘密字条，背上理发工具，迈开大步向公平方向前进。

当黄潭贵来到白水湖路口时，一队国民党兵正在设卡检查行人。黄潭贵镇定自若，直面国民党兵。国民党兵看他背着理发工具，连问都懒得问，挥手让他过去。黄潭贵过了哨卡才有点后怕。他加快步伐，来到了公平，找到了地下工作者钟娘永，顺利完成了情报的传递。

当晚，黄潭贵把传递情报的经过向刘桂汇报。刘桂听了汇报后，不但没有表扬黄潭贵，还严厉地批评了他。刘桂告诫他，搞情报工作千万不要粗心大意，更不要冒险。国民党兵在大路上设卡，可以想办法改道前进，万一情报泄露，那可不是闹着玩的。黄潭贵知道自己错了，羞愧地低下头，并向刘桂保证以后一定小心行事。

那以后，无论在多危险的情况下，黄潭贵经手的情报都未出现过纰漏。

1931年的冬天来得好早，呼啸的北风穿过重重山峦，把寒冷的空气带入深山。夜幕刚刚降临，衣衫单薄的农村人早早上床取暖，连狗吠声都听不到，唯有山风在狂欢。

苦竹园南塘肚曾氏大屋是唯独有微弱灯光透出的地方，海陆紫县苏维埃政府负责人林覃吉披着一件旧大衣，正在狭小的房间里来回地踱步，外面呼啸的北风好像对他一点影响也没有。

“谁？站住！”曾家院子外，传令兵李初香短促而严厉的喝令声划破了沉寂的夜幕。

“黄潭贵，领令前来见林同志。”来人报出姓名与来意。

“请进，领导正在等你。”李初香马上让黄潭贵进入曾家院子。

林覃吉见到迎着呼啸北风而来的黄潭贵，紧紧地握着他的手，连声说：“辛苦你了，由于情况紧急，不得不让你连夜完成情报的传递，你马上出发去高潭中洞，见到罗光告诉他，黄火招被江金英抢去了，让他设法营救。”

黄火招是整枪处的负责人，他不但熟悉县苏维埃政府在苦竹园的情况，对高潭中洞的情况也十分了解。所以，及时告诉高潭的党组织非常必要，而且，让高潭党组织出面营救黄火招的成功率也比较高，因为江金英在高潭有着千丝万缕的关系，找出他的软肋并除掉他，不是不可能的事。

黄潭贵深深地知道他肩上的担子有多重，但是，他没有犹豫，明确任务后，很快就消失在苍茫的夜色中。

第二天下午，刘桂在苦竹园大园窝参加会议，会议结束后马上赶回村子，直奔黄潭贵家。一见到黄潭贵，刘桂就向他竖起了大拇指，附在他耳边说：“黄火招得救了，你的及时情报，让高潭党组织第一时间出手救人，你立功了！”

冬日的寒风一天比一天紧，绿海一般的山峦开始在北风中褪色，苦竹园的天空显得阴沉而忧郁。

寒冬还将继续，春天的脚步还远着。

1932年3月中旬，国民党第1集团军派第3军配合蒋介石第4次“围剿”中央苏区，进攻东江各苏区。其中，张达师骆秀礼团进抵海丰，联合地方武装，对革命根据地进行残酷的“进剿”、“围剿”和“清剿”。

面对大军压境，驻守在苦竹园的海陆紫县苏维埃政府工作人员的工作更加繁忙，各种供给一天比一天困难。为了得到物资供应，林覃吉费尽了心思，刘桂和黄潭贵同样做了大量的工作。特别是二区书记曾桂牺牲后，多条供应链断裂，给原本就困难紧张的局势造成更多的麻烦。

1933年1月上旬，形势进一步恶化，苦竹园处在敌人的严密包围中。

3月的一天早晨，林覃吉把黄潭贵叫到南塘肚曾氏大屋，悄悄交代了一番。然后，黄潭贵直奔黄羌圩附近的官田。到了村里，黄潭贵放下理发工具，等待村民来理发。不久，一个又一个村民来到黄潭贵身边，请师傅为他们理发。黄潭贵一边为村民理发，一边密切关注着周围的动向。

中午，庶务长张轩来到官田，他没有注意到黄潭贵，但是，黄潭贵正在密切地关注着他。张轩走进村长的家里，不一会儿就出来了。张轩离开官田后，黄潭贵就在他的身后跟踪着。张轩没有直接回苦竹园，而是去了与官田隔河相望的东边陇。他进东边陇一小时左右才出来，然后回苦竹园。

黄潭贵不但比张轩年轻，而且是本地人，他抄小径，比张轩先一步回到苦竹园。黄潭贵见到林覃吉后，详细向他汇报了自己所看到的一切。

但是，张轩向林覃吉汇报时，并没有说他去过东边陇。于是，林覃吉对张轩的行动产生了怀疑。不过，他不动声色，吩咐张轩做好当晚去官田接粮的准备工作。

张轩刚走，林覃吉马上派刘桂去东边陇，弄清楚张轩的阴谋。

刘桂通过各种渠道，终于打探到了张轩的诡计。原来，张轩已经叛变，他想利用当晚到官田运粮的机会，消灭我军力量，给主子当见面礼。

当晚，林覃吉将计就计，在黄羌运龙凹上不但消灭了叛徒，还打了敌人一个反包围。

叛徒张轩虽然被消灭了，但是，几十人的供给问题依然无法解决。

林覃吉召集所有驻守在苦竹园的苏区机关干部开会。他对大家说："同志们，现在形势非常紧张，条件十分艰苦，已经到了无法坚持的地步，各人只能自找出路，等到革命兴起时，你们再回到队伍里来。"

人群中有人问林覃吉："你到哪里去？"

林覃吉说："我坚守在此，我在，县苏维埃政府就在！"

那一晚，哭泣声充斥着苦竹园的夜空。特别是戴土祥和朱旺、朱水良夫妇，以及两位女战士，迟迟不愿离开。后来，经过林覃吉的耐心劝导，他们只好挥泪离开了自己心爱的领导与队伍。

苦竹园许多村民也纷纷离家出走，偌大的村庄仅剩下9户人家。

林覃吉身边只剩下一个无家可归的传令兵黄玉华。

9户人家成了与林覃吉并肩战斗的堡垒户，他们轮流给林覃吉送粮食。

1933年4月15日，传令兵黄玉华叛变，残忍地杀害了林覃吉。

刘桂与黄潭贵带领乡亲们掩埋了同志的遗体后，含泪离开苦竹园。

他们没有放弃战斗，只要一息尚存，共产党人永不言败！

（口述人：刘荣康；口述时间：2019年3月15日。）

14

卖身赎夫

1933年4月15日，中共东江特委委员、海陆紫县苏维埃政府主要负责人林覃吉在苦竹园南塘肚曾氏大屋内被叛徒黄玉华杀害。苦竹园的父老乡亲怀着悲愤的心情，把烈士的遗体安葬后，立在烈士的坟墓前久久不肯离去。直到如血的夕阳洒落在崇山峻岭时，大家才依依向烈士告别。

曾观球、曾日明叔侄长期与林覃吉同在一个屋檐下生活，林覃吉的遇害让叔侄俩心情尤其沉重。以后的路该怎样走下去，谁都不清楚，叔侄俩好像失去了航标的孤帆，一时之间显得脆弱而无助。

国民党反动派证实了林覃吉被杀害后，大举进攻苦竹园。国民党兵如狼似虎，放火焚烧红军及苏维埃政府的驻地。他们挨家挨户查了个遍。当来到南塘肚曾氏大屋时，国民党兵把手无寸铁的曾观球、曾日明叔侄抓了起来，押到高潭，投入监狱。

曾氏家人以及苦竹园的乡亲们，在武装到了牙齿的国民党兵面前，只能眼巴巴地看着亲人被抓走。

曾氏家人急得如热锅上的蚂蚁，但是一点办法都没有。

第二天，一位高潭甲长来到南塘肚曾氏大屋，声称有办法救出曾氏叔侄，但是，必须付足100块大洋。时间只有一天，如果无法筹够钱，就只能到高潭收尸了。

对于曾氏家人来说，要在一天内筹够100块大洋比登天还难。无奈之下，曾氏家人把仅有的几块大洋塞给高潭甲长，求高谭甲长延长两天时间，让他们有筹款的时间。高潭甲长只说尽力而为，便扬长而去。

高潭甲长走后，曾氏家人面面相觑，谁都想不出办法。时间一分一秒地过去，无助的曾氏家人欲哭无泪。曾日明的爱人陈娇兰终于打破了沉默，她对家人说："救人要紧，把家里的耕牛卖了，不够的我来想办法。"大家听到这个平日里勤劳贤惠的女子说话，把目光一齐投向她。家里人再也没有其他办法，只能按陈娇兰说的做。

第三天，曾氏家人卖掉了家里所有的耕牛，但是钱依然不够。正在曾氏家人等待陈娇兰的筹款时，一个人贩子来到了曾氏大屋，告诉曾氏家人，陈娇兰为了赎夫，把自己卖了。曾氏家人听到此消息，默默无语，只有以泪洗面。

第四天，曾氏叔侄回家了，但是，失去爱妻的曾日明对生活失去了信心，整日郁郁寡欢，不久就患病离开了人世。

山风吹，日月新，时至今日，听着村民的叙说，笔者无限感慨，怀着崇敬之心，书写南塘肚曾氏一家的凄凉故事。

（口述人：曾统权；口述时间：2019年3月16日。）

15

梅峰好汉陈努

“爹是英雄儿好汉”，这句话用在陈朝陛、陈努父子身上再合适不过了。

陈努（又名陈友章），1905年出生于海丰县梅陇镇东港乡美村，是陈朝陛的第三子。

1921年，彭湃同志任海丰县教育局局长，当他了解到梅陇高等小学（原东斋学校）被土豪劣绅所把持的情况后，大力支持梅陇镇的进步人士对梅陇高等小学进行改革。改革后的梅陇高等小学终于向穷人子弟打开了大门。陈努于1922年以优异的成绩考入了梅陇高等小学。

1922年夏，彭湃被免去教育局局长职务后，深入农村组织农会。新的教育局负责人屈从于土豪劣绅的意旨，派张国华任梅陇高等小学校长，江济中、林竞强、黄壮夏等任教员，这些人慑于旧恶势力，极力讨好土豪劣绅，控制学生的社会活动，干涉学生阅读进步书刊，不让学生与别校学生交往，这时常引起进步学生的不满。陈努受父亲的影响，从小为人正直而勇敢，看到老师如此限制学生自由，就经常与同学陈伯虎、陈回等人向校长、老师提意见，有时师生之间还展开激烈的争论。校长、老师往往理屈，仅以不痛不痒的言辞敷衍进步学生。

1923年初，海丰县总农会成立，推动了学生运动的发展。总农会和进步青年联合发起驱逐老朽县长丘景云的活动，革命的氛围逐渐浓厚起来。梅陇高等小学的进步学生受到鼓舞，提出撤换校长张国华等人的要求，得到总农会的支持。教育局派马以慈任梅陇高等小学校长。

1923年6月，曾广聘等少数人纠集在一起，密谋殴打校长马以慈和老师彭元章等人，他们妄图以武力逼使马以慈校长和彭元章老师离开梅陇高等小学。

一天傍晚，马以慈校长与彭元章老师有事前往梅陇圩，曾广聘等人事先探悉，埋伏在路旁准备袭击他们。

曾广聘等人的行为被陈努等同学发觉，他们大呼要救校长，于是兵分两路，一路回校搬救兵，一路飞奔赶上马以慈校长、彭元章老师，保护他们的人身安全。

曾广聘一伙看到马以慈校长、彭元章老师两人出现，马上从路旁涌出。陈努跟几位同学则马上把马以慈校长、彭元章老师围在中央，双拳紧握，怒目直视曾广聘一伙。曾广聘仗着人多，挥拳直击陈努。陈努把身一侧，顺手把曾广聘一拉，曾广聘摔了个狗吃屎。其他人看到曾广聘跌倒，不敢往前冲。正在此时，梅陇高等小学闻讯前来助战的学生到了，两派学生大打出手，场面混乱，双方均有人受伤。

事后，社会舆论都赞誉陈努等学生有正义感，鄙视曾广聘等人的所作所为。

1924年，因“七五农潮”，农会转入地下活动，陈努协助父亲在家乡组建“贫民党”，秘密传递各种信息。

1925年，彭湃同志为了给东征军及时传递海陆丰及周边各县的情报，建立了一条从广州经香港至海丰的秘密交通情报线。因东港地处沿海，陈朝陛领令负责该线的一个情报点，陈努成了情报站的通信联络员，及时向上级传递赤石、鲘门、梅陇等地的信息，为东征军的作战提供了大量有价值的情报。直到第二次东征胜利后，情报站才撤销。

1925年10月，第二次东征胜利后，陈努和陈鹃魂、陈伯虎、陈业卢、陈英贤等人在陈朝陛的支持与鼓励下，先后参加了农民运动讲习所、农民自卫军训练所的学习。从此，陈努踏上了革命道路。

1926年，陈努加入社会主义青年团，不久转为共产党员。他跟随彭桂南征北战，在肃清反革命残余势力、保卫农民利益的斗争中，表现得十分英勇。

1927年4月12日，蒋介石背叛革命，大肆屠杀共产党员和革命群众。为了反击敌人的白色恐怖，以张善铭为首的中共海陆丰地委领导海陆丰人民举行第一次武装起义。

4月30日夜，陈努在彭桂的领导下，参加了武装起义夺取政权的斗争。5月1日，海丰成立了县临时人民政府，农民自卫军改为工农救党军。7日，得知敌驻惠州18师师长胡谦派兵进攻海丰城的消息，陈努与战友们前往海城镇东北红花地一带布防。9日，敌刘秉粉团入侵，我军与敌军展开了激战。当敌军发起第三次冲锋时，陈努已经没有弹药了，但是，他依然用石头当武器，坚守着阵地。由于我军大炮出现故障，弹药有限，彭桂命令救党军撤出战斗，陈努才与战友们撤离战场。

5月下旬，中共海陆丰地委和中共潮梅地委在陆丰新田研究决定，海陆丰和潮汕撤来的农民自卫军合编为惠潮梅工农救党军，往五华方向发展。因敌军追击，我军北上江西、湖南，同党中央和湖南省委取得联系后，与当地农民自卫军合编。后来在汝城被敌范石生部袭击，东江各县农民自卫军受挫后辗转回来。陈努腿部受伤，在山沟里艰难地度过了10多天，多亏当地老乡的救助，他才转危为安，回到家乡。

陈努在梅陇东港美村只住了几天，腿伤刚好，就去寻找部队。

8月23日，陈努听说父亲陈朝陛被敌人枪杀。他面朝家乡，双膝下跪，泪流满面，狠狠地说："此仇不报，誓不为人！"

海陆丰第三次武装起义胜利，建立苏维埃政权后，陈努由于作战英勇，被提升为工农革命军第五团三连副连长。

1928年1月，红二、红四师分路向紫金和潮普惠进军，海丰只留红四师一个营和工农革命军驻守。1月24日，敌海陆丰守备队司令蔡腾辉乘虚入侵鹅埠、赤石，陈努在彭桂的领导下，与战友们英勇战斗。在战斗中，陈努身先士卒，不怕牺牲，最终将蔡腾辉部完全击溃。蔡腾辉和海丰反动头子钟秀南狼狈逃跑。这一仗打死打伤敌军近百人，缴获迫击炮两门、机关枪两挺、步枪数十支。

1928年三四月，桂系军阀伙同蔡腾辉部以水陆四路重兵进攻海陆丰。3月1日，海城沦陷，党政机关撤往山区。3月下旬，中共东江特委机关转移到潮普惠领导暴动，海丰、陆丰、惠阳、紫金四县成立暴动委员会，领导群众进行反“围剿”斗争。在此期间，彭桂担任暴动委员会委员和海丰工农军独立师师长，陈努提升为三连连长。

“五三兵暴”以后，敌人向深山老林“进剿”，妄图消灭红军和农民自卫军。陈努率领着三连在深山老林中同敌人周旋，并伺机袭击敌人。7月7日晨，敌军一个连包围陈努连队营地埔潭，陈努在彭桂和古鸿江的指挥下，率领战士们沉着应战，安全撤退。9月21日，陈努率领战士们奔袭赤石敌军。他熟悉地形，采用灵活机动的战术，不但消灭了敌人，还让连队在战斗中所受的损失大大减少，为革命保存了干部骨干。

1928年10月，中共海陆惠紫特委成立。1929年初，省委派陈郁来海丰参加三县党代会，传达党的六大精神。从此，特委在党的六大的路线指引下，发动群众，拿起埋藏的枪支，重整赤卫军，恢复武装斗争。

为了靠前指导群众武装斗争，特委和军委决定取消赤卫军指挥部，把骨干分到各区去领导武装斗争，以公平、黄羌为中心区域。在一区、二区、三区、四区各成立一个游击队。陈努被分配到三区，依然在彭桂的直接领导下进行战斗。

陈努对三区（梅陇、莲花和联安大部分区域）的地形地貌、风俗习惯、敌我情况了如指掌。他充分利用各种有利因素，一边扩军，一边训练，瞅准机会狠狠地打击敌人，然后用缴获的枪支武装自己。有一次，陈努探听到驻守梅陇圩的敌军军官大摆宴席庆祝生日的消息，于是他率领游击队抓住机会，给敌人来了一个突然袭击，打得民团分子抱头鼠窜。6月至7月期间，为了打通一区、三区、四区同公平、黄羌的联络通道，陈努参与了攻击公平高沙敌警卫队的战斗。陈努身先士卒，带领战友们英勇战斗，不出半小时，消灭敌警卫队10多人，拔掉了敌据点，扫除了交通障碍。

1929年10月初，根据广东省军委的指示，由海陆惠紫游击队、赤卫军组成的红军第6军第17师第49团在黄羌朝面山菜背窝成立。彭桂任团长，黄强任政委。下设3个营，每营设3个连。陈努被任命为二营三连连长，二营主要负责海丰二区、四区和惠阳，由彭桂直接指挥作战。红军49团成立之初，虽然人数不多及武器装备较差，但是战士们的斗志昂扬。在广大人民群众的支持下，陈努跟他的战友们连克梅陇、水口，占领四区鹅埠、赤石，接着又攻占埔心、炮仔等地，并游击可塘、青坑等沿海平原地区。由于敌人四面受击，国民党县长陈祖贻被迫放弃四区和鲘门、日中，退守海城、梅陇、公平等较大圩镇，红军49团军威大振。

12月3日，中共海陆惠紫特委西路决定号召群众协同红军乘胜攻取海城，由彭桂负责指挥。当时红军49团仅300余人、200余支枪，但群众参加者上万人，在海城周围登山助威，声势浩大。陈努率领他的战友们冒着敌人的枪林弹雨，硬是冲进城内。然而，敌军做好了充分准备，我军弹药又不足。看到取胜无望，陈努及时指挥战友们撤出战场。此役虽然没有占领海城，但是打死敌警卫队大队长2名，中队长及以下敌人76人，缴枪三四十支。12月中旬，为使海陆惠紫苏区连成一片，红军49团全团出动，围攻高潭。陈努在围攻高潭的战斗中，负责打援。驻守公平的敌军在赖汉光的带领下，气势汹汹，没想到一踏入西坑地区，就遭到打援的陈努连长当头一棒。赖汉光兵败被俘，彭桂团长命令陈努把赖汉光抬到黄羌朝面山医治。赖汉光伤愈后，彭桂团长又让陈努送他走。高潭战斗后，红军49团威望更高，到年底发展到400多人，而反动派则军心动荡、人心惶惶。

1930年4月，红军49团奉中共东江特委之命开赴大南山，帮助潮普惠民众暴动。一到大南山，陈努就接到彭桂团长的命令，扼守拜金山，正面迎敌。陈努二话没说，带着战友冲上拜金山，到达指定位置，坚守阵地。

黎明，敌军向拜金山及其周围山头倾泻了1000多发炮弹，见各山头没有反应，又用重机枪扫射，我军依然沉着应战。当敌军冲至我军射程内时，陈努一声令下，敌人纷纷倒毙。但是，敌人依仗人多弹足，反复冲锋。这场短兵相接的恶战，我军打到没有子弹，用石头当武器。在关键时刻，彭桂团长及时调了一个连增援，事先联系好的红军47团也及时赶来助战。陈努看到形势好转，及时组织战士们反攻。嘹亮的军号声在拜金山上响起，漫山遍野的红军战士奋勇向敌人攻击前进。敌人看到如猛虎下山的红军战士，掉头向惠来城逃窜。陈努与战友们追敌10多公里才收兵。这一仗，毙敌200多人，俘敌80多人，击毁敌迫击炮2门，缴枪300多支，子弹多担。大南山的群众说：“铁军遇钢军，变成豆腐军。”

7月，敌人增兵海陆惠紫，红军49团领命回师迎击敌人，驻扎陆丰县河口镇（现属陆河县）。海陆丰敌警卫队、民团群集来攻，彭桂团长命令陈努带上三连正面迎敌，诱敌深入。陈努领令而去，来到敌人的必经之地设伏。当敌人进入我军射程内时，陈努一声令下，走在前面的敌人纷纷被击毙。但是，陈努知道自己的任务，不敢恋战，主动撤出战场。敌人看到我军人数不多，以为捡到了软柿子，一路尾追，进入了彭桂团长早就设计好的“口袋阵”。当敌人进入包围圈后，彭桂团长命令大部队全线出击。

敌我双方展开了激战。经过数小时的搏击，我军毙敌官兵约百人，缴获枪支百余支及大量弹药，敌军几乎全军覆灭，仅存几十人狼狈逃窜。经此一战，海陆丰敌警卫队和民团一听到红军49团的威名，就吓得魂飞魄散。

然而，此战后，人们再也没有见过陈努连长，他的妻子带着3个幼儿，苦苦守望几十年，直至谢世也没有陈努的半点音信。由于生不见人、死不见尸，国民党当局在1934年悬赏政治犯时，陈努依然在名单上。新中国成立后，陈努连长也没有被评定为烈士。但是，陈努连长的故事却永远流传在海陆丰大地上。

（口述人：陈宜权；口述时间：2019年4月10日。）

16

梅峰英雄古鸿江

古鸿江（1899—1930），男，汉族，出生于广东省海丰县梅陇镇浅沙村。1923年参与组建浅沙农会，任约农会会长。1924年任浅沙情报交通站负责人。1925年参加中国共产党。1926年当选三区农会执委。1927年当选海丰苏维埃政府委员。1928年6月任暴动委员会常委，10月任海陆惠紫四县临时特委委员，11月任海陆惠紫特委，同时任海陆惠紫革命委员会主席团成员和海丰县委常委。1929年兼任红军第6军第17师第49团第三营政委。1930年秋在同敌作战中，不幸中弹身亡。

古鸿江7岁入学，一边读书一边帮家里放牛。他聪明好学，读了4年书便能帮他人写信。10岁时，古鸿江开始习武，同时帮父亲划船运货载人。古鸿江从小性格豪爽，为人正直诚实，交友甚广，深班黄悦成，泗马岭冯国修，鲘门黄希贤，梅陇陈朝陛、叶集朗等都成了他的好友。

1923年，古鸿江积极参加海丰农民运动，同时在家乡与好友林正希、郑章等10多人组建浅沙农会。浅沙农会成立后不久，吸引了邻近各乡村农民兄弟加入，很快浅沙农会升级为约农会，古鸿江被推举为约农会会长。

1924年，古鸿江积极参与建设秘密情报交通站，任浅沙站负责人，亲自为东征军搜集、传递情报。

1925年，东征军第二次东征海丰时，古鸿江参加由农民自卫军组成的先遣队，同时，光荣地加入了中国共产党。第二次东征胜利后，古鸿江参加了农军训练班，结业后回家乡组建农军。

1926年，古鸿江当选三区农会执委。

1927年4月12日，蒋介石背叛革命。为了回击国民党的白色恐怖，5月1日，海陆丰革命群众在中国共产党的领导下，举行了第一次武装起义。武装起义胜利后，古鸿江被推选为三区自治委员会委员。8日，国民党军队攻陷海丰县城，古鸿江和彭桂等带领农军退至山区坚持斗争。11月1日，海陆丰第三次武装起义取得胜利，接着，彭湃同志按上级的指示精神，在海陆丰成立苏维埃政府。古鸿江当选代表出席会议并当选为苏维埃政府委员。此后，古鸿江积极投身建设基层革命政权、领导土地革命运动和组建赤卫队的紧张工作中。

1928年2月，海丰县苏维埃政府改组，古鸿江回梅陇参与三区的领导工作。3月1日，国民党重兵攻陷海陆丰县城，古鸿江带领三区革命群众坚持反“围剿”斗争。6月，海陆惠紫四县暴动委员会成立，古鸿江任暴动委员会常委。10月，海陆惠紫四县县委代表召开会议，决定成立四县临时特委，古鸿江被推选为特委委员。11月26日，省委批准四县临时特委为海陆惠紫特委，古鸿江仍为特委委员，同时任海陆惠紫革命委员会主席团成员和海丰县委常委。

1929年春，古鸿江随特委撤退到惠阳稔山一带坚持斗争，他在稔山附近圩镇招集撤退到此地的海丰同志，成立支部，发展党员，为恢复海丰的革命斗争储备骨干人才。10月，红军第6军第17师第49团在黄羌朝面山菜背窝宣布成立，古鸿江兼任第三营政委。他与第三营营长林军杰密切配合，在海丰北部的公平、平东、黄羌、高潭及陆河一带狠狠打击敌人，恢复了大片苏区。

1930年初，红军49团按照东江特委的战略部署，向东发展，古鸿江任特委前委委员，率领全团奋勇作战，扩大了海陆丰革命根据地。4月，红军49团赴大南山，帮助普宁、惠来等县的农民暴动。28日，红军49团参加大南山防御战，在红军第16师第17团的配合下，以弱胜强，大败国民党戴戟团，扬威东江。同年秋，红军49团开回海陆惠紫苏区，军至陆丰西北南风垭，在同敌军作战中，古鸿江身先士卒，冲锋在前，不幸中弹牺牲，年仅31岁。

（口述人：古汉前；口述时间：2019年5月15日。）

17

农运先锋李老四

李老四是“六人农会”成员之一，他在李家兄弟中排行第四，故人称“李老四”。李老四，字承桂，于1889年2月出生于海丰县城东镇龙山村。他身材高大，自幼喜欢舞枪弄棒，尤其善于用棍。“烟枪”在他手上，就是最好的兵器。闲时与村民比试武艺，他那舞动的“烟枪”，10个青壮年也难以招架。自古崇文尚武的海陆丰人，对于身怀高超武艺者总是敬佩不已，再说，李老四一身正气，为人正直，处事公道，与人为善，所以，在赤山约28个村庄里，他享有较高的威望。

李老四平时喜欢结交有正义感的人，赤山约的林沛、林焕、李思贤、张妈安都是他要好的朋友。

1922年6月，彭湃下乡发动农运，首先走进了赤山约。然而，由于农民对他的误解，一连几天，彭湃根本找不到可以聊天的农民兄弟。后来，彭湃改变了自己的衣着，再也不走村串户，而是选择在龙山村口天后宫前的大榕树下宣传革命。此地正是赤山约及附近乡民进城的必经之道，李老四的家也在天后宫附近，彭湃用留声机播放的音乐引起了他的注意。彭湃的演讲也引发了李老四的深思。一天、两天、三天，他坚持每天到榕树下听彭湃演讲，每次听完演讲，他都要回忆彭湃所宣传的革命道理。第四天晚上，他与林沛、林焕等朋友围坐在一起，共同讨论彭湃在榕树下宣传的革命道理。讨论是热烈的，但因为他们读书不多，所以对彭湃所讲的革命道理只是一知半解。

6月29日，张妈安在榕树下反驳指责彭湃的小青年时引起了彭湃的注意，彭湃主动邀请张妈安到家做客。当天晚上，张妈安来到彭湃家的得趣书室。

当彭湃了解到张妈安还有一群志同道合的朋友时，马上叫张妈安回村子把好友叫来。

李老四、林沛、林焕、李思贤、张妈安和彭湃一共6人，在得趣书室聊了起来。他们聊得非常融洽，也非常投机。后来，李老四提议："我们几个人今晚谈得亲切无比、同心同路，不如趁热打铁，先立个农会，将来有人来加入，那就不用说。如无人加入，我们也不要散，好不好？"

李老四的提议首先得到了彭湃的肯定，林沛、林焕、李思贤、张妈安也举双手赞成。接着，彭湃对成立农会提出了几点想法与大家商量，大家没有意见后得出决定：一是当晚6人组成的农会暂时不要公开，等扩大了再宣布；二是要自动自觉，团结互助，碰到困难大家一起想办法解决；三是坚定意志，绝不动摇后退。

三点意见通过后，彭湃又和大家商定了三条纪律。最后，他们庄严举手宣誓，表示一定要为农会的发展壮大、农民的利益和农民的解放奋斗到底。

这就是海陆丰农民运动史上著名的“六人农会”，李老四就是“六人农会”的成员之一。

“六人农会”组建后的第二天晚上，彭湃在李老四等人的引领下来到赤山约乡村，开始对农民进行革命道理宣讲。一晚又一晚，一场又一场，每天晚上的宣传活动吸引着众多乡亲，慢慢地，加入农会的人越来越多了，但是，观望者更多。

为了让农民亲身体会到加入农会的好处，彭湃与他的战友们主动出击，不但领导农会会员开展了“同盟非耕”的斗争，还迫使城里的恶霸取消“粪船捐”。这两项斗争取得胜利后，加入农会者日渐增加。后来，农会又发出通知，凡农会会员内部发生争端，须先报告农会，如不报告农会，而去报告绅士及官府者，即使有道理，农会也宣布除名；如农会会员与非农会会员发生争执时，会员也必须报告农会；如农会会员与地主有争议时，不报告农会而交涉失败，农会概不负责。如此一来，农民之间发生争端，不再像过去一样被乡绅地主利用，诉诸官司，害得倾家荡产。乡村政权在悄悄地转移到农会手上，农会不但成了为农民解决纠纷的机构，还成了维护农民权益的地方。

体会到农会真正为农民办实事办好事后，入会者更多。1922年10月25日（农历九月初六），赤山约农会正式成立。

此时的农会会员有500余人，范围遍布赤山约28个村。

彭湃刚走进乡村发动农会之时，那些土豪劣绅是想看他的笑话的，他们到处宣传彭湃“车大炮”（说大话）。如今，看到彭湃把农运搞得如火如荼，他们心中又气又恨，开始到处造谣：“彭湃发疯了”“彭湃居心叵测，鼓动愚民造反”，甚至通过各种渠道向彭湃发出死亡威胁。

为了彭湃的人身安全，李老四寸步不离守护在他的左右。

土豪劣绅知道李老四不是好惹的，那“烟枪”的威力，在海陆丰大地上，见识过的人不少。所以，就算土豪劣绅心有不甘，他们也始终不敢向彭湃实行正面的武力袭击。李老四陪彭湃下乡发动农会，不但要承担警卫工作，还要做好后勤保障工作。不是所有的农民觉悟都很高，有时候走进村中，农民不但不理你，还会咒骂你、嘲笑你。碰到这种情形，彭湃应付得了。但是，荒村郊外，多无人烟，最难解决的往往是吃饭问题。

李老四从小在农村长大，野外生存能力较强，无论是树上的小鸟，还是河中的鱼虾，都曾成为他与彭湃充饥的美味。

日夜的忙碌让李老四连家都顾不上，田里的稻子熟了，左邻右舍的都收割了，李老四的老婆只能背着小孩在田间艰苦地劳作。农活一个人劳作倒可以，但是李老四父亲的病情一天天恶化，嘴里念着儿子的名字，这是李老四的老婆无法代替的。终于，在一个风雨之夜，李老四的父亲呼喊着爱子的名字撒手人寰。

听到李老四父亲去世的消息后，彭湃让李老四放下手上所有的工作回家奔丧。李老四跪在父亲的遗体前泣不成声，深感内疚。

然而，为了推进农会的发展，李老四很快就从悲痛中走了出来，继续协助彭湃扩大农会组织。

赤山约农会成立后，农会在海城成立了一间农民医药房，农会会员凭农会证到医药房看医生不用收诊费，药费减半，大受农民欢迎。11月，为了把农运之火烧得更旺，彭湃把自家的田契发还给耕他家田地的农民，然而，那些农民不敢收。彭湃想了个办法：请来戏班在龙舌埔演戏，在戏还没有开始演出前，彭湃上台演讲，然后当众烧毁了自家所有的田契。这一举动迅速传遍了海城四周的乡村。不久，农会由海城四周扩展到了公平、平岗、银溪、青湖、河口、河西、旧圩、守望等10余约，农会会员发展到2万余户10万多人，约占全县的1/4。

随着农会的不断扩大，成立海丰县总农会的时机已经成熟，李老四此时更是忙碌。他尽职尽责，兢兢业业，把所有的精力都放在协助彭湃发展农运事业上。

1923年元旦，海丰县总农会成立，彭湃当选总农会会长，李老四当选总农会委员。接着，彭湃加快了促进陆丰农运的步伐，亲自和李劳工、郑志云、林甦、余创之等多次到陆丰开展工作。当时农会只有一匹马作为交通工具，彭湃经常让随行的人员骑马，自己则坚持步行。从海城至陆城要走70里路，他从不叫苦叫累，却说："我正要利用这个机会来锻炼吃苦耐劳的精神，否则一旦有急事，没有马怎么办呢？"可见彭湃时时事事都注意关心他人，严格要求自己，工作作风也十分务实。他每次去陆丰，从不顾及个人休息，立即深入附城的下林、冷树墩、大雾乡等农村做宣传发动工作，晚上还提着灯去农民经常聚集的桥头、马街、真君庙等地同群众座谈。

在彭湃和他的战友们的努力下，到1923年6月，陆丰县加入农会的农户已有8000多户，并于6月23日在陆丰县城成立陆丰县总农会。彭湃兼任陆丰总农会会长，郑重为副会长。

位于海丰西北面的归善县（现惠阳县），是海丰通往惠州、广州的必经之路，地理位置十分重要。彭湃对惠阳农会的发展十分关心和重视，早在赤山约农会成立之后，他便亲自到惠阳的高潭区开展农民运动的宣传与发动工作，并于1923年4月建立了高潭农会。以后惠阳各区乡农会迅速发展，不久便筹备成立惠阳县农会。

据统计，1923年5月海丰、陆丰、归善三县已有70余约、500余乡建立了农会，农会会员已有20余万人。

海丰、陆丰、归善三县农会的迅猛发展，令彭湃深受鼓舞。李老四忙碌而快乐着。

“七五农潮”后，彭湃为了解救入狱的同志四处奔波，而李老四则受命在原地坚持斗争。

广州国民革命军第一次东征海陆丰时，彭湃派专人送信给李老四，要求李老四组织农会会员，做好接应东征军的准备工作。李老四接到彭湃的亲笔信后，知道自己肩上的责任有多重。他使出浑身解数，与战友们全方位做好接应东征军挺进海陆丰的准备工作。各地农会组织侦察队、运输队和从广州随军的海丰籍先遣队积极给部队送情报、带路当向导，以及交送军需物资，使部队进军神速，对东征军顺利收复海陆丰起到了积极的作用。

第一次东征海陆丰胜利后，在中国共产党和彭湃同志的领导下，海陆丰成立了农民自卫军。李老四因武艺高强，被指派为农民自卫军教导员，日夜在练兵场上训练农民自卫军，为海陆丰第一支农民自卫军的发展壮大倾注了大量心血。

1923年9月，国民革命军回师广州平叛，逆军乘机反扑海陆丰，李老四带领农民自卫军与逆军展开对抗。战争正处在对峙阶段时，家里传来小儿子得了严重伤寒的消息，李老四虽然痛爱幼子，又哪里敢离开战场半步？两天后传来噩耗，小儿子因病不治身亡。李老四听到消息后，捂住嘴偷偷流泪，依然坚守在战斗岗位。

李劳工不但是海陆丰农民自卫军的大队长，还是彭湃同志和李老四的挚友。李劳工受周恩来同志的指派，是我党在海陆丰建立、发展农民武装的“领头雁”。他被敌人枪杀的消息传到前线时，李老四犹如五雷轰顶，抱头痛哭，情绪异常激动。

1927年4月12日，蒋介石发动了反革命政变，白色恐怖笼罩着海陆丰大地。但是，敢为人先的海陆丰人并没有被吓倒。5月1日，海陆丰举行了第一次农民武装起义；9月8日，举行了第二次武装起义；11月1日，举行了第三次武装起义。每一次武装起义，李老四总是冲锋在前，勇往直前。

第三次武装起义胜利后，彭湃着手组建海陆丰苏维埃政权。那段时间，李老四夜以继日地工作，直至海陆丰苏维埃政权顺利建立后，他才发觉在历次战斗中所受的伤已经恶化。

12月的一天，在工作中晕倒的李老四被赤卫队队员抬回家休养。

李老四在家休养期间，彭湃在百忙中抽空前来探望他。他知道自己将不久于人世，亲自把儿子李冰托付给彭湃。彭湃频频点头，安慰李老四好好休养。

1928年3月，国民党军队占领了海丰县城及附近的村庄，重病中的李老四得不到任何药物的治疗，病情一天天加重，不久病逝，时年39岁。

李老四一生忠肝义胆，自从跟随彭湃发动农运后，他的生命迸发出无穷的力量，成了海陆丰农运先锋。他虽然没有牺牲在战场上，但是，他为海陆丰革命献出了所有的光与热。

（口述人：周红华；口述时间：2020年11月16日。）

18

七百勇士出征

1927年8月1日凌晨2时，南昌城内三声枪响划破了夜空，整装待发的各路起义军战士应声而起，掀开了中国共产党独立领导武装斗争和创建革命军队的序幕。

8月3日，起义部队2.2万余人主动撤出南昌城，计划“先得潮、汕、海陆丰，建立工农政权，后取广州，再举北伐”。年轻的起义部队满怀希望踏上南下的征程。然而，现实是残酷的，面对国民党军队的围追堵截，历经1个多月的残酷战斗后，当他们来到广东境内的大埔县时，起义军仅剩1万余人。而且，尾追的敌人越来越近，形势十分严峻。9月19日，前敌委员会决定，由朱德、陈毅等率领第9军教导团和第11军第25师驻守大埔三河坝，迎击尾追敌军。周恩来、贺龙、叶挺等率部迅速西进。9月23日，西进起义军攻占潮州，24日进驻汕头。起义军在潮汕的行动让国民党当局大为震惊，两广军阀李济深、黄绍竑调集了3个多师的援兵，从北面、西面直追东江、潮（汕）梅（州）地区，合围攻击，局势再次紧张。于是，前敌委员会决定再次分兵，由贺龙带领第20军第1师和第2师及叶挺带领第11军第24师共6500人，经揭阳迎击敌人。第20军第3师师长周逸群率所部两个团和政治保卫处警卫团留守潮州、汕头。

为了补充兵力，周恩来特派刘立道（毕业于黄埔军校，曾在海陆丰教练农军）前往海陆丰，拟招兵2000人，并请中共海陆丰县委支持招兵费用。10月2日下午，刘立道经过长途跋涉来到位于海丰北部的黄羌圩，见到了中共海陆丰县委书记张善铭。

东江革委、海陆丰县委在收到前敌委员会要求海陆丰募兵筹款的紧急通知后，认为这是关系到南昌起义军成败的大事，当即决定取消原定于10月5日调集农军进攻陆丰县城，牵制前方敌军，迎接起义军入境的计划，以东江革命委员会的名义分头发动海陆丰群众，募兵筹款，决心招足3000人，筹集1万余银圆，从人员上、经济上全力支援南昌起义军。

海陆丰人民的革命热情十分高涨，他们日夜盼望着南昌起义军能顺利进入粤东，并相信这对于海陆丰是有很大帮助的。革命群众积极响应东江革命委员会的号召，一天之内，海陆丰两县赶来报名者有千余人。

10月4日上午，从千余名报名者中挑选出来的780名勇士集中在黄羌圩钟木山记柴炭行前的空地上，排着整齐的队伍，等待着出发的号令。闻讯赶来的村民，敲锣打鼓，前来欢送勇士们出征。每一个被选上的勇士，都精神十足，脸上闪烁着容光，期待着尽快迎接到南昌起义的部队。出发的时间就要到了，林道文代表东江革委，作了一番鼓舞人心的演讲。陈木先、莫退、蔡步迟及周大林等同志向勇士们派发银圆路费。随后，勇士们齐唱起雄壮的《农友歌》，列队向潮汕方向出发。东江革委安排负责人陈桂招同志组织30名可靠的潮汕挑夫，挑着1万余银圆随队出发。

盘踞在陆丰西北黄塘的温伯州反动武装，探听到我们大队人马前往，初时很害怕，后来了解到我们大多数人是徒手的（因为南昌起义军一路过来，伤亡惨重，余下的每位战士手上至少有两支枪，刘立道传递的信息是让农军不用带武器，接到起义军后，武器自然就有了），温伯州为报上一年海丰农军攻打他们乡村的仇，便组织武装在黄塘渡口埋伏，当大部队渡过对岸时，突袭我们负责警戒的人员。33位勇士被温伯州武装掳掠，当晚被剥光外衣，押到陆丰河田，计划分3批杀害。到了河田当晚，有11位勇士惨遭杀害，其中有曾石养、丘桂和钟德。消息传回黄羌圩，中共海陆丰县委马上派麻竹的陈桂招前往陆丰，营救被掳掠的勇士。

陈桂招只身来到激石溪，找到陆丰农军中队长萧河源。萧河源了解情况后，马上派农军到大安，把罗觉庵的几位同乡抓了起来，当晚放一人回去给罗觉庵报信，警告罗觉庵不得再伤害农军，否则，所抓之人统统处死。温伯州是罗觉庵的爪牙，为了救罗觉庵的同乡，温伯州只能乖乖放人。

刘立道、林道文率领的勇士抵达河婆圩时，即获悉南昌起义军主力在汾水战役失利的消息，他们只好折回原地。挑着银圆赶往汕头的30名挑夫，在中途就碰到了撤退下来的前委领导机关和起义部队，遂把所运银圆交给前委分发给起义部队。

在当时交通闭塞且没有任何通信工具的情况下，党组织在一天之内动员近800名青年参军参战，除了表现出人民群众对共产党的坚定信念和党组织的凝聚力、战斗力之外，还充分证明了当时海陆丰革命根据地已初步形成，且在中心区黄羌圩聚集了相当大的革命力量。

（参考文献：①刘立道.红二师在海陆丰//中共海丰县委党史研究室.苏维埃之光.广州：广东人民出版社，1997.②杨道.为苏维埃政权而斗争//中共海丰县委党史研究室.苏维埃之光.广州：广东人民出版社，1997.）

19

红色盐巴

1933年初春的一天凌晨，在黄羌苦竹园苍茫的山谷里，连鸟鸣声都听不到，静得让人心里发慌。

苦竹园企岭头的黄兰、肖菊和罗竹3位女子，每人肩上扛着一把竹竿，竹竿尾上系着镰刀，一看就是上山割草的农村女子。然而，对她们来说，割草只是掩护，更要紧的是取到盐巴。

自从1932年开春以来，国民党就对海陆紫县苏维埃政府的驻地苦竹园实行了重重的包围，所有进出者都必须经过检查。坚守在苦竹园的70多位战士，几个月来，想尽办法，总是难于突破敌人的封锁，供给越来越困难。与战士们一起坚守的还有苦竹园的群众，他们与战士们同甘共苦，共渡难关。军民吃完了粮食吃野菜，山沟里只要能吃的，都被他们拿来填肚子。然而，盐巴的缺乏让许多战士脸部浮肿，如果再搞不到盐巴，驻守在苏区的军民将面临被水肿病拖垮的危险。

海陆紫县苏维埃政府负责人林覃吉，一直都在为军民的供给绞尽脑汁，但是，一条又一条供给线被截断，他意识到危险已一步步向苏区逼近。正当林覃吉同志无计可施时，企岭头的刘桂同志来到了身边。

刘桂同志是一位历经战火的老党员、老战士。早在1927年，南昌起义军到达黄羌朝面山时，他就是一位农会会员了。南昌起义军在朝面山上改编成红二师后，配合海陆丰农军，举行了海陆丰第三次武装起义。接着，海陆丰建立了中国首个苏维埃政权。1928年3月，由于国民党反动派的重兵“围剿”，苏维埃政府撤出海陆丰县城。刘桂跟海陆丰所有农民自卫军一样，利用对地形的熟悉优势，跟敌人进行周旋。然而，红二、红四师在与敌人经过多次的正面交锋后，损失惨重。为了保存革命的有生力量，海陆惠紫特委决定资送红军离开海陆丰。

1929年10月，东江特委根据中央六届二中全会的指示精神，决定在东江地区重建红军。在朝面山上成立的红军第6军第17师第49团是东江红军中的一支。红军49团成立后，在党的领导下，四处出击，所向无敌，打得敌人哭爹喊娘，收复了海陆丰大片根据地。1930年12月，根据上级的指示，海丰、陆丰、紫金三地组建海陆紫县苏维埃政府。1931年8月，海陆紫县苏维埃政府为了适应形势的需要，由陆河激石溪迁移到黄羌苦竹园。为了海陆紫县苏维埃政府的搬迁工作顺利进行，刘桂从部队回到地方，历尽千辛万苦，总算完成了党交给他的重要任务。1932年春，广东国民党政府为了配合蒋介石对中央红军的第五次“围剿”，加大了对海陆丰革命根据地的打击力度。一年来，红军战士克服了重重困难，闯过了一关又一关。敌人绞尽脑汁、费尽心思，把海陆紫县苏维埃政府的驻地苦竹园重重包围。

刘桂了解到部队苦于找不到盐巴的情况后，眉头一皱，计上心来。他附在林覃吉同志的耳边，道出了割草女子巧取盐巴的计谋。

林覃吉听了刘桂的计谋后，脸上露出了多日难得一见的笑容。

企岭头是苦竹园的一个小村落，只有五六户人家，然而，家家都是堡垒户，为了完成党交给的任务，他们就是掉脑袋，眼睛也不会眨一下。

刘桂回到村子，找来3位说话、做事都比较利索的女子，把党的任务交给她们。3位女子长期受党的教育，知道任务的分量，她们互相看了一眼，愉快地接受了任务。

当朝阳从天边升起时，3位企岭头的女子已经翻过了几座大山，来到了麻竹附近的大山里，这里有四乡前来割草或拾柴禾的乡民。3位女子按刘桂同志事前交代的办法，找到了接头之人，顺利用竹竿进行了交换。

3位女子经过国民党的哨位时，并没有引起敌人的注意，第一次巧取盐巴的任务顺利完成。军民吃着久违的盐巴，比吃什么山珍海味都开心。

两个月过去了，3位企岭头的女子一次又一次以割草掩护，为坚守在苏区的军民输送盐巴。

1933年3月的一天，当3位企岭头女子再次经过敌人哨位时，被敌人拦了下来。敌人把她们“请”进了宿营地，当着3

位女子的面，用刀劈开了竹竿，白花花的盐巴从竹竿中洒落出来。敌人露出了狰狞的嘴脸，下令把3位女子五花大绑，并把她们押到高潭，采取了各种手段，想从她们口中获得有关苏区的秘密。但是，敌人的一切心机都是白费的。半个月后，敌人为了获得额外收入，把3位伤痕累累的企岭头女子卖给人贩子。

一年后，肖菊和罗竹回家了，而黄兰再也没有音讯。

她们虽然历经磨难，但是，革命的意志依然坚定。1940年3月，当移师海陆丰的第四战区第三游击纵队新编大队来到黄羌后，企岭头的党组织首先承担了保护抗日游击队领导人的任务，两位巧取盐巴的女子再次参加战斗。

时至今日，企岭头的3位女子虽然不在人世了，但是她们的故事依然在民间流传着，激励着一代又一代的年轻人不畏困难，顽强前进！

（口述人：刘荣康；口述时间：2019年3月25日。）

20

守望七十载

1928年1月6日清晨，冬日的阳光迟迟不肯露脸，寒风挟持着尘埃，肆意地飞舞着。缺衣少食的农村人，最怕深冬割人的北风，没有到不得已的地步，谁都懒得出门。

此时，梅陇镇石洲村通往外面的乡间小道上，一对年轻的夫妇正在并肩走来，他们走得很慢很慢，丈夫几次停下前行的脚步，妻子却执意要再送丈夫一程。然而，送君千里，终有一别，当冬日的霞光斜铺大地时，年轻夫妇终于到了话别的时候。妻子对丈夫的别离万般不舍，握着丈夫的双手，一再嘱咐丈夫要早日归来。丈夫反握妻子的双手，用坚毅的目光注视着妻子并对她说："等革命成功了，我回来陪你过一辈子。"妻子泪流满面，目送着丈夫的背影慢慢消失在远方。

不承想，这一别，成了他们的永诀；这一别，让16岁的妙龄少女苦苦守望了70年，直至离世的那一刻，她依然呼唤着丈夫的名字——苏家驹。

苏家驹（曾用名苏苏），1907年6月出生于海丰县梅陇镇石洲村，1926年考入广州黄埔陆军军官学校第五期。后来，苏家驹被编入国民革命军第四教导团，不久被调往武汉中央军校，第二年秋天，苏家驹随团调往广州，此时他已经秘密加入了中国共产党。

1927年12月11日，广州起义爆发，苏家驹所在的教导团在叶剑英的领导下，参加了广州起义。教导团负责主攻珠江南岸的南石监狱。起义当日，起义部队经过10多个小时的激烈战斗，虽然占领了广州市内的大部分地方，但是次日在英国、美国、日本、法国等帝国主义武力干涉及市内残余武装的配合下，再加上张发奎又从外地调回3个师的兵力向广州反扑，起义部队历经3天的浴血奋战，不得不撤退到花县。

苏家驹所在的教导团无法攻破敌人火力猛烈的南石监狱。当部队撤退时，苏家驹所在的连队跟大部队失去了联系，孤军作战，遭遇敌人的重重阻击，连队建制也被打散了。苏家驹手使双枪，跟敌人进行巷战。不久，他的枪没有了子弹，机智的他敏捷地翻过几道小巷，当他正在思考如何脱险时，一位革命群众把他拉进屋里面，让苏家驹脱下军装换上一套唐装。后来，苏家驹得到同乡的帮助乘船到了香港，1928年1月3日，苏家驹安全回到梅陇镇石洲村。

苏家驹的归来让苏家人备感欣慰，特别是他的爱妻林锦凰更是欣喜万分。林锦凰是苏家驹的童养媳，他们两人打小青梅竹马。自从苏家驹走出家门参加革命后，林锦凰天天都在盼望着丈夫平安归来。今日丈夫终于回来，她打心眼里高兴。

此时的海陆丰已经成立了苏维埃政权，梅陇区也相应地成立了区苏维埃政权，同时，各村庄都成立了赤卫队。苏家驹的三兄苏家声，正是石洲村农民协会的执行秘书。苏家驹回乡的第二天一早便到村头协助三兄训练赤卫队。由于苏家驹受过正规的军事训练，因此队员们都热烈欢迎他，乡亲们都希望苏家驹能留在家乡，跟大家并肩战斗。

1928年1月5日，广州起义部队历经艰险到达海丰，在红场上跟红二师胜利会师。苏家驹听到此消息后，马上决定归队。苏家所有成员极力挽留，许多乡亲也前来相劝，但是，心意已决的苏家驹任谁劝说都不改初心。

1月6日，苏家驹回家仅3天，再次离别爱妻，走上了艰难的革命道路。

他首先来到梅陇区苏维埃政府报到，很快就得到东江特委的召唤，于是又马上赶到海丰县城听候调遣。东江特委根据苏家驹的资历，调他到驻汕尾的工农革命军第三大队任党代表。第三大队的大队长林军杰，看到上级给他派来苏家驹，非常高兴。

半个月后，苏家驹又被上级调到红二师第五团任党代表。接着，苏家驹随红二师南征北战，转战在普宁、惠来、陆丰、惠阳、紫金等地，为扩大海陆丰根据地不知疲倦地奋战着。

1928年2月26日，国民党四路围攻海陆丰革命根据地，由于敌我力量悬殊，3月1日，陆丰、海丰县城相继失守，红二、红四师及赤卫队队员们撤往山区。

国民党军队稳固了县城的局势后，开始向山区进攻。红二、红四师及赤卫队队员们在海陆丰广大山区中，跟敌人进行着一次又一次的殊死搏杀，至10月，红二、红四师大部分战士牺牲在海陆丰这块红土地上。为了保存革命的有生力量，上级指示把外籍红军资送出境。苏家驹在掩护外籍红军过境时不幸身负重伤，由于没有得到及时的救治，牺牲在莲花的埔仔峒。

“等革命成功了，我回来陪你过一辈子。”没想到，林锦凰一年后等来的，却是丈夫的噩耗。但是，她没有被困难击倒，反而用顽强的毅力，苦苦地替丈夫撑起了一个家。丈夫去世70年后，已是白发苍苍的林锦凰，口中呼唤着爱人的名字，安然离世，留给后人无限的叹息。

（口述人：苏华；口述时间：2018年10月23日。）

21

“为民前锋”说张威

张威，陆丰县东海镇人，1902年出身于贫苦农民家庭，父亲是个勤劳朴实的农民，一家八口，靠父亲与大哥务农维持生活。张威自幼聪慧，酷爱读书，有独立见解，不盲从他人。张威在陆丰第一高等小学读书时，老师照本宣科，在课堂上大力赞美曾国藩，口口声声说洪秀全是盗匪。张威起立大声朗诵洪秀全的诗：

手握乾坤杀伐权，
斩邪留正解民悬。
眼通西北江山外，
声振东南日月边。

他接着问老师：“难道‘杀伐权’‘解民悬’是盗匪所为吗？”老师瞠目结舌，无以答对。

1920年，张威考入海丰陆安师范。他立志为中华崛起而读书，所以读书十分用功。由于新思潮在陆安师范十分活跃，因此张威不但积极参加各种社会活动，而且如饥似渴地阅读各种进步书刊。

1921年，彭湃从日本学成归来，在《新海丰》创刊号上发表了《告同胞书》一文，热情赞扬马克思主义、社会主义，激烈抨击旧制度。张威看到《告同胞书》一文，如获至宝，反复阅读，文中的思想深深地吸引着他，促使他主动要求参加彭湃组织的社会主义研究社。从此，张威认真聆听彭湃的演讲，细读彭湃与李春涛主编的《赤心周刊》。假期回到陆丰，张威经常对同学说："幸亏有彭湃同志作我们的表率。"

1922年暑假，张威、黄振新等受彭湃思想的影响，在陆丰发起成立了陆丰青年协进社，参加的社员有40多人。寒假时，这些志同道合的进步青年又聚在一起。他们面对陆丰黑暗的社会现实，通过了发动社会各阶层，共同对付县长丘梦元等贪官的决定。由于张威等人事先掌握了贪官们的充足证据，斗争最终取得了胜利，张威的大名从此被陆丰人所熟知。

1923年4月，彭湃来到陆丰县城，与郑重等筹备成立陆丰县总农会。经过一段时间的深入宣传与发动，到6月下旬，有7000多户农民参加了农会。6月23日，陆丰县第一次农民代表大会召开，陆丰县总农会正式成立。暑假，张威回到陆丰，积极参加农民运动，他以彭湃为榜样，主动脱下学生装，深入农村，与农民同甘共苦，帮助农民耕田种地，得到了农民的信任，并在农民中树立了威望。随着农运的发展，地主阶级与农会的斗争日益激烈。有一天，张威独自一人在县总农会工作，潭阳农会会长林水其跑来报告说，大土豪林松荫威逼他的本族穷人退出农会，遭到大家的反对，林松荫扬言要血洗农会。张威听到林水其的报告后，握着林水其的手说：“走，找林松荫论理去。”他们来到潭阳村，径直踏进大土豪林松荫大屋正厅，单刀直入地对林松荫说：“据闻报，你压制农民参加农会，还要血洗农会，是吗？我不知道你听说过没有，彭湃在海丰领导10万农友，我们陆丰加入农会的农友也有3万多人，说近一点，光是潭阳、东山、浮头，以及海丰边界方圆20里的乡村，入会农友就有几千人，而你手下能吆喝的有多少人？再说，你认为像过去一样，只要挑起械斗，就会分成乌旗、红旗两派械斗吗？那你睁眼看看我们的农会旗，是乌、红两色缝缀成的，表明凡是乌旗、红旗两派的农友都会团结起来。我特此前来问你，你若是真的要跟我们农会较量，我现在就代表农会向你下战书，一定奉陪到底！”林松荫听了张威铁锤般的问话，脸色骤变，辩解说：“鄙人无此意，无此意，风传不足据。”张威说：“既无此意，就告辞了。”张威以自己的机智和勇敢，及时粉碎了林松荫企图挑起械斗进而瓦解农会分化农民的阴谋。

1924年1月，张威从陆安师范毕业后，即于9月前往广州，参加革命政府举办的政治学习班，并在同年冬加入了中国共产党（另有资料显示，张威是在1925年入党）。

1925年初，广州革命政府举行东征，派出大批地方骨干先行回乡收集情报。张威被委任为44组组长，潜回陆丰，为东征军克复陆丰作出了重大的贡献。第一次东征胜利后，张威任团陆丰特支书记。同年9月，陈炯明余部重占陆丰，张威和李劳工率领农军前往东南抵抗，陈炯明部罗觉庵从西北占领陆丰城，烧毁张威家房屋，张威被迫逃往福建厦门。第二次东征胜利后，张威回到陆丰任代理县长，之后他紧张工作，使陆丰社会秩序逐步安定。11月中旬，他主动辞去代理县长职务，专任共青团陆丰特支书记，专心搞农运。后来，一些团员陆续转为中国共产党党员，在团支部内成立了党小组，张威任组长。党支部成立后，他曾任支部书记。

1927年，张威参加了海陆丰三次武装起义。当年10月，南昌起义军南下潮汕地区，在流沙来海陆丰途中，遭敌袭击而使部队失散。东江特委得到消息后，派出了六路人员联系起义军。张威、郑志云、陈舜仪一路在陆丰东南部与董朗所带领的起义军取得了联系。在前有守敌后有追兵的危险时刻，张威凭着他的机智和勇敢，带领起义军绕道从八万、大安的偏僻小道进入激石溪农军防地，休整两天后，转移到东江特委所在地黄羌朝面山。南昌起义军部分官兵后来在朝面山改编为中国工农红军第二师（俗称“红二师”）。

海陆丰第三次武装起义胜利后，海丰、陆丰分别成立县委，张威任陆丰县委书记，彭湃为张威亲笔题词“为民前锋”四个字。张威同林铁史率东南农军围攻龟缩在碣石的地方反动军队，获得全胜。11月13日，陆丰全县工农兵代表大会胜利召开。彭湃在会上作了长篇的政治报告。大会经民主程序通过了施政纲领，选举张威、庄梦祥、彭元章、吴鉴良、陈谷荪、范照南等人为主席团成员，宣告陆丰县苏维埃政府正式成立。12月，张威受东江特委委派任紫金县委书记。

1928年2月底，统治广东的国民党桂系军阀集中兵力，分四路进攻海陆丰。陆丰县委吴鉴良、彭元章等人牺牲。张威受命返回陆丰，和林铁史领导夏收暴动，截击地主收租人员。7月18日，张威在潭头村不幸被敌人逮捕，旋即被押回陆丰。国民党第16师第47团团长梁若谷亲自审讯张威，高官厚禄利诱不成便施以酷刑。然而，在坚强的革命战士面前，敌人所做的一切都是徒劳的。8月3日，敌人决定杀害张威。临刑前，张威写下了简短的遗书：“母亲大人：儿死矣，为革命而死，死得光荣。儿张威拜上。”张威昂首走向刑场，刽子手们在张威的左脚打了一枪，然后一刀一刀割下英雄的肉。张威怒目以视，没有哼一声。张威为党的事业献出了宝贵的生命，时年仅26岁。

时至今日，站在英雄当年战斗过的地方，回想张威的革命历程，让人生出无限感慨。但愿陆丰的红色文化得以发扬光大，让“为民前锋”张威的故事被更多的人熟知，激励着共产党人争当“为民前锋”，造福社会。

（参考文献：叶佐能.张威//中共海丰县委党史研究室.彭湃和他的战友.北京：中共党史出版社，2006.）

22

周铁忠在黄羌

1927年11月的一天早晨，冬日的暖阳斜铺在群山中，林间的鸟儿叽叽喳喳叫个不停。

策马行走在崎岖山道上的周铁忠，一身戎装，满面春风，浑身上下充满了朝气。她才20出头，原是武汉政治学院的一名学员，革命军中的女战士。

一个偶然的机缘，周铁忠与彭湃同志在武汉相识。彭湃同志看到周铁忠不但学识出众，而且革命积极性特别高，就邀请她前往海陆丰参加工作。周铁忠非常崇拜彭湃，得到他的邀请，她满心欢喜，一口就答应了。

南昌起义失败后，革命军中的女战士分散到各地，而周铁忠毅然选择了随大军南下海陆丰。一路上，周铁忠跟男战士一样行军、作战，历尽重重险阻，终于来到了海陆丰大地。初到海陆丰，周铁忠被分配到后方基地中洞，帮忙登记收缴的各种战利品。一天，彭湃与红二师师长董朗、红二师政委颜昌颐一同到中洞巡视工作，彭湃才得知周铁忠果真不食言，来到了海陆丰。看到周铁忠在干着登记战利品的工作，彭湃马上向董朗、颜昌颐建议，让周铁忠前往海丰县城搞宣传或妇女运动工作。当天下午，周铁忠就接到了师部的调令，调她到海丰县城搞宣传工作。

周铁忠迎着朝阳，从中洞出发，翻过跌马礤，进入朝面山，来到十字岗，然后再下塘肚子，进入黄羌圩。当她踏入黄羌圩时，只见锣鼓喧天，鞭炮齐鸣，男女老少喜气洋洋，成群结队地从四面八方向会场涌去。周铁忠感到非常好奇，牵着马准备随人群前去看个究竟。正在此时，一位农军来到了周铁忠的身边，递给她一封信，并向她介绍了一位会讲普通话的男同志。周铁忠从会讲普通话的男同志嘴里得知，黄羌圩正在举行乡苏维埃政府成立大会。

拆开农军递过来的信，周铁忠才知道这信是东江特委书记彭湃给她的信，信中指示她前往黄羌圩参加乡苏维埃政府成立大会，并强调大会一定要开好，因为黄羌乡苏维埃政府的成立大会关系到东江各地苏维埃政权的建立。信中还指示周铁忠要在大会上做好发动群众的宣传工作，向群众说明南昌起义军是工农自己的军队，外乡人和本地人都是一家人，苏维埃政权就是人民自己的政权。

周铁忠详细阅读了彭湃的指示信后，满怀激情前往会场参加会议。

为了扫除语言上的障碍，周铁忠邀请农军介绍给她的会讲普通话的翻译一同来到会场。

当一身戎装的周铁忠步入会场时，受到人们的热情欢迎。

周铁忠到会场不久，黄羌乡苏维埃政府成立大会就正式开始。会议流程如下：

一、由苏维埃政府筹委会负责人宣布会议正式开始，参会人员全体起立，挂党旗；

二、宣读苏维埃政府的成立宣言和致东江特委的报告；

三、选举乡苏维埃政府负责人；

四、向南昌起义军致敬文；

五、来宾讲话。

在这个具有历史意义的大会上，周铁忠是被邀请发言的第一个人。她的讲话经过翻译以后，全场沸腾起来，鼓掌声、叫好声连成一片。这种发自内心的欢乐情景，使周铁忠看到了千万个农民迫切要求解放的心愿和他们对苏维埃政府的拥护。周铁忠在会上受到了一次生动的阶级教育。

由于当晚周铁忠必须赶回海丰县城面见东江特委书记彭湃同志，所以，没有等会议结束，周铁忠就向参加黄羌乡苏维埃政府成立大会的父老乡亲们告别了。当她步出会场时，人们再次沸腾，那热烈的场面，给周铁忠留下了难忘的记忆。

（参考文献：周铁忠.战斗在海丰的几个片断//叶佐能.彭湃研究史料：下.北京：中共中央党校出版社，2007：716-727.）

23

一只高山雄鹰

1928年3月5日子夜，春寒料峭，深山一片寂静。

公平二区赤卫队队员和红二师部分官兵共1000多人，以排为单位，掩蔽在湖洋排村四周，等待着反攻公平圩的战斗命令。

等待是难熬的，但是，如铁一般的部队纪律谁都不敢违反。

时间一点一点向前移动，远处传来了公鸡的打鸣声，离天亮不到2小时了，此时也是人们最困最累的时候。就在此时，公平区委书记林覃吉和二区赤卫队副队长袁娘送一起从临时指挥部走了出来。林覃吉用低沉而果断的语调，向全体参战官兵发出了第二次反攻公平圩的战斗指令。袁娘送从腰间拔出两把驳壳枪，带着一队全副武装的赤卫队队员，如雄鹰一般向敌人冲去。

所有参战人员从隐蔽处一跃而起，紧跟袁娘送身后，向着战前指定位置快速前进。

袁娘送（1891—1929），这位被人们誉为“高山雄鹰”的铮铮汉子，从小在西坑湖洋排深山中长大，虽然读书不多，但是武艺过人，无论是使枪弄棒，还是攀爬高山悬崖，他都是人群中的佼佼者。

1926年春天，公平二区农军队长、共产党员林覃吉同志来到西坑湖洋排村拜访袁娘送。两位出身与人生经历有诸多相似点的年轻人，虽说是初次见面，但彼此都非常敬重。在林覃吉的启迪下，已经成家立业，本想安分守己、老死终生的袁娘送，毅然参加了公平二区农民自卫军。

1927年4月12日，蒋介石在上海发动了“四一二”反革命政变，同月15日，广州国民政府紧跟蒋介石的步伐，准备在海陆丰地区开展“清党”运动。在白色恐怖下，彭湃同志带领海陆丰人民在中国共产党的领导下，举行了三次武装起义。袁娘送英勇地投入战斗，每次战斗他总是冲锋在前，不怕牺牲，如展翅的高山雄鹰，每每击中敌人的要害。同年11月，海丰举行第一届工农兵代表大会，成立了中国首个苏维埃政权，林覃吉代表公平二区参加大会，并被选举为苏维埃裁判委员会委员，袁娘送被提拔为公平二区赤卫队副队长，同时光荣地加入了中国共产党。

海陆丰苏维埃政府成立后，立即开展了镇压反革命、实行土地革命的斗争。袁娘送积极参加，以最快的速度把家乡湖洋排和周围几个村庄的土地分配到无地农民手中，实现了农民千百年来梦寐以求的梦想。

1928年2月29日，国民党军队攻占公平圩。3月1日，袁娘送带领着公平区赤卫队队员，在林覃吉和区委、区苏维埃政府的领导下，配合红二师，发动了第一次反攻公平圩的战斗。战斗中，红二师战士和公平二区全体赤卫队队员虽然英勇作战，不怕牺牲，但是，由于敌人火力特别凶猛，红二师党代表颜昌颐同志不幸负伤，战斗以失败告终。3天后，林覃吉与红二师领导研究后决定，采取夜间突袭的方法，再次发起反攻公平圩的战斗。

凌晨的夜空显得特别黑暗，红二师官兵与公平二区赤卫队队员1000多人，从公平北部深山隐蔽前进到公平圩周边。敌人的哨兵正在打盹，袁娘送示意手下两个武艺高超的赤卫队队员快速接近敌人的哨位，以迅雷不及掩耳之势解决了敌人。红二师官兵和赤卫队队员越过敌人的第一道哨位后，全速靠近敌人的第一道防线。架着机枪的工事四周，都是来回巡逻的敌人，看来无法实行突破第一道防线的办法了。袁娘送只能示意赤卫队队员隐蔽好，听从红二师的指挥。红二师带队领导张宝光悄悄靠近袁娘送，附在他的耳边说："当我们发起正面冲锋时，你带领赤卫队队员绕到公平圩北门，尽量牵制敌人火力，不要冲锋，尽量避免伤亡。"袁娘送点点头，向身后低声传送命令。红二师虽然也是正规部队，并且都是由久经沙场的战士所组成，但是，他们的武器得不到更新，弹药严重不足。发起正面攻击后，他们虽然很快就消灭了第一道防线的敌人，但是，冲入街道后，却遇到了敌人强大火力的回击，只能边打边往回撤。袁娘送按张宝光的指示，带领赤卫队队员在公平圩北门发动攻击，虽然牵制了部分敌人兵力，但是，对整个战场形势所起的作用并不明显，第二次反攻公平圩的战斗依然以失败落下帷幕。

两次反攻公平圩的战斗虽然以失败告终，但是，也使敌人胆战心惊，群众革命斗争情绪高涨。

1928年5月3日，红二、红四师官兵和海丰各区的赤卫队在省委委员赵自选的统一领导下，发起了反攻海丰县城的战斗。袁娘送手握双枪，冲锋在前。当红二师与公平区赤卫队到达海丰县城五坡岭时，早就得到情报的敌人，向我军疯狂扫射，我军前进受阻。袁娘送看到冲在前面的战友一个个倒下，火冒金星，欲上前与敌拼命。林覃吉拉住了他，叫他冷静下来听从指挥。赵自选同志是黄埔军校的高才生，我军早期的军事指挥家。计划中的突袭战，变成了攻坚战，赵自选同志马上组织突击队，想冲破敌人的火力网，尽快与负责攻击海丰县城南门的红四师，梅陇、赤石片赤卫队会合。突击队队员个个如猛虎下山，无奈敌人火力太猛，两组队员都在冲锋过程中倒在了敌人的枪口下。赵自选同志跃出隐蔽处，准备与第三组突击队员一起冲锋。敌人的机枪好像长了眼睛，赵自选同志一出现就被敌人击中胸膛，鲜血如喷泉一样往外射，一代英雄倒在了火线上。面对总指挥被敌人杀害，林覃吉主动承担起指挥责任，马上命令袁娘送与几位黄羌农军冒着敌人的枪林弹雨，从阵地上抢回赵自选同志的遗体。林覃吉下令全体参战人员撤出战斗，反攻海丰县城的战斗宣告失败。此次战斗历史上称为“五三兵暴”。

“五三兵暴”后，敌人大量向海陆丰增兵，开始向各革命乡村开展“清乡”运动。6月的一天，袁娘送得到内线情报，敌人一个排将“围剿”湖洋排村。得到情报后的袁娘送，马上把情报送给林罩吉，并要求带一连战士回乡阻击敌人。林覃吉同意了他的请求。于是，袁娘送以最快的速度回到家乡湖洋排村。乡亲们哪里知道危险正在一步步逼近他们。乡亲们听了袁娘送传回来的消息后，个个摩拳擦掌，斗志昂扬，把一支支平日里上山打猎的粉枪拿了出来，把破铁锅锤碎掺在火药中，准备给围乡的敌人好好“吃一壶”。

夜半，敌人想来个突袭，沿着山道偷偷向湖洋排村前进。当敌人来到村口时，袁娘送一声令下，枪声大作，火光冲天。敌人遭遇突袭，一下子乱成一团，四处逃散。袁娘送看敌人退去，也不下令追击，因为黑夜出击变数太大，乡亲们平安就是胜利了。

同年8月的一天，袁娘送刚回到家乡，一队从布心圩方向过来的反动民团就包围了村庄。袁娘送马上从后墙翻出，藏在山坡下的一个山洞中。民团分子挨家搜查，看到村里不是孩子、老人就是妇女。面对敌人，湖洋排村的乡亲谁都不吭声，用沉默对抗敌人的逼问。一无所获的敌人心有不甘，便把6位年轻的妇女押走。

袁娘送站在家乡的山坡前，双拳紧握，久久注视着敌人离开的方向。

回到部队，袁娘送马上向林覃吉汇报了家乡妇女的遭遇。林覃吉这位血性汉子，听了火冒三丈，马上派出侦察员前往布心圩方向了解情况，同时组建了一个精干的营救队，由袁娘送任队长，负责营救被敌人抓捕的妇女。

侦察员了解情况后，向林覃吉和袁娘送作了详细的汇报。袁娘送知道，布心圩的敌人兵力强大，靠强攻是不可行的。不过，从布心圩大恶霸的家中抓出几个女人来也不是不可能的，袁娘送想。他的想法与林覃吉不谋而合。

几天后，湖洋排村的妇女带着一身伤痕回到了家乡。她们不知道的是，袁娘送与他的战友们为了营救她们，付出了多少努力。

1928年冬至1929年春，国民党桂系军阀准备同蒋介石交战，为稳定后方，对海陆丰根据地进行了极端残酷的“围剿”。作为海陆丰重要根据地的公平山区，农舍山林几乎全部被国民党烧光，与海陆紫特委和县委联系中断。袁娘送在这种严酷的形势下，与林覃吉一起，带领常备赤卫队同敌人周旋，坚持在山区打游击，袭击乡村的反动民团，掩护红二、红四师伤病员，并保护他们安全撤出海陆丰。全区武装损失不大，全区党支部也多数能坚持战斗，保护了党的组织基础。

1929年夏天，海陆紫特委以公平为重点，首先在高沙向敌人进攻，首战告捷。接着，袁娘送按林覃吉的指示，带领赤卫队队员封锁公平圩，并秘密发动公平圩商人进行抗捐斗争，从经济上打击国民党政府。7月，袁娘送被指派前往多祝联系上级党委，在半道上被敌人包围，一同前往的几位战士全部战死，袁娘送与敌孤军对峙，直至弹尽，最后壮烈牺牲。高山雄鹰血溅疆场，年仅38岁。

新中国成立后，袁娘送被人民政府评为“革命烈士”。

他的孙子继承前辈的遗志，从军报效国家，入伍3年后回乡参加社会主义建设，一生默默奉献。袁氏一家两代的革命情怀，如高山青松，与日月同辉。

愿烈士永垂不朽！

（口述人：袁晋煌、张国华；口述时间：2019年5月20日。）

24

池兜英雄陈世有

1928年，春天的步子走得很慢很慢，3月中旬了，傍晚的海风吹在人身上，仍让人不寒而栗。身受重伤、失血过多的人，感觉更加寒冷。

陈世有与村中的几位赤卫队队员在夜色的掩护下，正从小山岭中一步步走来，其中几位赤卫队队员背着受了重伤的红军战士，鲜血还从战士的伤口往下滴，海沙铺满的路面留下了一行血迹。走在最后的赤卫队队员，一边警惕地注视着后面的情况，一边用沙子将滴落的血迹掩盖。

陈世有是这班赤卫队队员中的长者，也是经历过最多人间风霜的铁骨男儿。他为人正直，临危不惧，深得七区领导人陈庆广的赏识和赤卫队队员的信赖。

下午东径门山的战斗，红四师二连和赤卫队队员已经抢占了山峰，取得了有利的战略位置，只可惜，最后因弹药不足，只能主动撤出战场。为了快速转移，陈世有和池兜村几位赤卫队队员承担了保护伤员的任务。

傍晚，正是村民最忙碌的时候。一大群赤卫队队员和红军伤员从村北角进入村子，大部分村民没有发觉。

陈世有领着大家来到农会馆，马上派人找来村中的大夫为红军伤员治疗，同时安排人员守卫好进村的各个路口。

一切安排妥当，已经是晚上10时。陈世有一点都不敢松懈，他看到红军伤员经过治疗后都安静地入睡了，马上到村口的各个哨位查看，并嘱咐大家千万小心。

夜深人静，只有不远处的海浪还在翻滚，所有赤卫队队员都睁大双眼，警惕地注视着四周。回到农会馆的陈世有，又一次俯身察看每一位受伤的红军战士。

砰！砰！砰！三声刺耳的枪声划破了寂静的夜空。陈世有马上意识到了危险的来临，他镇定地指挥守在农会馆四周的赤卫队队员背起伤员向村东头转移。

赤卫队队员非常利索地背起伤员向村东头走去，很快就消失在夜幕里。陈世有并没有随大家离开，他必须要掩护所有队员安全撤出村子后，才能放心离去。但是，敌人并没有给他太多的时间，不一会儿，池兜村就陷入了敌人的包围之中。

忙碌了一整天的村民，此时大都进入了梦乡，然而，枪声把他们从睡梦中惊醒。不一会儿，围村的敌人把乡亲们全部驱赶出暖和的家，押到村子东边的晒谷町上。

几百位村民在夜风中瑟瑟发抖，敌人架好了机关枪，指挥官大声向人们吆喝："刚才是谁开的枪？如果不说，10分钟后，我将开枪杀人，到时候不要说我没有告诉你们。"

时间一分一秒地过去，除了寒风在呼啸，谁都不出声。

死一样的寂静，让敌人指挥官再度发威。他大声对村民们吼道：“最后10秒，1，2，3……”

“是我开的枪。”陈世有从人群中站了出来。

几个如狼似虎的敌人扑向陈世有。陈世有并没有反抗，任凭敌人捆绑。敌人把陈世有绑在晒谷町旁的大木柱上。

两个敌人分别从身上抽出马鞭，狠狠地向陈世有身上抽去。

马鞭在夜空中呼呼作响，一鞭鞭打在英雄的身上，疼在乡亲们的心上。但是，在虎狼面前，赤手空拳的乡亲们，谁都无可奈何，只能眼睁睁地看着自己的亲人受折磨。

几十鞭子下去，本就年高且瘦小的陈世有晕死了过去。敌人指挥官命令打手住手，并假装慈悲地对村民们说：“我们只对付共产党，不关你们的事，你们回家睡觉，但是，谁都不准离开村子，否则，格杀勿论。”

乡亲们含泪离去，晒谷町旁的木柱子上，陈世有被敌人用冷水泼醒，不过，他依然一言不发，默默地承受着巨大的疼痛。

敌人指挥官看到陈世有苏醒过来，便走了过去，贴在陈世有的耳边说：“只要你说出谁是共产党员，谁是赤卫队队员，我马上派人送你去疗伤，你要钱要官尽管开口。”

陈世有再次把双眼闭上，理都不理敌人指挥官。

敌人指挥官看到陈世有的表现后，又露出了狰狞的面目，对着陈世有恶狠狠地说：“那你就晾在这里过夜，看我明天如何对付你。”

敌人指挥官转身而去，四周一片寂静。

浑身疼痛的陈世有，想起了几十年来的艰苦历程，想起了参加农会后的激情，想起了参加共产党时的誓言。为了天下穷人的解放，入党的那一刻，陈世有就做好了随时献身的准备。如今，身陷敌手，他知道凶多吉少，不过，他万万想不到，敌人是如此残忍、毒辣。

当朝阳再次从海平面冉冉升起时，敌人指挥官凶恶的嘴脸再次出现在陈世有的眼前，他恶狠狠地说：“给你5分钟时间，再不说，我把你烤了。”

陈世有还是一言不发。他深深知道，死不足惜，一旦背叛，将有更多的战友死于非命。

敌人指挥官看到陈世有听到“烤”都没有一点反应，气得命令手下人把陈世有的双耳割了下来。

两个敌人士兵听到命令，从腰间拔出锋利的匕首，残忍地把陈世有的双耳割了下来。鲜血飞流，陈世有疼得晕死了过去。敌人再次用冷水把他泼醒。但是，醒过来的陈世有依然不向敌人屈服，还是一言不发。敌人指挥官又下了一道惨无人道的命令：“用铁丝把鼻子穿起来，看他说还是不说。”

铁丝穿鼻，鼻血直流，浑身是血的陈世有，依然如耸立的青松一样坚挺。

面对钢铁般的共产党员，敌人无计可施，疯狂地下命令：“烤了他，看他说不说。”

敌人把村中的戏棚木板拆卸下来，架成了一个大木堆。

被架在大木堆上的陈世有依然安静地闭着双眼，不管敌人如何恐吓，他就是不开口。

村民渐渐围了过来，敌人亮出锋利的刺刀，不准村民靠近。

熊熊的烈火在池兜村升腾，几百村民跪下尊贵的双膝，送英雄离去。

战火硝烟虽然已远去，但是，英雄的故事不应该被忘却！

愿烈士永垂不朽！

（口述人：姚宇校、陈宏苗；口述时间：2020年10月21日。）

25

英勇的吹号手林子平

1928年4月27日早晨，大雾弥漫，10步开外难辨东西。

海埔圩通往池兜村的小路上，地下工作者秀姑正全力往前跑，她要把刚刚获得的情报及时送给七区领导人陈庆广。

习惯早起的陈庆广刚到农会馆，秀姑就到了。

接过秀姑递过来的情报，陈庆广飞快地看了一遍，来不及跟秀姑打声招呼，就匆匆赶到吹号手林子平的家。

急促的敲门声把还在睡梦中的林子平吵醒了。

陈庆广用命令的口气对林子平说："情况紧急，马上吹集合号。"

寂静的池兜村上空响起了螺号声，这是万分火急的号令。所有共产党员、赤卫队队员，以最快的速度来到了农会馆前集合。

陈庆广严肃地对大家说："刚刚获得情报，敌人怀疑红军藏在池兜村，马上就要进村了，请大家抓紧行动，带领乡亲们撤退，林子平负责殿后，确保乡亲们全部安全撤离。”

全村共产党员、赤卫队队员分成三队，分别到村中各条巷子动员乡亲们往海边撤退。

林子平再次吹响了螺号，他怕有乡亲听不到撤退的号角声，便一条巷一条巷地走进去。当来到自己家门口时，林子平只简单地对妻子陈氏说：“你带上节儿（仅2岁的儿子）从村西边走田间小路去外湖亲戚家躲躲，你要照顾好自己（陈氏此时已经有了6个月的身孕）和节儿，等我来接你们。”说完，摸了摸儿子的头，走出家门，继续吹螺号。

池兜村有9条大巷，800多人，因事发突然，时间又紧，一时之间，很难让所有村民撤离。林子平负责殿后，只要有一位村民还在村里，他就不会离开。

一小时后，池兜村的村民全部撤退。林子平正想离开村庄时，敌人进村了。同时，所有进出村口的路都被敌人封锁了。

林子平直奔池兜小学而来，他想借着浓雾的掩护，向田沟仔冲出村庄再向海边转移。敌人进村后发现人去村空，气得火冒三丈，到处寻找目标，发现有人正往村口突围，全力围捕，希望有一点点收获。

林子平对地形非常熟悉，一路狂奔，跑过了乌番埔（沙地名）、后海角（小山名）、七沙（沙滩名）、东海仔角（小山名），藏在东海仔（沙滩名）的小石堆里。

时过晌午，雾气渐渐散去。失去了浓雾的掩护，林子平被从海上开来的敌船发现了。四周都是敌人，再跑也没有去路，反抗只有被当场击毙。林子平急中生智，马上吹响螺号，向战友传递他已经被捕的信息。

恼羞成怒的敌人看到林子平在吹号，挥起大刀，朝林子平的右手砍了下去。随着敌人的大刀落下，林子平的右手臂和海螺号应声落下，鲜血染红了四周的海沙，林子平痛得晕死过去。

当林子平苏醒过来时，发现自己被绑在了一棵大树上，敌人对他百般折磨，逼他说出共产党员、赤卫队队员的去向。英勇的林子平无论遭受怎样的折磨，始终一言不发。

看到无法从林子平的口中获取情报，几个敌人决定对林子平下手，他们有的用刺刀，有的用大刀，有的用红缨枪，同时向林子平刺杀过来。

林子平牺牲时年仅28岁。

惨无人道的敌人把林子平的遗体抛向大海。

林子平的妻子陈氏在外湖亲戚家苦苦地盼望着丈夫来接她与孩子回家，没想到，等来的却是丈夫不幸牺牲的消息。

第二天拂晓，陈氏挺着大肚子来到丈夫牺牲的地方，沿着海边疯狂地寻找林子平的遗体。她从后海找到七沙再寻到东海仔，一边哭一边呼唤着丈夫的名字，一整天，来来回回找了几遍。她泪流干了，声音也哭哑了，但是，丈夫的遗体依然没有找到。

第三天，风起浪急，陈氏依然顶着海风在海边寻找丈夫的遗体。时近中午，陈氏终于在七沙角（沙滩与小山连接处）找到了没有右手臂、浑身伤口的丈夫的遗体。她用尽力气，想把丈夫的遗体抱上岸，但是，本就瘦小的她，如今还身怀六甲，哪有这般力气？无可奈何，她狂奔回村，找来好心的邻居帮忙。但是，风浪太急，她和邻居用尽了力气，也只能把遗体拖到海滩边。陈氏把丈夫草草埋葬。后来，因海浪的冲击，林子平的尸骨再也找不到了。

陈氏带着两个幼儿艰难度日，于1937年病逝，留下了两个尚未成年的孩子。

两个失去了父母的孩子（林节12岁，林木兴10岁），开始过上了流浪乞讨的日子。有一天，兄弟俩乞讨来到厝辽村，村中大户人家把林节留了下来，让他帮忙放牛。弟弟继续过着乞讨的日子。不久，弟弟饿死在野外。

1943年，林节回到池兜村，被林开英收留。

新中国成立后，林子平同志被人民政府追认为“革命烈士”。人民政府对烈士后人给予了生活照顾和工作安排，林节当上了民兵营营长，从此过上了幸福的生活。

（口述人：陈宏苗、姚宇校；口述时间：2020年10月21日。）

26

秘密交通情报站站长黄贡

黄贡（1911—1964），男，汉族，1943年初加入中国共产党。先后参加海陆丰三次武装起义、红二师第5团、红军49团。曾任赤山屿仔大池村地下组织秘密交通情报站站长、海陆丰人民自卫队交通和情报总站负责人。

黄贡出生于越南，6岁随父母回到海丰县城东镇赤山屿仔大池村居住。1926年，黄贡参加了农民自卫军。1927年，黄贡参加了海陆丰三次武装起义。同年底，参加红二师第5团，任通信兵，随红军部队转战各地。

1928年3月，红二、红四师与惠来工农武装进攻惠来县城，红二师一营部通信线路被炸断。黄贡冒着敌人的炮火，查接好线路，回撤时被敌人的手榴弹炸伤头部而昏迷。第二天，战友们在打扫战场时才把黄贡救回。5月，红二、红四师及海丰各区赤卫队联合反攻海丰县城失利后，被国民党军疯狂“围剿”，处境日益困难。红二师士兵多分散到农村。黄贡及红二师第5团的部分海陆丰籍战士按上级的指示，回家乡参加赤卫队。

1929年10月，红军第6军第17师第49团在海丰成立，黄贡参加红军49团，任三营通信员。1930年10月至11月间，红军49团开上大南山改编为红1团。1933年2月，红1团向紫金转移，被国民党三个团追击。红1团跟敌人奋战三天三夜，伤亡很大。为了保存力量，彭桂师长命令战士们分散突围，黄贡凭着他的机智勇敢，最终穿过了敌人的重重封锁线，侥幸逃回家乡。后来，彭桂被叛徒暗杀，海陆丰地区的革命走向低潮，黄贡一边在家务农，一边密切地关注时局的变化。

1938年8月，黄贡重新与党组织取得了联系，并接受海陆丰中心县委领导人郑重同志的命令，在家乡赤山建立地下组织秘密交通情报站，情报站设在黄贡的家中，黄贡为站长。此情报站一直坚持到1946年5月，为我党在海陆丰开展革命工作输送了大量情报，作出了重要的贡献。黄贡也于1943年初加入中国共产党。

1946年6月，黄贡接上级命令撤往香港。在香港期间，参与组建海流社，负责筹集资金和接待撤往香港的人员。

1947年1月，黄贡按上级的指示，跟随蓝训材返回海丰，参与组建海陆丰人民自卫队。3月，黄贡被任命为海陆丰人民自卫队“钢铁班”班长。9月，黄贡被任命为海陆丰人民自卫队交通和情报总站负责人。交通和情报总站依然设在黄贡的家中，下设20多个分站，遍布海陆丰各地。

1948年11月，因叛徒告密，交通和情报总站撤往莲花山埔仔峒。年底，海陆丰人民自卫队改编为粤赣湘边纵队第

5团，黄贡任交通和情报总站副站长，主持总站工作，直至1949年10月11日，黄贡一家才随解放军进入海丰县城。

1949年11月，交通和情报总站改编为海丰人民政府通讯总站，黄贡任总站站长。之后，黄贡先后任海丰县电话局局长、银瓶锡矿场场长、紫金县庄田矿区区长、海丰县石油煤建公司经理。

1964年6月，黄贡因病辞世，终年53岁。

（口述人：黄振雄；口述时间：2019年3月16日。）

27

苏维埃政府秘书陈娘仁

陈娘仁（1905—1929），1923年参加十字岗农会，1925年秋加入中国共产党，1927年担任海丰县苏维埃政府秘书，负责红二、红四师的给养工作，1929年不幸被捕遭杀害。

陈娘仁出生于海丰县黄羌镇巢仔斗村。陈家从事山货经营，家道殷实，又是一个武术世家，祖传的"陈家棍"远近闻名。陈娘仁从小文武兼修，练得一身好本领。

1923年，彭湃到黄羌发动农运，陈娘仁深受影响，心怀救国救民的决心，毅然加入农会，积极参加农会各项工作。

1925年3月，国民革命军第一次东征胜利后，海陆丰各地纷纷建立农民自卫军。陈娘仁以其所学，日夜参与农民自卫军的训练，工作出色，光荣加入了共青团，不久转为共产党员。

1927年10月9日，南昌起义军部分战士在董朗的带领下，来到了东江特委所在地黄羌朝面山，得到了海陆丰革命群众的大力支持。陈娘仁带领黄羌群众上朝面山慰劳起义军战士，不久又协助起义军战士在朝面山下的北岸潭至十字岗挖掘了几千米长的战壕。

1927年11月，海陆丰第三次武装起义取得胜利。同月21日，海丰县苏维埃政府宣告成立，陈娘仁被委任为海丰县苏维埃政府秘书。

1928年3月，由于国民党大军压境，海陆丰苏维埃政府撤出县城。3—5月，红二、红四师官兵在农民自卫军的配合下，对各圩镇及县城进行了多次反攻。5月3日反攻海城失败后，敌人出动大批兵力，对红二、红四师进行"围剿"。为了保存力量，红二、红四师官兵只能化整为零，隐蔽山区。革命斗争形势极为恶劣，陈娘仁临危受命，负责筹集粮草，供应红二、红四师官兵。

1929年4月，陈娘仁和战友为隐蔽在朝面山上的红军战士运送粮草，不幸被埋伏的几十名敌军袭击。战友奋力冲出重围，陈娘仁因紧急埋藏党的机要文件，错失逃跑的机会而被捕。被捕后，敌人多次对陈娘仁严刑拷打，并把他捆绑在石头坪广场示众三天。但陈娘仁始终没有屈服，坚守党的秘密。同年9月，无计可施的国民党把陈娘仁押往海城杀害。

（口述人：陈维坚、陈维松；口述时间：2019年7月18日。）

28

梅峰铁骨

梅峰脚下的广袤平原，散落着几十个大小不一的村庄，自古以来，从这里走出的英雄豪杰、文人墨客不计其数。特别是近代梅陇人，为了推翻万恶的旧社会，紧跟共产党，群情激荡，万众一心，不怕抛家离子，更不怕流血牺牲，在梅峰脚下的美丽平原上，演绎了一个个动人的故事。

话说辛亥革命时期，革命党人在社会上发起了剪辫运动，但是，许多人都习惯了留辫，剪辫运动在梅陇平原一时难以推进。

梅峰山下的东港尾村，有一青年姓陈名朝陛，出生于1885年，在兄弟中排行老三，6岁进村中私塾读书，12岁辍学，开始在家放牛。随着时间的推移，陈朝陛渐渐长大成人，他身强体健，聪明伶俐，刚正不阿，明辨是非，喜欢为弱者打抱不平。

剪辫运动的风声传到东港尾村后，陈朝陛毫不犹豫地拿起剪刀，把象征着耻辱的辫子剪掉了。他的剪辫举动一传十，十传百，不出两天，许许多多血气方刚的有识之士纷纷剪掉辫子。陈朝陛的名声也随着剪辫运动的深入开展，响遍了梅陇地区。

民国初年，东港办起了养正国民学校。但是，学校被少数的土豪劣绅把控，穷人家的孩子入学要交学费，学校的账目长期不对外公布，许多交不起学费的孩子被拒之门外，群众敢怒不敢言。就连号称区立的东斋高等小学，照样被梅陇圩的豪绅把持，农家子弟想进去就读难于上青天。面对社会的不公，陈朝陛经常在大庭广众之下发表自己的看法，他甚至说，只要自己有足够的能力，定会跟这帮恶棍比个高低。然而，单枪匹马、毫无背景的陈朝陛面对强大的反动势力，只能发发牢骚，对社会现状只能默默地承受。

1921年，从日本学成归来的彭湃，被聘任为海丰县教育局局长。彭湃想通过教育改造社会，上任后对教育进行了大刀阔斧的改革。当彭湃了解到梅陇的教育现状后，全力支持梅陇正义之士提出的教育改革，彻底改变梅陇高等小学（原东斋高等小学）被豪绅把持的现状，为农家子弟打开了学校的大门。

陈朝陛的三儿子陈努正值升学的年龄，他正为儿子无法进入梅陇高等小学而担心，彭湃的教育改革让他看到了希望。第二年，陈努以优异的成绩考进了梅陇高等小学。陈朝陛因此对彭湃产生了深刻的印象。

1922年深冬，彭湃为了把农会推广到梅陇平原的各村庄，专程前往梅陇尚墩拜访叶子新。叶子新是梅陇地区的开明人士，对彭湃的农运大计十分赞赏，同时也给彭湃出谋献策，全力配合彭湃的工作。陈朝陛知道了彭湃到尚墩找叶子新的消息后，连夜从东港尾村来到尚墩叶子新家。叶子新了解陈朝陛的为人，两人志同道合，经过长时间的交谈，就在梅陇地区开展农运的计划达成了共识。

陈朝陛回家后，马不停蹄，到东港4个村庄进行串联动员。由于他平时为人友善，4个村庄很快就建起了农会。然后，4个村庄的农会又联合成立东港乡农会，推举陈朝陛为会长，农会馆设在东港尾村原和英馆。

东港乡农会成立后，陈朝陛首先向群众意见最大、跟群众有切身利益关系的养正国民学校开刀。他亲自带领农会骨干，直接跟把持养正国民学校的族长交涉，清算学校历年的账目，收回被侵吞的款项退还给学生家长，降低学生的学费，从而减轻学生家长的负担。农会初战告捷，大大提高了群众对农会的信任度。

1923年7月26日和8月5日，海陆丰遭遇两次强台风的袭击，农民损失惨重。为了让农民度过灾年，海丰县总农会召开农民代表大会，讨论减少交租的问题，通过了至多交三成租的决议。陈朝陛领导东港乡农会坚决执行海丰县总农会的决议，号召全体会员团结一致，齐心协力，对地主的田租一两都不多交。由于陈朝陛领导有方，东港的减租斗争最终完胜。东港群众称赞说："东港有了陈朝陛，农民减租都顺利。"

1924年，叶子新和彭元岳、黄悦成、胡汉南等人根据彭湃的指示，在梅陇地区秘密组建贫民党，陈朝陛受命在东港组织贫民党。不久，为做好东征准备，彭湃指示梅陇贫民党建立一条从广州经香港至海丰的秘密交通情报线。由于东港地处沿海，陈朝陛又有亲人在宾兴号渡船上工作，建立秘密交通情报线的工作任务自然就落在了他的身上。陈朝陛不负大家的期望，充分利用宾兴号渡船来往于香港与内地的便利，不断把收集到的情报传递给彭湃，让彭湃及时掌握海陆丰地区的动向。此条秘密交通情报线一直使用到第二次东征胜利后才告结束。

1926年，陈朝陛光荣地加入了中国共产党，1927年初任中共东港支部书记。蒋介石“四一二”反革命政变后，中共海丰地委领导人民进行武装起义，为了解决枪支弹药短缺的问题，把汕尾坎下城未被国民党拆除的制弹厂机件运到东港，然后由陈朝陛组织农会会员转运至金岗围村，此批制弹厂机件后来被运到高潭中洞。

陈朝陛在斗争中非常注意培养年轻干部。他的儿子陈努和陈鹃魂、陈伯虎、陈协卢、陈英贤等青年才俊，在陈朝陛的影响下，纷纷加入了革命队伍。第二次东征胜利后，他们中的许多人参加了在海丰农民运动讲习所举办的学习活动或加入了农民自卫军。后来，这些年轻人都成了革命的骨干力量。

1927年5月1日凌晨，海丰人民举行第一次武装起义，陈朝陛参加了起义，起义胜利后，他在东港召开农会大会，大会后举行了示威游行，庆祝胜利。5月9日，驻惠州胡谦部刘炳粹团进攻海丰，吴振民率海丰农工救党军450人在分水垭（惠州到海丰的要道）阻击，坚持了八九个小时，后因子弹缺乏，加上雨天，土炮打不响，农军失利，于当日下午3时撤退。敌军进入县城，农军转移到山区，重新集结力量，开展抗租斗争。陈朝陛并没有离开家乡，依然在东港一带活动。8月，农军反攻梅陇圩失利后，敌人对梅陇平原上的村庄严加关注，当他们获知东港的秘密据点后，马上对东港进行突然袭击。陈朝陛当时正在船中密室，对敌人的突然袭击毫无准备，不幸落入敌人的魔掌。

敌人对陈朝陛进行了百般折磨，除了拷打还用炮烙，但是，这位梅峰脚下的铮铮铁汉，无论是敌人让他供出组织的情况，还是让他叫身为农军中队长的儿子陈努投降，他一概不理。残暴的敌人在坚贞不屈的战士面前无计可施。1927年8月23日，敌人把遍体鳞伤的陈朝陛押往海城老车头施以极刑。陈朝陛临刑前依然大义凛然，高呼："农会万岁！""中国共产党万岁！"

陈朝陛牺牲后，他的遗体被梅陇地下工作者秘密运回家乡。海陆丰第三次武装起义胜利后，海丰县苏维埃政府在莲花山埔仔峒石狮埡为烈士重新安葬，并树碑留念。时至今日，青山依旧，墓碑长存，梅峰铁骨，昭示后人，为党为国，舍生取义，永垂不朽！

（口述人：陈宜权；口述时间：2019年6月10日。）

29

曾生虎噉大湖洋遇险

1940年初，浴血奋战在惠东宝抗日前线的第四战区第三游击纵队新编大队（简称“新编大队”），被国民党香翰屏顽军攻击，移师海陆丰，在高潭遇袭，于2月27日转移到黄羌石山、虎噉一带。

曾生同志领导的新编大队出发时有500多人，在国民党顽军追击下伤亡很大，退至黄羌石山、虎噉一带时减少至100多人。4月上旬，这支队伍在石山分水布整编为一个长枪队、一个短枪队和一个政工队。长枪队和短枪队以石山、虎噉为基地延伸至公平、梅陇一带活动。政工队则在石山及其附近地区开展农运工作。

5月的一个晚上，月明星稀，曾生同志带领着政工队全体队员来到虎噉大湖洋村，开展宣传抗日的游园文艺活动。白天的时候，大湖洋村的村民就听村里的陈娘金说过当晚有活动。大家听到晚上有戏看，就早早吃了晚饭，在村头大禾町点上灯，围上从各户搬过来的长条椅，形成了一个简单的“剧场”。忙完后，大家就静静地等待着政工队队员的到来。

晚上7时刚过，曾生同志跟政工队队员来到了大湖洋村。他们一进村，村民就鼓掌欢迎。陈娘金主动迎上队伍，把曾生同志一行带到村民准备好的“剧场”。村民捧出一碗碗热气腾腾的茶水，为政工队队员接风。

演出开始，女队员清脆、甜美的歌声深深地吸引着观众。有着浓重地方特色的“白话”（指粤语）唱腔，让村民感到好奇又新鲜。一曲接着一曲，村民听得如醉如痴。歌声穿越夜空，飞过山岭，就连邻村的人也到大湖洋村来听戏。

夜已深，月已斜。大湖洋村的村民听戏的兴头依然很足。陈娘金考虑到村民第二天还要出工，便悄悄来到曾生同志身边，挽留他们在大湖洋村住宿，第二天晚上再继续演出。曾生同志愉快地接受了。当晚，曾生同志及政工队队员在大湖洋村留宿。

山村的夜晚很安静，劳累了一天的曾生同志及政工队队员在山风的抚摸下沉沉地入睡了。

第二天晚上，节目更加精彩，一阵阵掌声透过夜幕，传得很远很远。为了安全起见，陈娘金还是挽留曾生同志等人在大湖洋村住宿。

第三天凌晨3时许，国民党顽军高潭罗坤的部队突然包围了虎噉大湖洋村。顽军进村，门外的狗吠得很凶，炊事员戴双荣（虎噉廖屋仔人）被惊醒。他打开小窗，看到顽军在离住地20米外挂着机关枪，人还在抽烟。戴双荣随即把曾生拉醒，由屋主陈娘金、陈碧带着从破墙洞逃走。

曾生同志一行早上7时到达石山寨。曾元（地下组织干部）叫曾森带曾生一行到黄塘径麻竹坑观音娘宫休息。但有两位女同志因熟睡拉不醒被顽军抓去。10时许，曾生同志命令陈石甫带短枪队10多人在虎噉大湖洋村后小山袭击顽军。顽军人多，从四面八方包抄过来，短枪队只好边打边退。驻扎在石山村细窝仔的陈其禄武装排（长枪队）接到曾生同志的命令，迅速开到大鲞山迎战。由于石山村的地形易守难攻，顽军虽人多势众，但还是不敢强攻,只好灰溜溜地撤走。被抓的两位女同志就这样被顽军带走了。在党组织的安排下，陈娘金、陈碧冒死认她们为自己的媳妇，筹重金赎回，后由党组织安排归队。

曾生同志一行在虎噉大湖洋村宣传演出的消息敌人是怎么获得的呢?

事后，经过深入细致的调查，终于真相大白。

告密者是高潭的一个坏人，经常越过石山嶂，来到虎噉新圩仔赌博。当时的新圩仔人来人往，热闹非凡，圩中有几十家旅馆，旅馆中有赌场，虎噉的部分民众及路人经常聚在这里赌博。

虎噉寨仔下村与大湖洋村相邻，村中有一个青年叫陈利妹。政工队在大湖洋村举行文艺演出的第一天晚上，他就在现场观看。第二天，他来到新圩仔赌博，赌友问他前一晚为何没有来打牌时，他随口就说出前一晚在大湖洋村看白话戏。说者无心，听者有意。同在赌场的高潭坏人听在耳里，记在心上。

刚好那天高潭坏人走背运，输得精光。为了捞得赌本，高潭坏人趁着黄昏来到新庵，把曾生在大湖洋村的消息报告给了国民党顽军罗坤的部队。

陈利妹无意走漏消息，曾生在虎噉大湖洋遇险的故事，至今仍在民间流传。

（口述人：陈木泉、陈伟南；口述时间：2019年8月22日。）

30

黄羌保卫战

1927年10月9日，董朗率领南昌起义军余部进入海丰农军防地朝面山，受到黄羌人民的热烈欢迎。中共东江革命委员会将这支部队改编为工农革命军大队；后接中共中央南方局指示，将工农革命军大队改编为中国工农革命军第二师第四团，团长董朗，党代表颜昌颐。

这支从南昌城走来的队伍，历尽战火的考验，冲破敌人的重重包围，来到了黄羌革命根据地。

年轻的红二师全体官兵还来不及进行休整，立足未稳，驻扎在公平的国民党陈学顺团便获知共产党的部队已经到黄羌的讯息，于是，调了一个营的兵力及保安队共1000多人，企图一举消灭年轻的红二师部队，踏平黄羌这块革命根据地。

那时黄羌驻扎着中共方面海丰县的党政军机关，关系着全县的革命命运，怎么能轻易就被敌人侵占？

不久，情报人员获知陈学顺团将进犯黄羌的讯息并迅速上报。中共东江特委领导人接到情报后，马上找来了董朗、刘立道等红二师的领导人，共同制订作战方案。

考虑到红二师留在黄羌的队伍人数只有一个营的兵力，而农军的武器装备又差，他们制订了“请君入瓮，三面合围”的作战方案。

1927年10月28日午后，陈学顺带领1000多名全副武装的国民党反动军和地主武装，气势汹汹地向黄羌扑来。但敌人怎么也想不到，踏进黄羌地界后，一个人影都看不到。迎接他们的只有初冬的寒风和无情的狗吠声。他们一路上最怕的就是遭遇伏击，所以，每到险峻之处都小心翼翼，先派侦察兵火力侦察，确认安全后，大部队才往前走。公平距黄羌圩仅有20多公里，陈学顺团却走了3个多小时。部队进入黄羌圩后，发现人去巷空，仅剩下一座空圩。陈学顺命令部队四处搜索，然而，一点收获都没有。

冬日的黄昏来得早，眼看夜幕就要降临。陈学顺没有胆量连夜回公平，准备第二天再找出共产党的部队，决一胜负。于是，陈学顺团当晚就驻扎在黄羌圩。

初冬的黑夜终于来临，笼罩在夜幕下的大山深处的朝面山招窝村，此时，几百名全副武装的农军和红二师战士正在微弱的灯光下吃饭。虽然几百人聚在一起，但秩序井然，一点都不杂乱。晚饭后，红二师领导朱汉尧作战斗前动员。因为农军大部分成员听不懂普通话，所以，朱汉尧讲话，黄羌的曾雄翻译。朱汉尧讲：“红二师官兵是外地人，要依靠当地农军作后盾。不要怕打仗，要听从指挥，不准吸烟。”会后，所有人就地休息，等待命令。

午夜，深山一片静谧，只有少许不知季节的小虫儿在树林间乱窜。随着指战员一声沉稳的命令，所有参战人员瞬间集合完毕。部队摸黑向黄羌西王爷庙对面（现黄羌中学所在地）进发，他们埋伏在山坡下，等其他两路农军发起攻击时，全力攻打陈学顺的指挥部。

另一路隐蔽在黄羌灰窑头大鼓岽山密林深处的农军也在午夜后出发。他们迂回到石头坪、官田村，准备攻击黄羌圩东面之敌。

还有一路隐蔽在黄羌塘肚村的农军，午夜后直奔黄羌圩北面，准备攻打黄羌圩北面之敌。

陈学顺团的官兵提心吊胆走了3个多小时的山路，到了午夜，早已人困马乏。当敌人进入梦乡之时，我军三路部队同时发起攻击。一时之间，枪声大作，炮火冲天，喊杀之声震天动地。陈学顺从美梦中惊醒，一时之间不知我军的虚实，不知我军从何处而来，连忙下令向枪声稀疏的南边合门逃奔。

三路农军与红二师官兵紧密配合，乘势追击，把敌人打得屁滚尿流，迫使他们退回了公平圩。10月29日，红二师部分官兵与农军乘着黄羌保卫战胜利之余威，攻占公平圩，进而夺取了海丰县城，随后建立了海丰县苏维埃政权。

黄羌——海陆丰第三次武装起义第一枪打响的地方。

（参考文献：杨福，古华.红二师和四十九团成立见闻//中共海丰县委党史研究室.苏维埃之光.广州：广东人民出版社，1997.）

31

巾帼英雄黄二妹

1929年冬天的脚步姗姗来迟，虽然已经进入了11月，但天气还是那么闷热。

黄二妹（广东省海丰县黄羌镇双圳村委十三坑下村人）哄睡了孩子后，一点睡意都没有，翻来覆去挂念着丈夫孙木兰。她听见门外乡亲们还在聊天，干脆起床走出大门，听乡亲们摆龙门阵。

“据说，红军又打回来了，前段时间，石头坪、黄羌圩的国民党兵被红军打得屁滚尿流。”孙二叔说得有鼻子有眼，乡亲们听得津津有味。

“如果是真的就好了，自从去年3月以来，总是听到红军惨败的消息，真让人揪心。”黄二妹的小叔子插嘴。

乡亲们平时难得出门，村外的消息总是由孙二叔传递进来的。孙二叔成了十三坑下村人获取信息的重要途径。所以，有孙二叔在的地方也总是最热闹的地方。

月已西斜，夜深，凉风终于从山外钻了进来。

虽然是农闲季节，但是农村人没有熬夜的习惯，孙二叔的故事总是听不完，渐渐地聊天的人们散去了。

黄二妹回房间正准备休息时，窗外传来了敲窗声，这声音是她与丈夫约好的暗号，她高兴得差点叫出声，连忙打开大门。

门外，一位高大健壮的青年男子静静地站在微弱的月影下，浓眉下的大眼睛显得炯炯有神，似乎蕴含着无限的力量。

黄二妹看到久别的丈夫，正想开口说话时，丈夫马上示意不要开口，并指指身后，然后踏进家门，把大门关上。

不知多少个夜晚，黄二妹梦见丈夫回家，然而，醒来总是空欢喜。特别是最近一年多，太多太多的坏消息，总是让她放不下悬着的心，醒来就再也无法入眠。

这晚，丈夫突然回家，让黄二妹感到无限欣喜。她从丈夫的口中得知，孙二叔所说不假，红二、红四师虽然离开了海陆丰，但是，红军49团成立了。这支由海陆丰和兄弟县子弟兵组建的军队，虽然人数不多，但是战斗力特别强，组建才一个多月，不但打下了海丰南部的鲘门、鹅埠，而且收复了海丰北部的平东、黄羌等乡镇。孙木兰在部队中担任财粮副官，这晚，他与两位警卫员从石头坪赶往公平彩头塘，准备与林覃吉同志等人商谈筹集粮草的工作，顺道回家探望久别的家人。

黄二妹向丈夫提出："两个孩子虽然还小，但是，脱手已经不成问题，在家跟着爸妈过日子就可以，我要到部队参加工作。"

孙木兰了解妻子的能力、性格，再说，部队正缺乏她这样的人才，于是，点了点头，同意了妻子的要求。

红军49团自从打下石头坪、黄羌圩后，就把罗輋屯吉祥楼当作宿营地。黄二妹与秦荣娇等人承担起了宣传工作，她们深入黄羌各大村庄，积极宣传我党我军的政策，动员年轻人参加红军，保卫红色苏维埃政权。我党在黄羌地区有很扎实的群众基础，群众的革命觉悟很高，经黄二妹等人进村宣传后，许多赤卫队队员重新拿起武装，到红军49团参军。

1930年12月，海陆紫县苏维埃政府在陆河激石溪成立，黄二妹与丈夫孙木兰同时被调到苏维埃政府工作。为了保证部队的供给，孙木兰长期战斗在外，夫妻两人聚少离多，但是，为了革命，他们毫无怨言，各自默默地为党工作着。

1931年8月，海陆紫县苏维埃政府由陆河激石溪迁到黄羌苦竹园（富足园）坚持斗争。黄二妹虽然离家更近了，但是，部队纪律不允许她随便离队。夜深人静时，她虽然经常想起两个年幼的孩子，但是始终不曾回家探望。

1932年春，革命形势急转直下，苏维埃政府所在地苦竹园被敌人团团包围，一条条粮道被打断，苏维埃政府工作人员和部队的供给出现了重大危机。林覃吉与孙木兰、曾贵等领导人绞尽脑汁，千方百计从外面输送粮食进入苦竹园。但是，敌人也不是吃素的，把能想到的手段都用上了。许多革命群众在送粮送盐送药进入苦竹园的路上牺牲了。苏维埃政府工作人员和部队的供给，只能寄希望于红军49团战士的身上了。

1933年2月，传来了红军49团在紫金乌禽嶂惨遭敌人围攻的消息，全团仅剩下60多人。所有的希望都成了泡影，林覃吉毅然下令解散苏维埃政府工作人员，黄二妹与丈夫孙木兰趁着天黑，从山沟里摸索着下了山，回到了久别的十三坑下村老家。

孙木兰是红军49团的财粮副官，早就上了敌人的黑名单，十三坑下村哪里还有他的立足之地?

为了躲避敌人的搜捕，孙木兰白天只能藏在深山中，塘肚、石角等大山都留下了他的身影。8月，孙木兰联系了部分战友，准备离开海陆丰，到更远的地方去寻找革命队伍，继续战斗。战友们约定在公平高沙集中，不料，被叛徒张轩出卖。当晚，孙木兰和他的战友们被敌人团团包围，不幸被捕。不久，孙木兰惨遭枪杀，牺牲时年仅36岁。

黄二妹听到丈夫孙木兰牺牲的消息后，当场晕死过去。当她醒来后，虽然肝肠寸断，但是她深深知道，家庭的重担落在了她的肩膀上，无论如何也要顽强地挺下去。

孙木兰牺牲后，十三坑下村再也没有国民党官兵来骚扰了。黄二妹擦干了泪水，把对丈夫的思念深埋心底，起早摸黑，上山下田，艰难地维持着一家老少的生活。

1937年“七七”卢沟桥枪声响起，日本侵略者全面侵华，中国大地狼烟四起，山河无处不滴血。

1943年12月2日，广东人民抗日游击队东江纵队成立，黄二妹重新加入革命队伍。

黄友团长指派黄二妹在本地动员群众抗日，黄二妹毅然接受任务。

日本侵略者驻扎在公平高沙等地，与十三坑下村仅隔几座小山。为了提防侵略者进村扫荡，黄二妹组织全体村民日夜站岗放哨，随时准备应对敌人的进攻。

1944年4月的一天，黄二妹独自一人在山岗上放哨。她睁大双眼，密切关注着敌人的驻地。只要敌人驻地有动静，她就会及时放倒“消息树”。

十三坑下村群众的高度警惕，让日本侵略者始终没办法越过那几座小山。他们知道，只要山岭上的岗哨存在，进村就是一场空。

敌人诡计多端，他们采用迂回战术，从两侧悄悄摸到距岗哨仅几十米的地方潜伏下来。

黄二妹专注敌人的驻地，没想到危险已经一步步逼近她。

敌人同时从两侧向她开枪。子弹穿透了她的胸膛，鲜血染红了她的全身。

在山下劳动的村民听到枪声，马上往山上冲去。黄二妹的大哥（孙木兰的哥哥）看到黄二妹倒在血泊中，立刻俯下身子，背着她往村子里跑。

村民在山上到处搜索敌人，但是，敌人早就跑了。

黄二妹身中两弹，因失血过多不治身亡，牺牲时年仅43岁。新中国成立后，黄二妹与丈夫孙木兰双双被人民政府追授为“革命烈士”，他们的故事至今在民间流传。

（口述人：孙潭锡、孙南辉；口述时间：2021年3月。）

32

铁血男儿

1929年10月初的一天深夜，在通往海丰县公平二区南门约（现属平东镇南门村委）下礤村的山间小道上，刘春正在急速赶路，他想尽快见到战友刘藏。

下礤村四周青山环绕，通往村外的仅有一条窄小的山间小路。村中住着10多户人家，共100多人。刘藏的家在村子东南面，矮小的瓦房里，微弱的灯火一直亮着，刘藏一点睡意都没有，他在等着刘春的到来。

刘藏又名刘兹藏，1924年与好友刘春在日中圩加入农会。1925年2月，东征军克复海陆丰后，农会恢复活动，刘春担任日中圩农会会长，刘藏担任下礤村农会会长，共同的目标让“两刘”不但成了好战友，还成了好兄弟。

“两刘”是公平区农运的得力干将，无论干什么工作，他们都步调一致，行动默契。

1927年4月12日，蒋介石在上海发动了震惊世界的“四一二”反革命政变。7月15日，汪精卫也撕下了伪装的嘴脸，轰轰烈烈的大革命彻底失败。为了反抗国民党的白色恐怖，海陆丰人民在中国共产党的领导下，先后举行了三次武装起义，并在彭湃等同志的指导下，成立了中国第一个苏维埃政权。在成立海丰县苏维埃政权大会上，刘藏被选为主席团成员。

1928年3月，国民党重兵围攻海陆丰，新生的海陆丰苏维埃政权被迫撤往山区。红二、红四师官兵和当地的赤卫队队员为了保卫苏维埃政权，与敌人进行了一场又一场的战斗，许许多多革命战士倒在了血泊中。

1929年6月，最后一批红二、红四师官兵撤出了海陆丰大地。10月初，中共东江特委按照上级的命令，在东江地区组建红军。刘春与刘藏都接到了会议通知，他们本想一同去黄羌朝面山参加红军49团成立大会的。但是，出发当天，刘藏的爱人患了急病，刘春只能独自一人前往了。

刘春不但参加了红军49团成立大会，还被彭桂团长指定为公平片区的筹粮副队长，刘藏担任队长，共同协助林覃吉同志搞好军队的粮草供给工作。

刘春接过沉甸甸的任务后，趁着天黑，连夜翻山越岭往回赶。他顾不上回家，而是直接到下磜村找刘藏。他要第一时间把好消息告诉好兄弟。

微弱的灯下，“两刘”双手紧紧握在一起。

从此以后，高潭中洞、陆河激石溪、黄羌朝面山、联安明月峒、莲花山埔仔峒和平东九龙峒都留下了“两刘”的足迹和筹粮的身影。

1930年9月，红军49团奉命开赴潮普惠大南山，反动民团乘机反扑，刘春在日中圩家中被捕，扣押至海城，惨遭毒打后被杀害。

刘藏收到好兄弟被敌人杀害的消息后，立刻组织南门约赤卫队队员，一方面防范敌人再次下乡杀害革命同志，另一方面寻找机会为刘春报仇。

1931年1月的一天中午，民团分子再次深入南门约诸村庄抓捕革命人士。领队的是董姓民团伪营长，他自恃人多枪多，一路上趾高气扬，目中无人，在其所到村庄吆五喝六，随便打骂群众，稍有反抗的就被说是“共党分子”而被抓捕。

刘藏与南门约赤卫队队员共10多人，埋伏在通往下礤村的山道旁，只等敌人进村，杀他们一个措手不及。

董伪营长一路如入无人之境，威风还没耍够，率兵直入下礤村。

擒贼先擒王。当敌人走到离赤卫队埋伏处不远时，10多支粉枪一齐向敌人扫射过去。走在队伍前面的董伪营长当场毙命，其他民团分子四处逃散。

打死敌人指挥官，刘藏知道祸患大了，回到村子，马上组织群众上山躲藏，他则与赤卫队队员埋伏在村子四周的山岗上，观察形势的发展。

第二天早上，董伪营长夫人率领100多名敌兵，如狼似虎地向下礤村扑来。

敌人进村后，放火烧毁了下礤村所有的房子，熊熊大火映红了天空，村庄化为了灰烬。

刘藏双眼迸射出仇恨的火花，他发誓一定要向敌人讨回这笔债。

当天晚上，刘藏带领赤卫队队员，潜入公平圩，找到正在办丧事的董伪营长家，一把大火烧得敌人哭爹叫娘。董伪营长夫人恨得咬牙切齿，身披孝衣，带兵再次深入下磜村。

刘藏正在村中察看被烧毁的房子，万万没有想到，敌人来得这么快。他知道战友们埋伏在村子的左侧山坡上，如果他向战友们靠拢，受到的损失更大。他咬咬牙向右侧山岭跑去，董伪营长夫人看到有人逃跑，急令全体追击，并鼓励兵士，谁能抓到“共匪”赏大洋10块。敌人向刘藏拼命追击，子弹在他身边“嗖嗖”飞舞。前面是一道深山沟，后面又是敌人的追兵，无路可逃的刘藏正准备跳下山沟时，子弹击中了他的双腿，他不由自主地跪在了地上。凶残的敌人逼近刘藏，怕他反抗，几个兵士同时用枪托向他身上猛砸。刘藏的肋骨被砸断，他被敌人五花大绑，押回敌军驻地。

几天后，遭受非人折磨的刘藏被杀害在海丰县城北郊的五坡岭乱葬岗，年仅36岁。他的亲人花了几个铜钱，才从山沟中找到遗体，然后请人运回家乡安葬。

新中国成立后，刘藏被人民政府追认为“革命烈士”，其孙子刘水源于1969年1月踏着前辈的足迹应征入伍，成了新一代人民子弟兵。

（口述人：刘天洪；口述时间：2020年11月12日。）

33

梅陇汉子莫念悦

莫念悦（曾用名：莫苏、莫悦利）（1916—1964），海丰县三墩港约蜈蚣咀村人，共产党员。1927年冬在家乡参加劳动童子团，1930年春参加红军49团，1933年5月回梅陇老家隐蔽，1941年重新回到队伍，同年冬加入中国共产党，1942年受党组织安排前往香港，以拉黄包车为掩护，从事党的秘密工作，1945年2月下旬参加东江纵队第六支队第三大队，次年冬，受党组织安排，前往广州市东山区三轮车工会工作，新中国成立后，服从组织安排，依然留在该单位工作，直至1953年，响应党的号召回梅陇老家参加生产劳动，一年后回广州原单位上班，1957年再次回梅陇老家参加生产劳动，9个月后回广州原单位上班，1964年因病逝世，终年48岁。

1927年冬天，年仅11岁的小念悦参加了家乡的劳动童子团，整天与赤卫队队员到村头站岗放哨。他机智过人，很受本村赤卫队队员莫潭佛、莫捷文等人的赏识。1928年2月，莫念悦被推选为蜈蚣咀村劳动童子团团长。3月，国民党反攻海陆丰革命根据地，白色恐怖笼罩下的螟蚣咀村，除了孩子、老人外，青壮年纷纷参与了反“围剿”战斗。

1929年10月，红军49团在海丰县黄羌朝面山宣告成立，螟蚣咀村小青年莫钗听到此消息后，找到莫念悦，问他想不想参加红军。莫念悦对莫钗说：“我不参加红军，如何帮潭佛大哥（莫潭佛于1928年7月在梅陇被国民党杀害）报仇？”于是，两位梅陇小伙结伴前往黄羌山区，经过几天的寻访，终于找到了部队。由于莫念悦年龄太小，部队领导开始不肯收留他，经莫钗的苦苦相求，一脸稚气的莫念悦终于留在了部队。不过，他只能留在后方，帮助机关干部跑跑腿。1930年至1931年夏天，红军49团历经几十场大小战役，不但收复了海陆紫县大部分山区，而且在潮汕地区打下了一大片根据地，部队由最初的100多人，发展到了1200多人。然而，1931年秋天开始的“肃反”扩大化，大大削弱了红军49团的战斗力。1932年春，广州国民党军队为配合蒋介石对苏区的“围剿”，全力向海陆丰革命根据地进行多管齐下的进攻，红军49团陷入了重重困境。1933年2月，紫金乌禽嶂一战，红军49团元气大损，5月，坚守在黄羌苦竹园（富足园）的海陆紫县苏维埃政府不得不宣告解散，莫念悦回到了梅陇老家。

不知是谁告的密，5月的一天黄昏，一队反动民团气势汹汹地包围了螟蚣咀村。正从龙山顶砍柴回家的莫念悦，远远就看到了敌人的身影。他放下肩上的柴，往山上跑去。

民团分子扑了空，气不打一处来，放火焚烧了村子的几座房子，如火龙一般的烈焰很快就将螟蚣咀村的几座房子吞噬了。村民敢怒不敢言，只能把仇恨的怒火强压在心头。

反动民团离开蜈蚣咀村后，莫念悦才从龙山顶上下来。村民并没有责怪他，只是劝他远走他乡避避风头。莫念悦知道自己在蜈蚣咀村再无立足之地，只能挥泪告别父老乡亲，远走深山避难。

1934年5月至1937年7月，五华、紫金、河源等山区都留下了莫念悦的足迹，直至卢沟桥事变爆发，国共第二次合作后，莫念悦才回到蜈蚣咀村。

21岁的莫念悦时刻关注着时局的变化，随时注意着我党在海陆丰地区的活动。

1941年4月，中共海陆丰中心县委指示各区区委发动群众，利用“练总馆”“拳头馆”等形式，征集枪支，成立秘密的游击小组和锄奸团，伺机袭击日军，打击汉奸。三区区委书记刘云龙知道莫念悦是红军49团的战士，亲自到蜈蚣咀村找他，动员他参加游击小组。莫念悦再次回到了队伍。此时的莫念悦再也不是小屁孩了，曾经的军旅生活，几年的浪迹天涯，让他深深地体会到，离开组织与部队，自己什么都干不了。从此以后，莫念悦积极投身革命，多次出色地完成党组织交代的任务。同年冬天，在黄雪心、黄友群等党员的培养下，莫念悦光荣地加入了中国共产党。

1942年9月24日，中共东江特委张持平来海丰县一区后港村向中共海陆丰中心县委传达中共中央南方局的指示：“除沦陷区党组织照常活动外，国民党统治区的党组织一律暂停活动，割断与暴露地区的组织关系，已暴露的干部立即撤往游击区，其余干部找社会职业掩护，开展‘勤业、勤学、勤交友’的‘三勤’活动和执行‘隐蔽精干、长期埋伏、积蓄力量、以待时机’的方针。”当月下旬，中共海陆丰中心县委根据上级党委的指示精神，研究后决定，全县各级组织暂停组织活动，采取单线联系，对党员安排如下：一是已暴露身份的党员转移到其他地方；二是通过亲戚、朋友的关系隐蔽在农村或小圩镇；三是未暴露的党员，利用各种社会关系，打入国民党的管教养卫机关。

党组织考虑到莫念悦可能暴露，便安排他到香港寻找党组织，隐蔽身份，等待时机。于是，莫念悦来到香港，并找到了党组织。按组织安排，他以拉黄包车为掩护，密切关注着香港及内地的社会动向。

1945年2月下旬，东江纵队第六支队在大安峒成立。支队队长叶基，政委郑重，政治处主任黄秉。下辖三个大队，第一大队队长韩捷，政委韩藻光；第二大队队长吴海，政委黄秉；第三大队队长张建南，政委姚山。3月，莫念悦按组织安排从香港回到海丰，参加东江纵队第六支队第三大队，并担任第一小队队长。

1945年8月，抗日战争胜利，莫念悦与林仙结婚，次年生下一子（莫胜汉）。同年冬天，莫念悦接到组织命令，让他携家眷参加领导广州市东山区三轮车工会的工作。莫念悦到了广州市东山区三轮车工会工作后，积极发展党员，组建党组织，带领广州市东山区三轮车工会全体工人紧紧团结在党的周围，为南下大军解放广州作出了重大的贡献。

新中国成立后，莫念悦依然留在广州市东山区三轮车工会工作，直到1953年，莫念悦一家响应党的号召，回到梅陇蜈蚣咀村参加生产劳动，一年后才回到原单位工作。1957年，莫念悦一家再次回到老家参加生产劳动，9个月后才回原单位上班。

1964年，莫念悦病逝，终年48岁，安葬在广州市建设三路烈士坟场。后因建设需要，坟场被征用，莫念悦骨灰由其后人迁回梅陇老家安葬。

莫念悦从11岁参加革命，至48岁病逝，终生对党忠诚，服从党的安排。火葬时，在莫念悦的身上发现残留的弹片，人们感到惊讶，同时才知道他的英年早逝完全是因为残留在身体里的弹片。

英雄已逝，愿浩气长存，永垂不朽！

（口述人：莫胜汉；口述时间：2021年3月25日。）

34

黄氏一门五烈士

1922年7月29日，彭湃与林沛、张妈安等人在得趣书室成立了“六人农会”，从此掀开了海陆丰轰轰烈烈的农民运动。

地处海丰县北部的公平镇青湖村，是一个人口密集、民风彪悍的大村庄，村民农闲之时，以习武、舞狮为乐。

青湖村有一清末贡生叫黄幕韩，他为人正直，办事公正，村民不管大小事务，总喜欢找他商量。黄幕韩生有二子，大儿子叫黄作恭，小儿子叫黄作敬。

黄作恭生了五个儿子，分别叫黄起创、黄起伟、黄潭桑、黄起昌、黄起业；黄作敬生了七子三女，七子分别叫黄镒、黄鑫、黄岳、黄任、黄起恒、黄沓、黄好。

1923年元旦，海丰县总农会成立，2月，青湖村成立了农会，会长黄清云，副会长黄作恭，秘书长麦乃均，农会馆设在青湖村黄氏祖祠。

青湖农会成立后，村民纷纷加入农会，黄作敬的长子黄镒、次子黄鑫、四子黄任、五子黄起恒，侄子黄潭桑、黄滚、黄声、黄园，均踊跃入会。

从此，青湖农会会长黄清云、副会长黄作恭带领农会会员，开展减租减息运动，解决会员生活困难，调解民事纠纷等。

同年8月16日，海丰县国民党当局宣布取缔农会，通缉彭湃。当日晌午，县署游击队队长王益三，带领大队人马前来青湖村抓捕农会骨干。一时间，青湖村里鸡飞狗跳，许多村民吓得到处乱窜。青湖农会会长黄清云临危不乱，组织农会会员向村外的黄江边撤退。眼看大伙就要上船过江了，王益三部队却紧追不舍，黄清云为了引开敌人，故意暴露在敌人的眼前。敌人看到快跑如飞的黄清云，觉得无论如何他们都抓捕不到，于是，向黄清云开枪射击，一位铮铮汉子就这样倒下了。

1925年春，广州国民革命军东征海陆丰取得胜利，农会恢复了活动，同时，各乡村按照县农民协会的指示成立了农民自卫军。有了武装的青湖农民，如虎添翼，各乡村的农民自卫军一方面积极配合县农民自卫军出外剿匪，另一方面承担了保卫家乡的责任。

1926年春，黄作恭光荣地加入了中国共产党，同年夏天，在林覃吉同志的指导下，青湖村成立了党支部，黄作恭任党支部副书记。有了党组织的青湖村，农会活动更加活跃，全村所有农户都加入了农会，青壮年参加了农民自卫军。面对日益强大的农会及农民自卫军，地主们不会束手待毙，他们也组织自己的武装力量对付农民自卫军。黄滚就是在跟地主武装斗争的过程中壮烈牺牲的。

1927年4月12日，蒋介石在上海发动了“四一二”反革命政变，中华大地笼罩在白色恐怖之中。敢为人先的海陆丰人并没有被敌人吓倒，在中国共产党的领导下，从5月至11月，发动了三次武装起义。黄作恭带领青湖村农民自卫军，坚决服从党的领导，参加了海陆丰三次武装起义。同年11月21日，海陆丰成立了中国第一个苏维埃政权。

1928年3月，国民党四路围攻海陆丰，红二、红四师与海陆丰赤卫队为了保卫苏维埃政权，与敌人进行了多次的战斗，终因敌我力量悬殊，红二、红四师伤亡惨重，赤卫队队员也死伤无数。黄任就是1928年3月牺牲在反攻公平圩的战斗中的；黄镒于1929年7月在保卫苏维埃政权的战斗中，牺牲在惠阳县下寮村。

1929年10月，在海陆惠紫特委的领导下，红军第6军第17师第49团在黄羌朝面山菜背窝成立。黄潭桑、黄鑫、黄起恒响应党的号召，纷纷参加了红军。

红军49团成立后，海陆丰的革命形势开始好转，经过不到一年的战斗，不但海陆丰大部分农村根据地回到了人民的手中，而且惠阳、紫金的苏维埃政府也得到了恢复。但是，1932年春，广东国民党政府内斗缓和后，敌人再次向海陆丰增兵，对革命根据地实行“三光政策”。为了反“围剿”，红军49团战士浴血奋战，在血与火的战斗中，黄氏兄弟没有退却，黄起恒于1932年在陆丰碣石战斗中牺牲，黄鑫于1932年在惠东潭公圩战斗中牺牲，黄潭桑于1933年在海丰黄羌苦竹园战斗中牺牲。

从大革命时期到第一次土地革命战争时期，青湖村黄氏一门出了黄任、黄镒、黄起恒、黄鑫、黄潭桑五位烈士，他们为新中国的成立作出了重大的贡献。如今，山河无恙，国泰民安，我们怀念烈士，愿烈士永垂不朽！

（口述人：黄振兴、黄家晃；口述时间：2020年3月5日。）

35

林氏三烈士

19世纪末20世纪初，由于西方列强的侵略，中国完全沦为半殖民地半封建社会，国家羸弱，民不聊生，民众受尽压迫、欺凌。许许多多有志之士怀着强烈的救国救民之心，毅然走上了革命道路，林甦、陈月容（林甦之妻）、林烈等烈士就是优秀代表，他们为了民族复兴和人民的幸福生活，英勇斗争，前仆后继，奋不顾身，用鲜血和生命谱写了壮丽的革命诗篇。他们的光辉业绩，与天地共存，与日月同辉，如不朽的丰碑，永远矗立在人民的心中。

林甦烈士简介

林甦，一作林苏，名铿，字镜清，号得钦，又名雇农。1894年6月1日出生于海丰县桥东小康之家。海丰中学毕业后投考福建厦门水产学校。在水产学校时因领导学生抗议校方无理处分同学，被开除学籍。1921年参加海丰社会主义研究社，后被彭湃聘任为小学校长。1922年协助彭湃开展海丰农民运动。1923年任设在海丰的广东农会执行委员兼宣传部部长，当年秋冬，任设在汕头的惠潮梅农会筹备处秘书。1924年在广州加入中国共产党。

林甦于1924年7月协助彭湃创办广州农民运动讲习所。1925年2月末，东征军克复海丰后，农会恢复，筹建农民自卫军，广州革命政府特派林甦带领农讲所武装考察团来海丰考察，同时运来枪弹2000发送给海丰农民自卫军。3月22日，林甦抵海丰后，参与筹备海丰农民协会第一次代表大会，并当选为执行委员兼海丰农民自卫军党代表。农民自卫军大队长李劳工调往陆丰工作后，林甦任代大队长。

1926年1月，广东省农民协会潮梅海陆丰办事处成立，林甦调任办事处秘书。

1927年“四一二”反革命政变发生后，汕头反动派杀害革命同志，林甦和杨石魂到普宁，参与领导武装起义。国民党军来攻，林甦、杨石魂等人和潮汕农民自卫军转移到海陆丰，潮汕农民自卫军与海陆丰农民自卫军在新田合编成惠潮梅农工救党军，成立前委，林甦任前委委员。救党军北上江西后，经前委研究派人前往武汉找中共中央，林甦和一位普宁干部同行。此后，救党军在湖南汝城被敌军袭击而溃散，林甦和普宁的同志辗转跋涉，于1928年初才在香港找到中共广东省委。4月初，中共广东省委派林甦和普宁的同志护送张善铭、赵自选等人到海丰。4月10日，林甦又前往陆丰上潮普惠。

1928年11月东江设两个特委后，林甦在潮梅地区的中共东江特委工作，任特委委员、党校校长。

1929年8月30日，彭湃在上海牺牲后，林甦十分悲痛、激愤，写了《哭彭湃同志》一文，誓将继承彭湃遗志，“用热泪和鲜血续写农民运动血史”！

1931年5月，东江地区从闽粤赣苏区分出，重新成立中共东江特委。当时根据地缩小，但新特委执行王明“左”倾教条主义纲领，“肃反”扩大化，林甦对此提出了异议。1932年1月中央来信严厉批评中共东江特委后，形势才有所扭转。后林甦任政治保卫局局长。1933年5月根据地丧失后，林甦和一些同志在农村掩蔽。1934年春，林甦前往中央苏区，当年4月途经丰顺时被捕，在梅县英勇就义，时年40岁。

陈月容烈士简介

陈月容，女，1908年出生于汕头一户小康家庭。1923年11月下旬，尚在学校读书的她认识了时任惠潮梅农会筹备处秘书的林甦。陈月容经林甦的引导后，对彭湃领导的海陆丰农民运动有了较深刻的认识，对林甦开展的惠潮梅农民运动产生了浓厚的兴趣。1924年夏天，刚从学校毕业的陈月容马上就参与到了惠潮梅农会的筹备工作中来，成了林甦的得力助手。工作中，陈月容与林甦产生了爱情，不久两人正式结为夫妻。

林甦因工作关系，海陆紫潮普惠到处跑，陈月容一边照顾家庭、孩子，一边坚持工作，夫妻两人聚少离多，但是，为了革命，他们无怨无悔。

1925年，陈月容光荣地加入了中国共产党。

1927年4月12日，蒋介石发动反革命政变后，白色恐怖笼罩着潮汕地区。林甦与杨石魂受党组织指派，前往普宁领导武装起义。陈月容与其他共产党人一样，在革命遭遇危难之际，把幼儿托付给家人看管，毅然与丈夫一起战斗。

当敌人反攻普宁时，林甦带领潮普惠农民自卫军奔向海陆丰，与海陆丰农民自卫军在陆河新田合编成惠潮梅农工救党军，成立前委，林甦任前委委员。陈月容受党组织指派，潜伏在汕头娘家，等待党组织的指令。从此，夫妻两人又天各一方。

1928年4月10日，林甦受中共广东省委命令，护送张善铭、赵自选等人到达海丰后，马上前往陆丰上潮普惠。陈月容与丈夫分别一年多后再次相会，她立即回到组织，开展工作。11月，东江设两个特委，林甦在潮梅地区的中共东江特委工作，任特委委员、党校校长，陈月容任中共潮普惠特委候补委员。

1933年春，广东国民党政府为了配合蒋介石对革命根据地的大"围剿"，全力向大南山革命根据地派出重兵。3月的一天，陈月容随军转移途经八埔山时，遭遇敌人的围攻，不幸身中数弹，牺牲在战场上，年仅25岁。

林烈烈士简介

林烈，男，汉族，1918年出生于海丰县附城桥东社。1928年3月，国民党重兵围攻海陆丰，海陆丰苏维埃政府撤出县城，政府工作人员及革命战士转移到山区。国民党政府不但对革命人士进行残酷的镇压，连革命家庭也在清洗之列。年仅10岁的林烈，只得随父背井离乡，远走越南避难。

1935年，17岁的林烈加入了东洋共产党华侨特支党组织，跟随东洋共产党员李同志（李同志是主持越南华侨革命工作的越南籍人士），积极参加越南民族解放运动，同时参与发动华侨革命工作。

1937年7月，抗日战争全面爆发，林烈与爱国华侨们响应祖国的号召，发动越南华侨组织救国会，动员各阶层侨胞出钱出力，支持祖国的抗日战争，同时组织部分华侨青年回国参战。林烈精通越南语，在宣传工作上作出了重大的贡献，争取了无数爱国侨胞对祖国抗战大业的支持。

1938年8月1日，林烈来到延安抗大学习，从甘肃庆阳抗大分校第二期毕业后，在某游击大队任政治指导员，经常转战在山西、河北一带，屡次战胜敌人。

1939年夏天，林烈在一次对敌战斗中，为了突破敌人的包围，带领敢死队，牺牲在冲锋路上，年仅21岁。

（口述人：林坚；口述时间：2021年3月4日。参考文献：中共海丰县委组织部，中共海丰县委党史办，海丰县民政局.海丰英烈.1986.）

36

英雄父子

1927年11月21日，在海丰工农兵代表大会闭幕式上，来自梅陇的农民代表莫捷流，阔步走上讲台，用洪亮的声音对台下说：“开会至今，彭湃和许多同志跟我们说了很多紧要的话，我们要将各同志的佳言纳入耳朵，回家后把这些话转告其余同志。”

莫捷流，梅陇镇蜈蚣咀村人，从小习武，使得一手好刀法。他身材魁梧，性格豪爽，好抱不平。自从梅陇兴起农民运动后，他积极参加，成为蜈蚣咀村莫姓的代表人物。

梅陇莫姓人民自明朝洪武三年（1370年）在蜈蚣咀村落户以来，至今已有600多年。为防海盗抢劫村庄，村民在农闲之时，不但习文还习武。特别是清末以来，习武之人更多。

1925年春，广州国民革命军第一次东征海陆丰取得胜利后，梅陇许多村庄组建了农民自卫军，莫捷流成为蜈蚣咀村农民自卫军队长。蜈蚣咀村人口有600多，男性大多会武功，因此蜈蚣咀村农民自卫军不但人数多，而且战斗力强。

1927年4月12日，蒋介石在上海发动了反革命政变，公开捕杀共产党人。敢为人先的海陆丰人民在中国共产党和彭湃同志的领导下，面对国民党反动派的白色恐怖，分别在5月、9月、11月举行了三次武装起义。第三次武装起义胜利后，彭湃同志根据党的指示，在海陆丰筹建苏维埃政府。莫捷流带领蜈蚣咀村农民自卫军，参加了多次对敌战斗，每次战斗，他总是冲锋在前，英勇杀敌，不怕牺牲。他那炉火纯青的刀法，杀得敌人闻风丧胆。至今，民间还流传着“莫捷流杀敌留头”（不砍下敌人头颅的意思）的说法。

1927年11月18日至21日，海丰工农兵代表大会在海城红场隆重召开，莫捷流以农民代表的身份参加了大会，并在大会上发言。这次大会让他终生难忘，同时也让他成了敌人的眼中钉。

1928年2月下旬，国民党反动派重兵进犯海陆丰。3月1日，海丰县城落入敌手，海丰县苏维埃政府撤退到山区，领导全县人民进行反“围剿”斗争。2日，敌人南犯汕尾，莫捷流率领本村赤卫队，在林军杰的领导下，配合红四师在琉璃径岭阻击敌人。3日和20日两次参加反攻汕尾的战斗，均因敌人过于强大，无法取胜，只得退入赤坑、田墩一带山地坚持战斗。

5月3日，莫捷流再次率领本村赤卫队，配合红二、红四师反攻海丰县城。莫捷流一马当先，按战前布置的任务，很快就进入了县城，找到了关押革命同志的监狱。他挥动手中大刀，砍下生锈的铁锁，与同志们一起救出100多位战友。

由于红二师和公平片区赤卫队未能按时到达指定位置，

红四师和梅陇、附城片区赤卫队承受的战斗压力比战前预计明显加大。敌人发现监狱被劫，组织火力反攻。莫捷流为了掩护战友们安全撤退，使出了浑身解数。他打完了子弹，拔出大刀，准备与敌人一决胜负。然而，敌人并不追击，隔着不到百米，用机枪疯狂向我军射击。莫捷流腿部连中几枪，血流不止，倒在地上，被战友们及时抬离战场。

5月3日反攻海丰县城失利后，敌人加紧“围剿”农村根据地，所到革命村庄，除了捕杀赤卫队队员家属、农会干部外，还放火烧毁革命人士的房屋。6月的一天上午，在家疗伤的莫捷流接到敌人围村的消息后，连忙与家乡父老撤到杨柳埔。敌人进村后抓不到人，把莫捷流家的房屋烧毁。

失去了家园的莫捷流一家，在杨柳埔搭茅寮居住。

1930年春，莫捷流旧伤复发，引起并发症而得不到及时的治疗，他那健壮的身躯很快就垮了。6月的一天夜里，雷电交加，茅寮中，病床前，莫捷流用干枯的大手握着儿子莫钗的手说：“你已经长大了，离开家乡，去当兵，当共产党的兵！”年仅17岁的莫钗含泪对父亲坚定地点了点头。当晚，莫捷流与世长辞，丢下了两个尚未成年的儿子与爱妻。

莫钗，出生于1913年，他不似父亲的魁梧，却更像母亲的精明机灵。

安葬好父亲后，莫钗擦干眼泪，安慰母亲，让母亲带好弟弟，就去找共产党的队伍。他要当兵，他要报仇。

莫钗在离开家乡之前，回到蜈蚣咀村。这里是他的根，不但有他童年欢乐的足迹，还供奉着莫姓的列祖列宗。他深深知道，此一去，不知何日是归期。他步入莫姓祖祠，怀着虔诚之心，双掌合十，向祖先们告别。

莫钗准备离开蜈蚣咀村时，迎面遇到了莫念悦，此小子虽说年龄不大，却是村中出了名的机灵鬼。前几年，莫钗经常带着比他小几岁的小念悦一起值勤巡逻。这天见到小念悦，喜从心来，顺口就告诉他自己准备去参加红军的事，还问小念悦要不要去当红军。小念悦脱口就说："我不参加红军，如何帮潭佛大哥报仇？"于是，莫钗带着小念悦，走向海丰北部黄羌山区，在红军宿营地罗輋屯找到了革命队伍。

莫钗虽然只有17岁，但是个子高大，人又精明机灵，入伍不久就被红二师留下来的战士麦胜标相中，跟随他学吹军号。

不出几个月的时间，莫钗的军号吹得有模有样，每当我军向敌人发起冲锋，莫钗就会吹起嘹亮的军号。战士们在军号声中，斗志昂扬，一个个如下山猛虎，给敌人致命打击。

1932年春夏，敌人除了加紧进攻大南山革命根据地外，还对海陆惠紫革命根据地发起了强大的攻势。敌人这次除军事进攻外，还采取了"焦土政策"：把苏区的房屋烧光，把群众驱赶到平原，强迫各地成立联团，修筑炮楼；实行保甲制，登记户口；封锁苏区，断绝物资供应；等等。在敌人残酷的进攻下，苏区大受摧残，区域日益缩小，军队供给日益困难。为了突破敌人的封锁，彭桂团长依靠群众力量，千方百计打击敌人。7月的一天，莫钗所在连队在赤石大安峒与敌人的一个营狭路相逢，双方发生了激烈的枪战。战斗从中午12时持续到下午2时，我方战士大部分壮烈牺牲，莫钗牺牲时双手紧紧握着军号，倒在了被战火烧焦了的土地上。

新中国成立后，莫钗被追评为“革命烈士”，他生前用过的军号至今仍陈列在红宫纪念馆。

蜈蚣咀村山下的莫氏父子，为了民族的复兴，紧跟中国共产党，献出了宝贵的生命，他们的英雄事迹将与日月同辉，永远激励后来人！

（口述人：叶菊花；口述时间：2021年3月21日。）

37

热血勇士

1941年1月的一天夜里，龙津河畔四周一片漆黑，除了河水的流淌声，就是田野的虫鸣声，荒凉寂寞的环境真让人不敢相信，这竟然是千年古邑——海丰县城的城郊。

寂静的夜里，一条黑影闪进了龙津河畔的后港村，直奔郑耀家而来。

郑耀，大革命时期的后港村农会会长，出生于1905年，他的爱人蔡素琴是彭湃夫人蔡素屏的堂妹，夫妻两人受彭湃革命思想的影响，一起走上了革命道路。历经大革命失败后的各种艰难险境，郑耀夫妇依然初心不改。

1938年11月，郑耀光荣地加入了中国共产党，在党组织的安排下，再次投身革命。郑耀为人正直，人生经历丰富，革命立场坚定，第二年就被党组织委任为后港村党支部书记。

黑夜里，郑耀听到了熟悉的敲门声，他知道，此时有人前来找他，必定是有紧急任务。郑耀迅速翻身起床，披衣开门。

门外的黑影闪进郑耀的家里。

郑耀点亮了小厅堂的微弱煤油灯。灯下，两位热血青年的手紧紧地握在一起。

“大哥，情况紧急，不得不打扰你的清梦了。”黑影说。

“云阶，不用客气，请说有什么任务？”郑耀对黑影说。

“中心县委研究决定，由你具体负责转移一位爱国人士到九龙峒，由于该同志不宜走路，请你安排好一顶轿子。”陈云阶（黑影）说。

“保证完成任务，请组织放心。”郑耀说。

陈云阶从口袋里拿出一张信笺，递给郑耀，交代他按信上指示执行。

匆匆交代完任务后，陈云阶离开了郑耀家。

郑耀回内屋告别爱妻，很快就消失在夜幕中。

第二天傍晚，九龙峒的几位青年农民跟随郑耀来到马宫杨胜昌家，用轿子抬走亟须转移的同志。后来，郑耀及九龙峒的青年们才知道，他们转移的是鼎鼎大名的柳亚子先生及其女儿无垢。

1942年5月某一天，郑耀与邻村的余华添又一次来到龙津河畔。看着滔滔的龙津河水阻断了村民的出入，两位汉子正在商讨对策。

此时，郑耀的爱人蔡素琴找到了河边，对他说，家里来客人了。

郑耀一踏进家门，就看到刘夏帆那熟悉的脸庞，喜从心来，上前握着他的手，问：“上级有何指示？”刘夏帆笑对郑耀说：“没任务就不能来找你这位大哥吗？”“当然可以。不过，几个月没有接到上级任务，心里痒痒的。”郑耀说。

“中心县委准备转移到后港村办公，不知道是否妥当？”刘夏帆说出找郑耀的目的。

听到如此重大的决定，郑耀一时答不上话，脑海中飞快地搜索应付的语言。

刘夏帆笑着对郑耀说：“你不用紧张，虽然说是中心县委，但平时只有我跟李果两人住在你家。你想想村中是否安全？如果遇到危急事情如何应对？”

郑耀对后港村与河厝溪村了如指掌，再说党组织恢复活动后，两村群众有了主心骨，中心县委在后港村，郑耀还是有把握保证他们的安全的。

想到这里，郑耀信心十足，对刘夏帆说：“后港村党支部支持中心县委的决定，我们将全力做好中心县委的安全保障工作。”

海陆丰中心县委进驻后港村郑耀家的同一个月，被捕叛变的中共南方工作委员会组织部部长郭潜，引领国民党特务破坏在韶关的粤北省委机关，省委书记李大林、组织部部长饶卫华和八路军驻港办事处主任廖承志等人先后被捕。1942年6月，国民党特务又到大埔县，企图破坏设在该处的中共南方工作委员会。由于南方工委事先得到了情报，及时撤退，但副书记张文彬、宣传部部长涂振农还是在撤退途中被捕。粤北省委和南方工委及时向中央报告。周恩来和中共中央南方局连续电示：为避免受粤北省委事件牵连，防止事态扩大，除沦陷区外，国民党统治区的党组织一律停止活动，割断与暴露地区的组织关系，已暴露的干部立即撤往游击区，其余干部应找社会职业掩护，开展“勤业、勤学、勤交友”的“三勤”活动，执行“隐蔽精干、长期埋伏、积蓄力量、以待时机”的方针。

9月，张持平来海丰一区后港村郑耀家向李果和刘夏帆传达，要求上下级之间还应指定专人单线联系。经研究后，中心县委决定把一批暴露的同志转移到大安峒的护路队或到外地工作、求学，未暴露的同志则利用各种关系，打入国民党管教养卫机关团体，进行“三勤”活动，大安峒护路队的党组织则继续活动。中心县委书记李果回家乡澄海鸥汀隐蔽待命，刘夏帆任联络员，负责同上级和各区联系。当时联系人上级有黄宇和李华（罗立），郑耀是海丰一区的联系人。

停止组织活动次年，即1943年，粤东沿海大饥荒，郑耀充分利用自己的社会关系，在沿海购买海产品，与余华添一起运至山区贩卖，又从山区买回粮食平粜给村民，为缓解粮荒作出了一定的贡献。10月，海陆丰联络员刘夏帆接上级指示：恢复党组织活动，即通知李果回海丰，并着手恢复海丰至惠阳的交通线。李果回来后，根据广东省临时委员会指示，中心县委改为特派员制，李果任中共海陆丰特派员，刘夏帆为副特派员，开展恢复组织活动的工作。

1944年6月，刘夏帆在老家被捕，李果将特派员办事机构设在大安峒，继续领导斗争。

1945年3月下旬，海丰一区民主抗日政府在莲花山下成立，蓝训材任区长，郑耀任参议长。4月，日军再次侵入海陆丰。根据上级指示，又成立中共海陆丰中心县委，郑重任书记，李果任组织委员，王文魁任宣传委员，叶基任军事委员，他们共同领导武装抗日，直至日本投降。

1948年，郑耀任海丰南路党支部书记。5月的一天晚上，陆丰县党组织派陈东、陈丰到后港村找郑耀联系工作，并在他家吃午餐、晚餐。晚上，“两陈”到九陇村一农户家中住宿。村里一小人到国民党乡公所告密。敌人接报后包围了九陇村，“两陈”在突围中壮烈牺牲。此事件后，郑耀辞去海丰南路党支部书记一职。不过，他依然积极参与革命工作，直到迎来新中国成立。

新中国成立后，郑耀被分配到海丰县果菜蔬什加工厂任副厂长。1969年因病辞世，终年64岁。龙津河畔的热血汉子把毕生献给了党与人民，他的英名长留天地间，激励后来人。

（口述人：郑孙；口述时间：2021年4月4日。）

38

司务长黄声的故事

1933年初春，子夜，天空漆黑一片，伸手不见五指。黄江河上，一艘小船顺流而下，黄声站在船头，迎着早春的寒风，警惕地注视着两岸的动静。

船至公平青湖码头靠岸后，黄声跃下小船，艄公马上把船驶离。

公平青湖码头四周一片寂静，趁着夜幕的掩护，黄声以极快的速度闪进了青湖村。

从小在青湖村长大的他，就是蒙上双眼，也能走遍整个村庄。这里对黄声来说，太熟悉不过了。

1891年，黄声出生在海丰县公平青湖村一户贫穷家庭。青湖村人口众多，以黄姓族人为主。自古以来，该村民风彪悍，村民有习武的传统。受村里习武风气的影响，黄声从小喜欢舞枪弄棒，练就了一身好武艺。他脸庞宽大，身强体健，除了武功了得，还极有正义感。

1926年，大革命风暴席卷海陆丰大地，各村庄纷纷组建农民自卫军，黄声成了青湖村农民自卫军的一员，同时光荣地加入了中国共产党，从此走上了革命道路。

1927年4月12日，蒋介石背叛革命，把屠刀砍向共产党人。为了回击国民党反动派的白色恐怖，海陆丰人民在中国共产党和彭湃同志的领导下，分别在5月、9月、11月举行了三次武装起义。每次武装起义，黄声总是冲锋在前，奋勇杀敌，在战友中树立了威望。

第三次武装起义胜利后，彭湃同志和他的战友们按照上级的指示精神，在海陆丰大地上成立了中国首个苏维埃政权。

1928年3月，国民党重兵围攻海陆丰。红二师、红四师与海陆丰赤卫队、农民自卫军并肩作战。面对强大的敌人，他们一次次奋起反击。然而，敌我力量悬殊，红二师、红四师及海陆丰赤卫队、农民自卫军损失惨重，被迫转入山区，与敌人进行周旋。黄声跟公平区领导人林覃吉一起，利用熟悉的地形，与敌人进行游击战。

1929年6月，最后一批红二师、红四师官兵离开海陆丰后，根据地没有了正规部队。10月，中共海陆惠紫特委按上级要求，在东江地区重建红军，于是，红军第6军第17师第49团在党的领导下，终于在黄羌镇朝面山成立了。黄声响应党组织号召，带枪参军，成了红军49团的一员。

黄声参加红军49团以后，成了林覃吉的得力助手，专门负责红军的后勤供给工作。无论是黄江河上还是海陆丰崎岖的山道间，都成了黄声出生入死之地。每次的筹粮都是生与死的考验，然而，机敏又有武功在身的黄声，胆大心细，每次总能从敌人身边夺取粮草，按时完成任务，保证了部队的后勤供给。

1930年夏，黄声由于工作表现出色，屡立战功，被任命为红军49团司务长。

1931年秋，东江“肃反”扩大化，致使红军49团战斗力大大削弱。陆河激石溪赤卫队、农民自卫军纷纷离开部队，使海陆紫县委和县苏维埃政府在该地失去了群众基础，被迫从陆河激石溪迁移至黄羌苦竹园（富足园）。中共东江特委改组，林覃吉当选为特委委员，受命领导海陆丰的反“围剿”斗争。

1932年春，反“围剿”形势更加严峻，敌人对海陆丰加大了军事上、政治上的攻势，根据地不断缩小，苦竹园被敌人团团包围，红军的粮草供给日益困难。

常言道：“人是铁，饭是钢，一日无食饿得慌。”黄声深深知道，部队缺粮将严重影响战士们的战斗力。随着一条条粮道被敌人切断，黄声想尽一切办法还是难以获得足够的粮食供给部队。

一天早上，黄声通过地下组织获得情报，国民党驻公平的长官当晚开生日宴会，同时庆祝“围剿”共军取得重大胜利。驻军长官准备“与民同乐”，好好犒赏手下。黄声马上想到一个大胆的夺粮计划，他先让战士们化装成赶集的群众混入公平，到青湖村集中隐蔽，子夜后，趁敌人不备，夺取粮草。夺粮计划获得了林覃吉的批准后，黄声马上组织实施。

一切按计划行事，黄声潜入青湖村后，很快就与战士们会合。趁着黑夜的掩护，黄声与战士们按照地下组织提供的情报，顺利地找到了敌人的粮仓。看守粮仓的敌人在宴会上喝得酩酊大醉，成了红军的刀下鬼。解决了看守粮仓的敌人后，战士们用最快的速度，每人扛着一大包粮食撤退到公平青湖码头。码头上，一艘木船早就等在那里。夜幕下，战士们快速把粮食扛上了木船，沿着黄江逆流前行。黄声虎口夺粮计划取得圆满成功。

一个月后，黄声再次获得了地下组织提供的情报，有一个民团将到黄羌镇乌坭塘村运粮食。黄声不知提供该情报的地下工作者已经叛变，带着10多位化装成山民的红军战士前往夺粮。当黄声等人进入敌军设好的圈子时，四周出现了大批的敌军。红军战士临危不惧，面对强敌勇敢反击。然而，敌人人多势众，双方激战一小时后，红军弹药耗尽，敌军缩小包围圈。战士们拔出大刀准备与敌人拼个鱼死网破。然而，凶狠的敌人哪里给你机会，红军战士一站起身就被敌人击毙。黄声看着身边仅剩的5位战友，命令他们跟自己一起冲锋。

敌军军官想从红军口中获得情报，下令只准活捉，不准开枪。黄声和战友们与敌人经过一段时间的搏杀后被捕。

监狱中，黄声一声不吭，无论敌人使出何种酷刑，他始终咬紧牙关挺立在敌人的眼前。3天后，无计可施的敌人把黄声与其他4位被捕的红军战士一起枪杀。

黄声牺牲时年仅42岁，他把最宝贵的生命献给了人民，献给了党，他对党忠诚，作战勇敢，他的人品犹如高山上的青松，永载史册。

（口述人：黄启贤；口述时间：2021年4月10日。）

39

龙津河畔的红色村庄

海丰县城龙津河畔有两个村庄，分别是河唇溪和后港村，现属附城镇荣港村。由于河唇溪和后港村仅隔几十米，两村犹如一个大村庄，自古以来，两村群众休戚与共，亲如兄弟。

1922年7月29日，彭湃与张妈安等人在得趣书室成立“六人农会”，随后在赤山约开展了创建农会的运动。10月25日，赤山约农会宣告成立。为了扩大农会势力，彭湃与他的战友们纷纷下乡发动更多的农民参加农会。彭湃的夫人蔡素屏也投身到发动各乡村创建农会的运动中。蔡素屏的堂妹蔡素琴嫁给后港村的郑耀为妻，蔡素屏到后港村发动农运，以堂妹家为落脚点，成立了后港、河唇溪村农会。后港村、河唇溪村农会是横沟约农会的重要组成部分，是海丰县较早成立的农会。

大革命时期，河唇溪、后港村与海丰县其他乡村一样，不但成立了农会，而且成立了农民自卫军。两村群众积极参与大革命，开展了轰轰烈烈的农民运动，其中有多位青年农民加入了中国共产党。同时，两村的妇女运动在蔡素琴的领导下开展得有声有色，成了海丰县妇女运动的重要组成部分。

1927年4月12日，蒋介石背叛革命，挥起屠刀杀向共产党人，轰轰烈烈的大革命宣告结束。为了反击国民党反动派的白色恐怖，敢为人先的海陆丰人民在中国共产党的领导下，发动了三次武装起义。河厝溪、后港村的农民自卫军紧跟中国共产党，在危难时刻与党并肩战斗。海陆丰第三次武装起义胜利后，彭湃和战友们在海陆丰成立了中国首个苏维埃政权。

1928年3月1日，国民党重兵“围剿”海陆丰，苏维埃政府及革命群众被迫撤出县城，河厝溪、后港村部分赤卫队队员化整为零，隐蔽乡间，等待革命高潮的再次来临。

1937年10月，中共海陆丰支部成立，负责人蓝训材、刘腾光等同志都是海陆丰本地人，与河厝溪的余华添、余华文兄弟非常熟悉，加上河厝溪村前是大池塘，村后是龙津河，村子侧面是大密林，不但交通方便，而且利于隐藏，于是，刚刚恢复活动的党组织很快就选定了河厝溪、后港村为活动据点之一。

1938年，在党组织的动员下，河厝溪、后港村的郑耀（党员）、余华添（党员）、余华文、余潭水、余妈双（党员）、蔡潭武等人纷纷参加革命，为宣传抗日和恢复海陆丰党组织积极工作，不怕牺牲。

1942年5月至11月，中共海陆丰中心县委设在后港村郑耀同志家。为了保证县委的安全和交通信息的畅通，河厝溪、后港村的革命青年全力以赴，有的承担起了站岗放哨的任务，有的假装成摆渡的船工，还有的成了外围的放风人。在此期间，海陆丰许多革命前辈都曾涉足河厝溪、后港村，他们或汇报工作，或请示行动计划等。无论风险多大，河厝溪、后港村的革命群众始终与党组织一起战斗，就是献出宝贵的生命也在所不惜。1942年10月中旬，余华文在执行任务时不慎暴露了身份，遭到了国民党兵的追捕。为了掩护同志，不暴露中心县委所在地，他选择向大河奔跑，故意引开敌人，然后跳入滔滔大江，不幸溺水身亡。为了交通便利，余潭水出资购买了一艘小木船，表面上是为了摆渡赚钱，暗地里成了我党对外联络的重要交通站。为了交通站的安全运转，余潭水想尽了一切办法。他与村民一起在龙津河畔搭茅草房，日夜坚守在渡口。他还把余姓公厅清出来作为地下工作者的落脚处。无论白天黑夜，无论晴天雨天，余潭水的渡船都随时待命，配合党组织工作。这一时期的海陆丰地下组织领导人，很少没坐过他的小木船的。

1943年至1944年2月，海陆丰革命斗争在隐蔽中进行，其艰难程度堪比战场。革命政府一方面要领导民众抗日，另一方面又要提防伪军的袭击。直至1944年3月，海丰一区民主抗日政府在莲花山下成立后，后港村的郑耀担任了参议长，我党领导的革命队伍重新组建，形势才开始好转。4月，日军再次侵入海陆丰。为适应形势的变化，再次成立中共海陆丰中心县委，不过，此时不是彼时，我党所领导的抗日武装已经有了一定的战斗实力。

1945年8月15日，日本宣布无条件投降，中华民族的抗日战争终于取得了伟大的胜利。人民正在祈求和平之际，蒋介石再次悍然发动了内战。为了民族的解放，人民的幸福，共产党人义无反顾地承担起领导中国人民与蒋介石反动集团战斗到底的责任。

1948年，后港村的郑耀任海丰南路支部书记，他带领着河唇溪、后港村的革命青年再次投身到战火纷飞的解放战争中，无论是前方战场还是后方搬运，都有这两大村庄青年的身影。

新中国成立后，除了郑耀等少数同志被安排了工作，其他革命青年依然回乡务农，为新中国建设默默奉献，他们无怨无悔，甘当共和国的奠基石。

时至今日，中国共产党百年华诞之际，为传承红色基因，讲好红色故事，让年轻一代重温党的斗争历程，不忘初心，牢记使命，谨将此篇《龙津河畔的红色村庄》呈献给世人，但愿能给后人以教育、启示，同时也纪念为革命牺牲的先烈们！

（口述人：佘家燕、郑孙；口述时间：2021年4月21日。）

40

秘密交通员

风起云涌的战争年代，交通员肩负着传递信息的任务，秘密交通员的使命更为特殊。翻看海陆丰革命史，被党内同志赞誉为“最忠诚可靠”的何系（曾用名：何秀勤）就是秘密战线上的一位无名英雄。

何系（1898—1976），海丰县陶河镇陶西丰巢村（凤巢村）人，中共党员，曾担任彭湃的秘密交通员、中共东江特委秘密交通处主任、丰巢村农会会长、青草秘密交通站站长等职。

1922年7月，彭湃与林沛等人在得趣书室成立了“六人农会”后，马上分头行动，利用各自的社会关系，扩大农会组织。彭湃在李国珍的引荐下认识了何系。何系成了彭湃在陶河最先结交的农民朋友。通过何系的关系，何泉、何尧等热血青年也成了彭湃在陶河开展农运的好助手。为了宣传革命道理，唤醒群众的革命觉悟，彭湃曾多次深入陶河各乡村。彭湃每次到陶河，何系、何泉等革命青年都承担侦察、保护、信息传递的重任。

1923年元旦，海丰县总农会宣告成立，彭湃在丰巢村设立了联络站，何系、何泉、何尧成了联络员，准备在时机成熟时，在陶河各乡村成立农会。但是，“七五农潮”打乱了陶河各乡村成立农会的计划。

1925年春，第一次东征胜利后，何系、何泉、何尧、何城炉等青年在彭湃的支持下，在丰巢村组建了农会，何系被大家推举为农会会长。

丰巢村农会成立后，除了大力宣传革命道理，唤醒群众的革命觉悟外，还开展了向地主争取减租减息的斗争，同时承担了乡村治安的责任。随着形势的发展，丰巢村加入农会的群众越来越多。1925年冬，第二次东征取得胜利后，陶河各乡村建起了农会，同时成立了农民自卫队。

1927年4月12日，蒋介石在上海发动了反革命政变，许许多多的共产党人和革命群众成了国民党反动派的刀下冤魂。英雄的海陆丰人民在中国共产党和彭湃同志的领导下，发动了三次武装起义。同年11月，海陆丰建立了中国第一个苏维埃政权。

1928年3月1日，在国民党反动派的强大军事打击下，海陆丰苏维埃政府撤出县城。为了保存革命力量，彭湃带领革命队伍，辗转在黄羌、中洞、埔仔峒等革命根据地，利用雄厚的群众基础和有利的地形，与敌人展开斗争。在此期间，何系成了彭湃和中共东江特委的秘密交通员。在白色恐怖下，为了安全、及时地传递信息，除了勇敢，还需要机智，何系任彭湃和中共东江特委的秘密交通员的这段时间，也正是海陆丰革命低潮时期，然而，他从未失手，无论形势多么严峻，他总能想办法克服困难，保证情报安全、及时地送达。新中国成立后，曾见证过何系工作能力和为人处世能力的陈琼云（女，彭湃的机要秘书）说："跟随彭湃同志任秘密交通员，最久、最忠诚可靠的，是何系。"

1928年"五三兵暴"失败后，国民党反动派再次向海陆丰革命根据地增兵。虽然红二师、红四师官兵与赤卫队队员殊死拼搏，作出了重大牺牲，但是由于敌我力量悬殊，革命根据地被敌人一个个击破。为了保存革命种子，许多同志被组织安排撤退到香港等地,何系也在此期间来到了香港。

1929年至1937年，何系在香港参加党组织活动，密切关注革命形势的变化，随时听从党组织的调遣。

1938年，何系接受党组织安排，回到了故乡，在蓝训材的领导下，在青草圩米街开设茂盛山货店，并以此为掩护，建立我党的秘密交通站，何系任秘密交通站站长，王报、何泉、江国新任秘密交通员。

1945年，东江纵队第六支队准备拔掉青草圩日伪军的据点，为了取得战斗的胜利，何系、何泉承担了摸清敌人详细情况的任务。经过近一个月的侦察，何系、何泉不负党组织重托，把敌人的据点及活动情况搞得一清二楚。东江纵队第六支队的指战员们根据何系、何泉提供的信息，制订了详细的作战计划，一举端掉了敌人的据点。

1946年11月，何系被捕。在狱中，为了保守党的秘密，何系受尽了敌人的酷刑，但是，他坚贞不屈，视死如归，敌人没办法在他口中得到丁点信息。后来，在党组织的全力营救下，何系得以释放。步出敌人的牢房，何系马上投入革命斗争中，继续跟敌人战斗。

新中国成立后，何系服从党的安排，积极投身到社会主义建设中。“文革”期间，何系遭到不公平对待，直至1979年才得到平反。然而，他却在1976年与世长辞，享年78岁。

（口述人：何汉鑫、何伟训；口述时间：2019年10月27日。）

41

陶河第一任乡长

随着岁月的流转，历史尘封了多少英雄！在建党百年之际，翻开史册，再现当年战火纷飞的场面，我们会发现许许多多优秀共产党员的悲壮故事，海丰县陶河第一任乡长何泉就是其中之一。

何泉（1906—1959），曾用名何秀源，陶河镇丰巢村（凤巢村）人。1922年冬，何泉受彭湃和母舅李国珍的影响，与胞兄何系一起参与海陆丰农民运动，参加发动陶河各乡村组建农会的活动。1923年元旦，海丰县总农会成立，彭湃为了推进陶河各乡村的农会建设，在何泉的家中设立了海丰县总农会联络站，何泉的胞兄何系任站长，何泉任联络员。正当陶河各乡村准备成立农会之际，却被“七五农潮”打乱了计划。

1925年春，国民革命军东征海陆丰取得胜利，何泉跟胞兄何系，还有村中革命青年何尧、何城炉等人，积极响应彭湃的号召，再次发起组建农会的运动。不久，丰巢村农会组建成功，何系任会长，何泉成了胞兄的得力助手。

丰巢村农会成立后，除了向群众大力宣传革命道理，唤醒群众的革命觉悟外，还组织农会会员开展向地主争取减租减息的斗争。1925年冬，第二次东征胜利后，丰巢村农会承担起乡村的治安责任。

1927年春，何泉与胞兄何系光荣地加入了中国共产党。陶河革命形势一片大好，各种民间团体应运而生，社会呈现出一派繁荣景象。正当大家沉浸在大革命胜利之中，蒋介石却挥起了屠刀，共产党人面临着一场生死考验。4月12日，蓄谋已久的反革命政变在蒋介石的亲手策划下展开了，一时间，中华大地笼罩在白色恐怖下。

敢为人先的海陆丰人民在中国共产党的领导下，面对国民党反动派的血腥屠杀，毫不犹豫地举行了三次武装起义。11月1日，在红二师官兵的帮助下，第三次武装起义取得成功。不久，中国第一个苏维埃政权在海陆丰大地上诞生。

在这段血与火的岁月里，何泉这位热血青年，年轻的党员，紧跟中国共产党，一切听从党的安排，随时准备为党献出一切。还好，陶河的形势比较平稳，何泉在紧张的戒备中等来了新政权的建立，他感到无限的欢欣。

然而，好景不长，1928年2月下旬，国民党派重兵围攻海陆丰，红二师、红四师官兵和赤卫队队员全力反击，无奈敌我力量悬殊，3月1日，海陆丰苏维埃政府被迫撤出县城，辗转在山区，与敌人周旋。何系离开了陶河，成了彭湃身边的秘密交通员。何城炉在陶河的一次对敌作战中英勇牺牲，年仅23

岁。何泉与何尧等人承担起了保家护乡的责任。5月3日，在省委委员赵自选的领导下，红二师、红四师在赤卫队的配合下，发起了反攻海丰县城的战斗。但是，由于红二师、红四师配合不够默契，保密工作欠妥等，反攻海丰县城的战斗失利。之后敌人又不断向海陆丰增兵，红二师、红四师和赤卫队虽英勇迎战，但还是在敌人强大军事的打击下宣告失败。从此以后，敌人逐乡逐村“清剿”革命人士和农会骨干，何泉只得逃离家乡，四处躲避。

直至1938年，何系受党组织派遣，从香港回来，何泉也从异乡归来。

何系在蓝训材的领导下，在青草圩米街开设茂盛山货店，并以此为掩护，建立我党的秘密交通站。何泉重新回到组织的怀抱，承担起了秘密交通员的工作。

1945年，东江纵队第六支队准备拔掉日伪军设在青草圩的据点，何泉与胞兄何系共同承担侦察敌情的任务。经过近一个月的艰巨工作，何泉与胞兄何系不负党组织的重托，完成了所有的侦察任务。东江纵队第六支队的指战员们根据他们提供的敌情，制订了详细的作战计划，一举端掉了敌人的据点。

1946年11月，何系不幸被捕。何泉为了营救胞兄，想尽了办法，后来，在党组织的全力营救下，何系终于走出了敌人的牢房，再次获得了自由。

1947年至1949年，何泉成了蓝训材身边的警卫员之一，历经无数艰难险阻，终于迎来了海陆丰的全境解放，迎来了新中国的曙光！

新中国成立后，何泉被党组织委任为陶河乡乡长。面对百废待兴的家乡，何泉全身心投入工作中。1951年冬，由于工作需要，何泉被调到赤坑镇供销社工作。1959年何泉与世长辞，终年53岁。

何泉同志永垂不朽！

（口述人：何伟训、何汉鑫；口述时间：2019年10月27日。）

42

红色情侣

1928年9月21日，西下的夕阳染红了龙津河畔。河堤上，一位十三四岁的少女站在那里，一直对着河水发呆，任凭晚风吹散长发，任凭时间无声流逝，任凭行人评说。她沉浸在无尽的痛苦中，追思着素屏姐的音容笑貌和素屏姐对她的谆谆教诲。

河堤上发呆的少女姓蔡名素琴，1914年出生于海丰县新北村，是彭湃夫人蔡素屏的堂妹。5岁那年，她被卖给后港村郑耀为童养媳。

郑家一直以来视蔡素琴如亲生女儿，郑耀更是视她如妹妹。

1922年10月，赤山约农会正式成立。为了扩大农会组织，彭湃与他的战友们分别到赤山约四周村庄开展宣传活动，号召农民加入农会组织。与赤山约相邻的后港村、河唇溪自然成了发展农会组织的重要对象。因蔡素琴的身份，郑耀家成了彭湃进入后港村、河唇溪两村庄宣传革命的落脚点。蔡素琴从此接触到了革命思想，目睹了一场场农民与地主之间的斗争，让这位年仅8岁的小女孩过早地走向成熟。

1926年，蔡素屏投身海丰县妇女运动，深入农村发动妇女进夜校接受教育，蔡素琴带头响应堂姐的号召，报名入学。从此以后，蔡素琴白天积极协助妇女会开展各项活动，晚上到夜校读书，成了海丰县妇女运动队伍中年龄最小的一员。人们经常在海丰县的街头巷尾看到一群群为了唤醒妇女的革命觉悟而发传单、贴标语、作演讲的女同胞。蔡素琴的身影常常出现在这些人中，成了海丰县妇女运动队伍中的“小明星”。

1927年4月12日，蒋介石背叛革命，中华大地陷入白色恐怖之中。敢为人先的海陆丰人民在中国共产党和彭湃同志的领导下，分别在4月30日、9月8日、11月1日举行了三次武装起义。第三次武装起义胜利后，海陆丰建立了中国首个苏维埃政权。

蔡素琴虽然没有直接参与海陆丰武装起义，但是她一刻都没有闲着，上街贴标语，下乡搞宣传，帮堂姐准备会场，每天都有忙不完的工作。在这段忙碌的日子里，她目睹了堂姐蔡素屏的革命热情，深深地被堂姐的革命情怀所感动。

1928年3月1日，由于国民党重兵围攻海陆丰，海陆丰苏维埃政府不得不撤退到山区。周凤曾劝蔡素屏带着孩子撤退到香港或澳门，但是，蔡素屏坚持要留在海丰斗争。1928年9月19日，蔡素屏在公平山区落入敌手。21日，海丰县城所有重要街道都有很多军警，站在囚车上的蔡素屏神态自若，昂首挺胸，深情地望着街道旁的群众。她视死如归，从容就义。

蔡素琴听到堂姐蔡素屏壮烈牺牲的消息后，如五雷轰顶，含着泪水，奔出家门，直向龙津河畔，久久注视着湍急的河水，脑海里时而翻江倒海，时而一片空白。她就这样呆呆地站在河畔，不知道往后的日子将如何继续下去。

如血残阳没入山际，夜幕再次降临人间。龙津河畔的众多村庄显得冷冷清清，青壮年不是被残杀，就是随着赤卫队离开了家乡。蔡素琴此时最想见到的郑耀却不知身在何处。她只能默默地忍受着失去亲人的悲伤，把泪水吞到肚子里，把对敌人的仇恨深埋心底，沿着熟悉的河堤回到家中。

1929年深秋，漆黑的夜晚，伸手不见五指，寂静的龙津河畔，只有永不知疲惫的河水发出的哗哗声。一个黑影从河堤上掠过，闪进了后港村，悄悄地敲打着蔡素琴的窗户。

正在沉睡中的蔡素琴被敲打声惊醒。侧耳倾听，那敲打窗户的节拍不正是她与郑耀约定好的吗？难道自己还在梦中？她用力拍了拍自己的脸蛋，确认自己听到的声音是真实的。于是，她大着胆子，压低嗓音，向窗外传话："你是谁？"

"素琴，我是你耀哥。"窗外传来了郑耀久违的声音。

蔡素琴马上披衣下床，轻轻地打开了大门。

郑耀闪进门内，马上反身把大门关上。

一对久别的恋人紧紧地拥抱，但是，他们还没有完婚，谁都不敢越雷池一步。

家里的响动惊醒了郑耀的父母亲，两位老人听说孩子平安归来，高兴地点燃香烛，感谢祖宗保佑。

郑耀对家人说，自从1928年3月随村中赤卫队离开家乡后，他每天都在山区打游击。大家都是海陆丰本地人，对地形及民情风俗熟悉，不断地打游击，敌人根本拿他们没办法。最近，大部分敌人已经撤出了海陆丰，对山区无可奈何，赤卫队还收复了不少根据地。为了长远打算，组织命令他回乡隐蔽，等待革命高潮的到来。

听了郑耀的叙说，两位老人才放下悬着的心。

蔡素琴从厨房端出热气腾腾的咸茶，一家人好久没有围坐一起了，郑耀感到无比的欣慰。喝着咸茶，郑耀的母亲对郑耀说："你住下来后，择日与素琴把婚事办了吧，你们都老大不小了。"

蔡素琴红着脸对郑耀的母亲说："兵荒马乱，还是过段时间再说吧。"

郑耀见蔡素琴如此说，马上接口："我的意思也是过段时间再说，两位老人不用操心，我们还年轻。"

老人再次回到房间休息，蔡素琴对郑耀说："革命不成功，我们不结婚，就是结婚，后代也不会幸福，你说呢？"

郑耀说："我听你的，等到革命胜利，我们再结婚！"

隐蔽下来的郑耀，一边下田劳动，一边密切关注着海陆丰的革命形势，组织没有联系他，他不敢有什么动作，只能与后港村、河厝溪及邻近乡村的青壮年搞好关系，随时随地等待上级的命令。

一年又一年，红军49团从组建到壮大，从壮大又走向衰落。郑耀一直在等待，等待上级给他复出的机会，蔡素琴也在盼望中度过一个又一个春秋。

1937年7月7日，卢沟桥事变爆发，日本发动了全面侵华战争。国民党政府节节败退，半壁江山落入日本侵略者之手，中华民族到了最危险的关头。共产党人在民族大义面前，抛弃了一切恩怨，再次与国民党合作，共同对付日本侵略者。

为了组建被国民党摧残了的海陆丰党组织，隐藏起来的共产党人再次行动。郑耀与蔡素琴终于等到这一天。1938年，郑耀站在党旗下庄严宣誓，他百感交集。

从此以后，郑耀成了海丰一区的革命骨干，蔡素琴成了郑耀的得力助手。

1942年5月至12月，中共海陆丰中心县委搬迁至后港村郑耀家中办公，蔡素琴成了中心县委的勤务员。她每天不但要为其他工作人员洗衣做饭，还要想办法筹备足够的粮食与日用品。有时候，为了传递信息，蔡素琴还要充当情报员。

1945年，莲花山下成立了海丰一区抗日民主政府，郑耀被选举为参议员，工作更加繁忙，家中的事务只能交给蔡素琴。同年8月15日，日本侵略者宣布无条件投降，中华民族的抗日战争终于取得了伟大的胜利。但是，抗日战争的胜利并没有给中国人民带来和平，国民党再次挑起了内战。蔡素琴与郑耀又一次投入新的战斗。在炮火中，他们又经历了三年苦涩的时光。

1949年元旦（1948年农历十二月初三），毛主席发表了新年贺词，解放大军吹响了南进的号角，胜利的曙光终于出现。这一年，蔡素琴已经是34岁的“老姑娘”了，郑耀已过不惑之年。一对历经战火锤炼的红色情侣，终于在乡亲们（郑耀父母亲都离开了人世）的见证下，走进了洞房，有情人终成眷属！

新中国成立后，郑耀、蔡素琴夫妇初心不改，依然奋战在社会主义建设的道路上。郑耀于1969年因病辞世，终年64岁；蔡素琴1998年辞世，终年84岁。他们育有一男两女，家族兴旺，子孙满堂！

（口述人：郑孙；口述时间：2021年3月24日。）

43

梅峰英雄陈业卢

1928年3月2日凌晨，琉璃径岭（海丰县城通往汕尾途中的一座山岭）上，1000多名工农革命军和赤卫队队员埋伏在此。所有参战人员以连为单位，在各自位置上隐蔽着，等待着上级的战斗命令。

前两天，国民党李振球和陈耀寰的部队不但攻下了平东，而且拿下了公平圩。前一天，红二师在公平区赤卫队的配合下，对公平圩展开了反攻，但是，不敌李振球部。打退了红二师和公平区赤卫队的反攻后，李振球更是目中无人，凭借装备精良的正规军，一举打进了海丰县城。

中共东江特委委员、县委常委黄娘恩是这次伏击战的最高领导人。临时指挥所设在山岭顶上，可以俯视山下的一举一动。黄娘恩正在焦急地等待一个人，不时往山下张望。

“报告，陈业卢前来领令。”

“快来，小陈，你前天在平东阻击战中与李振球交过锋，你告诉我，敌人实力如何？我们今天的伏击战有几成胜算？”黄娘恩双眼注视着陈业卢。

陈业卢（1904—1928），海丰县梅陇三区东港村人，出身于贫穷家庭，父亲在青草圩一间药店打工。从小聪明伶俐的他，在村中上完私塾后，与同村伙伴陈伯虎、陈努、陈鹃魂、陈英贤等人一起考入了梅陇高等小学。在学校学习期间，陈业卢受梅陇三区农会会长陈朝陛和进步教师彭元章等人的影响，思想进步，为人正直，学习刻苦，成绩优异。

1924年，陈业卢自梅陇高等小学毕业后，因家庭经济不允许，无法进一步深造，只好回家务工。好学的陈业卢，白天工作，晚上不是习文就是练武。他天资聪慧，领悟性强，习文难不倒他，练武他也是一块好材料。村中武馆的师父经常对人说：“业卢是一块练武的好材料，假以时日，必成大器。”

1925年春，国民革命军东征海陆丰取得胜利，恢复了海陆丰农民运动，梅峰平原各乡村的农民运动开展得如火如荼。陈业卢与陈努、陈伯虎、陈鹃魂、陈英贤等人积极参与农民运动，协助农会开展各项活动。

1926年，经彭元章等人的推荐，陈业卢投考海丰农军训练班并以优异的成绩被录取。在海丰农军训练班学习期间，因为陈业卢不但有文化功底，而且也有一定的武功基础，所以无论是理论课程还是实际操练，他的学习成绩都是优等。不久，小队长彭桂发现了陈业卢的过人之处，开始让他帮忙处理班务，并把他作为重点培养对象。聪明的陈业卢在帮助老师处理班务的过程中，结交了一班志同道合的好同学，他们在课余时间聊得最多的就是心中的偶像——彭湃。同年冬，陈业卢加入了共青团。

1927年春，陈业卢在海丰农军训练班结业后，留在海丰县农民自卫军中服役，同时加入了中国共产党，并被任命为班长，不久后升为排长。同年4月12日，蒋介石在上海发动了反革命政变，15日，广州国民党政府紧跟蒋介石的步伐，准备对海陆丰实行“清党”。敢为人先的海陆丰人民在白色恐怖下并没有被吓倒，他们在中国共产党和彭湃同志的领导下，先后发动了三次武装起义。陈业卢所在的海丰县农民自卫军，其实是我党掌握的一支武装部队，武装起义中他们奋勇当先。陈业卢在每一次武装起义中总是身先士卒，充分展现了一个共产党人的担当。同年11月18日至21日，海丰县城召开了第一届工农兵代表大会，陈业卢与战友们肩负着海丰县城的保卫工作。为了县城的平安，为了大会的顺利开展，四天四夜，陈业卢一点都不敢松懈。当大会胜利结束后，回到驻地的陈业卢倒头便睡，睡了两天两夜才醒过来。

1928年1月，陈业卢被任命为工农革命军海丰县团队连党代表，从此以后，他肩上的担子更重了。为了尽快适应工作，陈业卢除了认真学习外，还经常向老同志请教。陈业卢平时最喜欢读的就是《孙子兵法》，为了弄懂兵书中的战例，他常常找有共同爱好的同志一起搞沙盘推演，直到完全领悟其中的道理为止。

2月26日，余汉谋率3个团的兵力，在海陆丰保安团和陆丰地方反动武装的配合下，侵入陆丰西北，进占河田圩、水唇约。当地赤卫队和农民奋勇抵抗，激战五六小时，伤亡惨重，不得不撤退。28日，大安也被国民党军队攻占。余汉谋攻下大安后，即留张瑞贵补充团驻河口、大安、河田等地，29日，自率香翰屏的22团趋陆丰县城，令李振球的31团和陈耀寰的保安队，西过海丰趋公平。当李振球和陈耀寰兵至公平平东（现平东镇）时，海丰派出工农革命军连队和赤卫队进行阻击。但是，敌军人多势众，装备精良，我军不但人数少，武器更是落后，阻击失败，敌军直下公平圩。

3月1日，红二师部分官兵和公平区赤卫队发起了反攻公平圩的战斗，但是，战斗依然失败。接着李振球留一个营在公平圩驻守，自带两个营直指海丰县城。县工农革命军独立营听说国民党军攻陷公平，开向公平作战，至台冲同国民党遭遇，我军不敌撤退。李振球和陈耀寰长驱进县城。

海丰县城沦陷后，敌人下一个目标必定是汕尾。面对强大的敌人，如何才能取得胜利呢？负责汕尾保卫战的黄娘恩连夜发动了红四师部分官兵、工农革命军连队和附近赤卫队共1000多人，准备在海丰县城通往汕尾途中的琉璃径岭打敌人一个伏击。

然而，敌人的进攻势如破竹，能否打好这一仗，黄娘恩心里没底。他很想听听眼前这位连党代表的意见。

陈业卢在参与平东阻击战中，已经了解了敌人的实力，他听到领导发问，不敢大意，清了清嗓子说：“这次伏击战，我们的人数占优势，但是，敌人的武器精良，如果要取得胜利，必须以己之长击敌之短，我军士气高涨，只要以最快的速度贴近敌人，与敌展开肉搏，那么，我军胜算在握。”

黄娘恩听了点点头，接着问陈业卢："如何才能以最快的速度贴近敌人？"

"敌人离我们百米远才发起攻击，只要敌人队形一乱，我们马上发起冲锋。"陈业卢说。

"谁为先锋？"黄娘恩再问陈业卢。

"我们连队为先锋。"陈业卢马上接口。

黄娘恩与陈业卢虽说是上下级关系，私底下，他们是要好的朋友。黄娘恩深知指挥作战陈业卢比自己强，所以，关键时刻，他自然就想到了陈业卢。

黄娘恩双眼注视着陈业卢，缓缓地说："你带领连队当先锋我同意，不过，你要好好给我活着回来。"

陈业卢一本正经地向黄娘恩敬了个标准的军礼，大声回答："一定活着回来！"

目送陈业卢远去，黄娘恩又陆续叫了几位指战员到指挥部来，一一交代完毕后，东方已露出了鱼肚白。

山下赤卫队队员挑来了早餐，然后逐一分发给每位战士。战士们蹲在各自的岗位上，一手拿武器，一手拿着早餐往嘴里塞。

太阳渐渐升起，远方哨兵传来消息，敌人一个营离开海丰县城，正向汕尾方向开来。

埋伏在琉璃径岭上的指战员们全神贯注，眼睛死死盯着岭下的公路。

陈业卢一手握枪，一手握刀，压低嗓音对身后的战友说："红四师战士枪声一响，敌人必定慌乱，你们跟我一起以最快的速度贴近敌人，用大刀狠狠地杀！”

战友们望着陈业卢，坚定地点了点头。

敌人的脚步声由远而近，1000米、500米、200米……

“砰，砰砰！”黄娘恩向空中连开三枪，枪声在琉璃径岭上空回响。接着，山岭上响起了密集的枪声。

一路所向披靡的李振球部，大摇大摆地向汕尾方向开来，突然遭到袭击，一下子乱了阵容，几百人在窄小的空间内胡乱冲撞。

陈业卢看到时机已到，马上向战友们大声喊道：“同志们，跟我上，冲啊！”作为先锋队的战士们如猛虎下山，向敌人挥起手中的大刀。

敌人毕竟是受过正规训练的部队，在指挥官的呵斥下，短暂骚乱后，恢复了镇定，面对从山上冲下来的先锋队，纷纷向他们扣动了扳机，一个个战士倒在了冲锋的路上。陈业卢一边冲锋一边挥枪射击敌人。眼看陈业卢与身后几位战友就要贴近敌人了，敌人的机枪击中了陈业卢的大腿，他想站起来继续战斗，无奈敌人不给他机会。如雨点般的子弹击中了他的胸膛，鲜血似喷泉一样往外射，一位英雄倒在了冲锋路上，血染沙场，年仅24岁。

陈业卢倒下后，身后的战友也无一幸免，全部牺牲在战场上。红四师战士及赤卫队队员虽然人多，士气高涨，但是，面对装备精良的敌人，只有挨打的份。为了减少不必要的伤亡，总指挥黄娘恩不得不下令撤出战场。琉璃径岭伏击战以失败告终，敌人于当天占领了汕尾。

（口述人：陈宜付；口述时间：2021年5月10日。）

44

赤卫队队长张金禄

张金禄，黄羌下虎噉村人，出生于1905年。当他刚刚学会走路时，父亲就因病去世了。母亲翁氏带着小金禄和哥哥张金传艰难度日。

张金禄从小在黄羌朝面山深处长大。身处大山，一草一木都不是穷人的；山沟里随处有良田，但一分一厘都是别人家的。张金禄15岁那年，母亲由于长期超负荷劳作，双目失明了，从此，家庭重担落在哥哥和他身上。

张金禄19岁那年，正是彭湃领导的农运大潮影响到朝面山之时。宋耀南、陈桂招在朝面山上发动成立农会的消息很快就传到了张金禄的耳里。血气方刚的张金禄早就想打开身上的“枷锁”，改变这不公平的社会现状，可惜无从下手，只能强忍着心中的怒气。听说有这样的组织可以参加，他兴奋得一蹦三尺高。

当张金禄把自己要参加农会组织的想法告诉母亲和哥哥时，母亲一言不发，哥哥也无主意。于是，张金禄便自行找到了农会会长宋耀南，并顺利加入了朝面山农会。

1925年，各乡按上级的指示组建农民自卫军，张金禄参加了农民自卫军。由于脑袋瓜子灵活，身手矫健，他在农民自卫军中担任班长。1926年，张金禄接触到了大量的革命人士，思想觉悟逐步提高，团组织也吸收他为共青团员。1927年，张金禄加入了中国共产党。这一年，朝面山迎来了南昌起义的部队，革命形势蓬勃发展。农民自卫军被改编为赤卫队，张金禄被组织委任为赤卫队队长。从此，艰苦的革命斗争环境使张金禄更加坚定了革命的信念。

经历一次又一次的战火洗礼后，张金禄成了红军49团的战士。每一次对敌作战，他总是冲锋在前。

1928年春天，张金禄的哥哥张金传遇到了一位从高潭中洞到朝面山避难的女子。他们同是苦命人，一起在朝面山的松香厂打工，日久生情，后结为连理。这一年冬天，张金禄一家搬回黄羌下虎噉村。张金禄一家在黄羌下虎噉村上无片瓦，下无插针之地。村中族长念在同宗分上，安排张金禄一家在祠堂里居住。

1929年暮春，因为工作需要，张金禄被安排到坑背村任赤卫队队长。秋天里的一天，他跟一位钟姓姑娘喜结良缘。

1930年2月，张金禄随红军49团从石头坪出发，经激石溪，进攻河田、河口的敌军。战事顺利，我军连克两个圩镇。胜利归来的张金禄回家休息两天，又接到前往公平高沙村阻击敌人的战斗任务。军人以服从命令为天职，接到任务后，他一刻也不敢停留。钟氏陪丈夫来到村头，依依不舍地目送丈夫离去。没想到，这一别竟成了夫妻永诀。

张金禄回到驻地，传达完上级布置的任务，便带着赤卫队前往高沙村。不料敌人的一个连早已设下埋伏，当张金禄及赤卫队队员踏进高沙村时，四周便响起密集的枪声，张金禄知道自己被包围了。为了减少损失，他沉着应战，把赤卫队分成两个班，一个班掩护，一个班撤退。

敌人不断缩小包围圈，张金禄身边的战友一个个倒下。看到远去的战友安全撤退，张金禄的心才平静下来。他打完最后一颗子弹，举起大刀，准备与敌人拼个你死我活。但是，狡猾的敌人并没有让张金禄如愿，用机枪击中了他。殷红的鲜血染红了他的衣裳，一条汉子倒下了。

张金禄战死沙场的第二天上午，下虎瞰村来了一群荷枪实弹的敌人，他们直闯张金禄的家。张金禄的爱人钟氏已经是孕妇了，可他们二话没说，抓住钟氏便往门外推。走出不过200米，到了下虎瞰村的池塘边，凶残的敌人枪杀了张金禄的爱人，一尸两命。

几十年过去，张金禄夫妇的尸骨早已化为泥土。然而，他们的浩然正气却与天地同存！

（口述人：张雄才；口述时间：2018年3月10日。）

45

塘肚“三陈”

陈德，出生于1908年，在海丰县黄羌镇东升塘肚村长大。塘肚村是个四面高山环绕，只有一条狭窄小路通向外面世界的小山村。从小在大山中长大的陈德，身强体健，且胆识过人。

陈德的爷爷叫陈崇馨，有两个儿子，大儿子叫陈仰明，小儿子叫陈仰起。陈仰明有三个儿子，分别叫陈王先、陈德、陈振平。陈仰起有两个儿子，叫陈皇和陈真。

1923年至1924年，杨其珊和他的战友们经常来塘肚村陈德的家里。每当杨其珊他们上门时，陈德和兄弟们都会围着他们，听他们说山外面的故事。一次又一次的聆听，让山里的孩子渐渐懂得了许多革命道理。

1925年，革命形势一片大好，国民革命军东征军打到了海丰，收复了公平，农会的旗帜插遍了黄羌的每一个村落。陈德的堂哥陈皇再也坐不住了，他走出大山，参加了农民自卫军。

陈皇参加农民自卫军后，经常随农民自卫军四处出击。每一次作战回来，四个兄弟都是他最好的听众。陈德几次叫陈皇带上他，陈皇总说他还小。

1925年眨眼就过去了。1926年8月，彭湃亲临黄羌考察，划黄羌为农民自卫军防地。消息传出，许多有志青年纷纷前来报名参军。陈德和堂哥陈真不顾家里人的反对，毅然走出家门，参加了农民自卫军。

陈德跟两位堂哥陈皇、陈真同在一个连队，他们平时一起训练，一起生活。军队的生活使他们开阔了眼界，增长了知识。

1927年4月12日，蒋介石发动了反革命政变，轰轰烈烈的大革命宣告失败。国民党把屠刀砍向共产党人，许许多多的革命者成了国民党屠刀下的冤魂。消息传到黄羌，民众义愤填膺，不但没有被敌人的屠刀吓倒，反而被激起了强烈的斗志。5月9日，海丰县城在强敌的进攻下失守，陈德的两位堂哥陈皇、陈真随连队按上级的指令向莲花山埔仔峒撤退。部队进入莲花山埔仔峒时，被早就埋伏在那里的敌人包围了。面对数倍于己的敌人，战士们在连长的指挥下分班突围。陈皇与一个班的战士负责掩护，陈真与另一个班的战士向敌人的侧翼发起突围。

由于敌人兵力多、武器优，又是以逸待劳，负责掩护的一个班的战士很快全部牺牲。陈皇打完了最后一颗子弹，被敌人的机枪击中，血洒沙场，壮烈牺牲。

陈真与战士们突围到半山腰时，发现了一个山洞，他跟战士们隐藏在洞口。山上的敌人发现我军战士一下子消失了，于是派了10多人下山搜索。此时，我军一名战士发现山洞是可以穿到山那边的。正当大家想进洞时，敌人发现了我军战士，子弹如雨点一样射了过来。陈真沉着应对，叫战友们进洞，他守在洞口。敌人很快就到了眼前，陈真看着身后的战友全部进了山洞，他的枪也没了子弹，于是毅然地拉响了手榴弹与敌人同归于尽。

“二陈”在莲花山埔仔峒同时殉难，陈德得到消息后，牙齿咬得咯咯响。他没有流泪，只是心中涌动着仇与恨。

1927年10月，红二师在黄羌朝面山成立。10月25日，中共东江特委书记彭湃发布第三次武装起义的作战命令。陈德所在的赤卫队接到配合红军攻击敌人的命令。10月28日，穷凶极恶的国民党陈学顺团，调集了一个营的兵力及保安队共1000多人袭击黄羌革命根据地。陈学顺哪里知道，黄羌军民早就把刀磨好了，正等着他们。1000多人的国民党反动派部队，被红二师官兵及黄羌赤卫队打得落花流水。陈德在攻击令发起后，从隐蔽处跃起，挥起大刀如猛龙过江，所到之处如秋风扫落叶，敌人一颗颗头颅被砍落地。杀红了眼的陈德把敌人追得屁滚尿流。陈德一战成名，黄羌军民无人不知东升塘肚的陈德。

1929年10月，陈德参加红军49团并被任命为二连连长。

1930年2月，红军49团从黄羌石头坪出发，经激石溪，进攻河田、河口的敌人。敌人以为己方墙高人多，不把红军49团放在眼里。当红军49团攻击到城下时，敌人傻眼了。一个个如小老虎一样的红军战士，在敌人的枪林弹雨中，眼都不眨一下。坚持不到一小时，河田的敌人就投降了。河口的敌人更不经打，几颗手榴弹掷过去，就乖乖出来缴械了。陈德带领的连队担任主攻，但他感觉还未过瘾，战斗就结束了。接下来，红军49团三营在河口休整待命。陈德利用休整的时间加紧训练部队，手把手教战士射击或拼刺刀。到了3月，陈德才受命带队回到黄羌石头坪。4月上旬他又与战友们一起进军陆丰，陆丰敌人惊闻红军49团再度来袭，纷纷逃跑。4月下旬，红军49团东上大南山，协助潮州、普宁、惠来民众举行起义。在攻击普宁流沙时，敌人负隅顽抗。战斗从早上打到下午，由于我军缺少攻城的重武器，许多战友冲到城下就倒下了。陈德看到一个个战友倒下，心如刀割，于是猛地从身旁的一位战友手中夺过炸药包，冒着敌人的枪林弹雨，连滚带爬向敌人的墙下逼近。敌人发现了陈德，几挺机枪一齐向他扫射过来。陈德身体多处中枪，倒在了血泊中，一代英雄连长战死沙场。

东升塘肚“三陈”的故事在民间流传至今，一代又一代黄羌民众从故事中得到教育，受到激励。

（口述人：陈佛佑；口述时间：2018年5月4日。）

后　记

2021年是中国共产党建党100周年，也是卓越的无产阶级革命家、农民运动的创始人及开拓者之一，被毛主席誉为“农民运动大王”的彭湃同志诞辰125周年。

为弘扬彭湃同志和先烈们为中国革命事业舍生忘死、慷慨捐躯的丰功伟绩，在广东省林业局关心下一代工作委员会和中共海丰县黄羌林场委员会的鼎力协助下，本人创作的红色故事集《热土地上的红飘带》终于与广大读者见面。

海陆丰革命根据地，是中国13块革命根据地之一。在创建、捍卫海陆丰革命根据地的过程中，有4万至5万名革命战士或群众为此献出了宝贵的生命。新中国成立后，被政府评为革命烈士的有4883人。每一位烈士就是一篇可歌可泣的悲壮史诗，为了让烈士事迹成为千古传唱的赞歌，10多年来，本人除了阅读史料，还走到烈士后人的身边，如海边拾珍珠，一点点收集好每位烈士的点滴故事，然后再小心翼翼地串成篇。

回望100年前的海陆丰大地，我们的前辈为了创建新中国，敢为人先，书写了诸多辉煌。作为海陆丰人，我以先烈为荣，他们的革命精神永远值得宣传。每当执笔书写烈士的故事时，我手中的笔总觉得沉甸甸，每一句都反复推敲，丝毫不敢马虎。

本书的创作过程历经3年多，由45篇故事汇集而成。在此过程中，我得到许多先烈后人的大力支持，如海丰县赤山村的黄振雄、卓坤如先生，海丰县梅陇镇的陈宜权、陈宜付、古汉前、苏华、莫胜汉先生及叶菊花女士，汕尾市的吴君贵、吴君长、吴建明先生，海丰县公平镇青湖村的黄振兴、黄家晃、黄启贤先生，海丰县黄羌林场的刘荣康、曾统权先生，海丰县城东镇的郑孙、余家燕先生，海丰县黄羌镇的孙潭锡、张雄才、陈维坚、陈维松、陈佛佑先生，海丰县西坑林场的戴玉枝、张国华、袁晋煌先生，海丰县联安镇的陈朝阳先生，海丰县平东镇的刘伟珍、刘天洪先生，汕尾市内湖镇的姚宇校、陈宏苗先生，海丰县海城镇的林坚先生，海丰县陶河镇的何汉鑫、何伟训先生，等等。

本书在写作中，参阅和采用了如下资料的部分观点和字节，在此一并感戴恭谢，敬祈周知：

《彭湃传》（作者：王曼、杨永，广东人民出版社2002年版）；

《高潭星火》之《翠柏常青，红梅独艳》（作者：罗发，广东人民出版社2017年版）；

《苏维埃之光》之《为苏维埃政权而斗争》（作者：杨道，广东人民出版社1997年版）；

《苏维埃之光》之《红二师在海陆丰》（作者：刘立

道，广东人民出版社1997年版）；

《苏维埃之光》之《红二师和四十九团成立见闻》（作者：杨福、古华，广东人民出版社1997年版）；

《海陆丰革命根据地考证（1927—1933）》（作者：中共海丰县委党史研究室、海丰县老区建设促进会，2005年版）；

《中共海丰党史大事记（1919—1949）》（作者：中共海丰县委党史研究室、 中共汕尾市城区党史研究室 ，广东人民出版社1995年版）；

《彭湃和他的战友》之《张威》（作者：叶佐能，中共党史出版社2006年版）；

《彭湃研究史料》（下）之《战斗在海陆丰的几个片断》（作者：周铁忠，中共中央党校出版社2007年版）。

戴镜兵

2021年6月